读客科幻文库

跟着读客读科幻，经典科幻全看遍。

SECOND FOUNDATION

银河帝国

3 第二基地

[美]艾萨克·阿西莫夫 著
叶李华 译

江苏凤凰文艺出版社
JIANGSU PHOENIX LITERATURE AND ART PUBLISHING, LTD

目　录

楔 子

“第一银河帝国”已有上万年的历史，银河系每颗行星皆臣服于其中央集权统治之下。帝国的政体时而专制，时而开明，却总是井然有序。久而久之，人类便忘却了还有其他可能存在。

只有哈里·谢顿例外。

哈里·谢顿是“第一帝国”最后一位伟大的科学家，正是他，将心理史学发展到登峰造极之境。这门学问堪称社会科学的精华，能将人类行为化约成数学方程式。

个人的行为当然无法预测，可是谢顿发现，人类群体的反应却能以统计方法处理。人数越多，其精确度也就越高。谢顿的研究对象乃是银河系所有的人类，而在他那个时代，银河总人口数达到千兆之众。

在钻研心理史学的过程中，谢顿发现一个与当时所有的常识，以及一般人的信念都恰恰相反的惊人事实：表面上强盛无比的帝国，实际上已病入膏肓，注定将崩溃衰亡。谢顿预见（或者应该说，他解出了自己的方程式，再解释其中的象征性意义），假如放任情况自行发展，银河系将历经三万年悲惨的无政府时期，才会再出现另一个大一统的政府。

于是，他开始了力挽狂澜、扭转乾坤的努力，试图缩短前述的无政府状态，让和平与文明在一千年之后重现。为了达到这个目的，他谨慎地设立了两个科学家的根据地，并命名为“基地”，而且故意设在“银河中两个遥相对峙的端点”。其中一个“基地”的一切完全公开，至于另外那个“第二基地”，则几乎没有留下任何记录。

“第一基地”最初三个世纪的历史，在《银河帝国：基地》《银河帝国2：基地与帝国》两本书中已有详尽叙述。起初，它只是由百科全书编者构成的小型社群，在银河外缘虚无的太空中渐渐被人遗忘。周期性的危机一个接一个冲击这个“基地”，每个危机都蕴涵着当时人类集体行为的各种变数。它的行动自由被限制在一条特定的轨迹上，只要沿着这条轨迹不断前进，就必定会柳暗花明，进而得以开创新局。这一切，都是早已作古的哈里·谢顿一手策划的。

“第一基地”凭借优越的科技成就，首先征服了周围数颗落后的行星。然后，它又面临从垂死的帝国脱离、割地称雄的大小军阀，并将他们一一击败。接着，它又与帝国的残躯发生正面冲突，结果战胜了帝国最后一名强势皇帝，以及最后一员猛将。

“第一基地”遇到的下一个对手，却是哈里·谢顿也无法预见的人物；他是个突变异种，天生拥有强大无匹的精神力量。这位自称“骡”的异人能够随意改变人类的情感，进而重塑他人的心灵。他能将最强硬的死敌改造成最忠诚的仆人，任何的军队都不能，也绝对不会与他为敌。“第一基地”终于难逃陷落的命运，而谢顿计划眼看就要走入历史。

然而，“第二基地”依旧行踪成谜，因此成为众矢之的。骡必须设法将它铲除，才能完成征服银河的壮举。“第一基地”的遗民为了另一个完全不同的理由，也一定得把它找出来。但是它究竟在哪里？谁也不知道。

本书所叙述的，正是各方人马寻找“第二基地”的传奇事迹！

第一篇

骡的寻找

骡：……直到第一基地沦陷，骡政权的建设性才终于显现。在第一银河帝国全盘瓦解后，他是历史上第一位拥有统一版图、疆域直逼真正帝国的统治者。早先由基地所建立的商业帝国，虽有心理史学的预言作为无形的后盾，结构却过于松散与多元。相较之下，骡的“行星联盟”则是一个控制严密的政体，尤其是在所谓的“寻找时期”……

——《银河百科全书》*

* 本书所引用的《银河百科全书》数据，皆取自基地纪元1020年的第116版。发行者为“端点星银河百科全书出版公司”，作者承蒙发行者授权引用。

01

二人与骡

关于骡以及他的“帝国”，《银河百科全书》其实用了许多篇幅详加叙述，不过几乎都和这个故事没有密切关系，而且大多相当枯燥无味。简单地说，它主要是在阐述导致“联盟第一公民”崛起的各种背景条件，以及其后的各种影响——“联盟第一公民”是骡的正式头衔。

若说骡在短短五年间赤手空拳打下大片江山这个事实，使得百科全书中“骡”这一条的作者感到有些讶异，这个情绪也被他隐藏得很好。而骡的扩张后来戛然而止，进入为期五年的“守成期”，作者也并未在字里行间显露任何惊讶。

因此，我们只好舍弃《银河百科全书》，继续沿用我们说故事的老路子，开始审视第一与第二银河帝国之间的“大断层”历史中，紧接着五年“守成期”之后的发展。

“联盟”的政治相当稳定，经济也算是繁荣富庶。在骡的专制统治下，既然出现罕有的太平岁月，几乎没有人愿意回到过去那种动荡不安的时代。在那些五年前自称为“基地体系”的世界中，也许偶尔会有些怀旧与惋惜的情绪，但顶多如此而已。基地体系的领导阶层，没有利用价值的皆已不在人世，尚有利用价值的则已一律“回转”。

而在“回转”人士当中，最受重用的便是汉·普利吉，他现在已经是一名中将。

在基地时代，汉·普利吉是情报局的上尉军官，也是地下民主反动派的成员。基地不战而降之后，普利吉曾经与骡誓不两立，直到成为一名“回转者”为止。

汉·普利吉的“回转”并非普通的见风转舵，这点他完全心知肚明。他之所以会有一百八十度的转变，乃是由于骡是具有强大精神力量的突变种，能够随意改变其他人的心志。但是普利吉对这点非常满意，认为这是理所当然的。事实上，对“回转”的状况心满意足，正是“回转”的主要征状。不过对于这个问题，汉·普利吉已不再有半点好奇心。

他刚结束第五次的远征，从“联盟”境外的银河星空归来。这位经验丰富的太空人兼情报员，对于即将觐见“第一公民”这件事，感到实在没有什么意思。他那张似乎由毫无纹理的木材刻成的、仿佛永远无法露出笑容的严肃脸孔，一点未曾表露这种情绪——可是，任何表情都是没有必要的。因为骡能透视内心的情感，一直钻到心灵最细微的角落，就像普通人看得懂肢体语言一样。

普利吉依照规定，将他的飞车停在当年总督所用的车库中，自己徒步走进官邸广场。他沿着画有箭头的路径走了一英里，一路上空无一人且静寂无声。普利吉知道，在占地数平方英里的官邸广场上，没有一名警卫或士兵，也没有任何武装人员。

骡不需要任何人保护。

骡本人，就是自己最佳的、全能的守护神。

当官邸耸立在眼前时，普利吉仍然只听得见自己轻巧的脚步声。这座建筑物的外墙由坚固的金属制成，发出辉煌耀眼的闪光。其中的拱门设计得大胆而夸张，充分表现出昔日帝国的建筑风格。这座官邸傲然耸立在空旷的广场上，俯视着地平线上拥挤的城市。

官邸里面住的就是那个人——只有他自己一个人。一个新的贵族政体，以及"联盟"的整个架构，全部奠基于他超凡入圣的精神异禀上。

随着这位将军的脚步，巨大、光滑而沉重的外门缓缓打开。他走了进去，步上一个宽广的坡道，滑梯便载着他无声无息地迅速上升。他来到了官邸中最灿烂的尖塔，置身于一扇朴素的小门之前，这扇门后面就是骡的房间。

门打开了……

拜尔·程尼斯很年轻，而拜尔·程尼斯并非一名"回转者"。换成比较普通的说法，就是他的情感结构并未被骡动过手脚。他的七情六欲与意志，仍旧完全取决于先天的素质与后天的环境。对这一点，他自己也感到很满意。

他还不到三十岁，却已经在这个首都非常有名。他生得英俊，头脑又精明，因此在社会上十分吃得开。而且他聪明伶俐，又不失沉着冷静，所以在骡身旁也很得宠。对这两方面的成就，他自己当然极为骄傲。

今天，骡竟然私下召见他，这还是破天荒的头一遭。

他徒步走在闪闪发亮的路径上，一路向"发泡铝"尖塔丛的方向前进。在帝国时代，那里曾是卡尔根总督的官邸，他们奉皇帝的名义统治着卡尔根。后来，那里又成为独立统领的官邸，他们打着自己的旗帜统治着卡尔根。如今，“联盟第一公民”以这里作为根据地，统治着自己一手建立的帝国。

程尼斯随口轻哼着小调。对于这次的召见，他一点不觉得纳闷。自然是关于第二基地！那个无所不在的幽灵，骡只是因为对它有所顾忌，便毅然中止了无止境的扩张政策，改采安稳的静态路线。根据官方的说法，则是进入所谓的“守成期”。

目前外面流传着好些谣言——这种事谁也制止不了。骡准备再度发动攻势；骡发现了第二基地的下落，很快就会展开攻击；骡与第二基地达成了协定，双方同意瓜分银河系；骡终于确定第二基地并不存在，即将把整个银河纳入势力范围……

这类随时能在大街小巷听到的谣言，不值得在此一一列举。这些谣言甚至不是第一次出笼，只不过如今似乎比较具体。对于那些不安于稳定呆滞的太平岁月，而希望在战争、军事冒险、政治危机中大捞一票的投机分子而言，这实在是值得高兴的事。

拜尔·程尼斯就是其中之一。他并不惧怕神秘的第二基地。话说回来，他甚至对骡也无所畏惧，还常常因此沾沾自喜。有些人对他的年少得志看不顺眼，认为他只是个轻浮的花花公子，稍微有那么一点小聪明，竟然就敢公然嘲讽骡的外貌，以及他的隐居式生活——他们或许都在暗中等待他受到报应。没有人胆敢附和程尼斯，也没有几个人敢发笑。可是程尼斯却始终安然无事，声誉反倒因此越来越高。

程尼斯顺着自己哼的小调，唱了几句即兴的歌词。他的歌词反复而单调，没有什么意义：“第二基地，威胁我们的国家，威胁着宇宙万物。”

他到了官邸之前。

随着他的脚步，巨大、光滑而沉重的外门缓缓打开。他走了进去，步上一个宽广的坡道，滑梯便载着他无声无息地迅速上升。他来到了官邸中最灿烂的尖塔，置身于一扇朴素的小门之前，这扇门后面就是骡的房间。

门打开了……

骡没有任何其他名字，他的头衔也只有“第一公民”而已。他正透过单向透光的墙壁向外望去，眺望着地平线上灯火通明的大都会。

在渐渐黯淡的薄暮中，星辰一颗颗绽现，每一颗星皆臣服于他脚下。

想到这里，他微微一笑，笑容中带着一丝悲痛。世人所效忠的对象，竟然是个深居简出的人物。

他其貌不扬——乍看之下令人忍俊不禁。体重仅有一百二十磅，身高却有五英尺八英寸。他的四肢骨瘦如柴，好像是随便挂在皮包骨的身躯上。而他瘦削的脸庞，则几乎被三英寸高的大鼻子全部遮掩。

唯独他的双眼，与滑稽的外表极不相称。那双眼睛是如此温柔——对银河系最伟大的征服者而言，那实在是一种奇异的温柔——而其中的哀伤，也从来未曾完全消退。

此地是一个繁华世界的繁华首府，欢乐富足应有尽有。他曾经考虑过定都于基地，那是他所征服的最强大的对手，可是它远在银河的最外缘。卡尔根的位置则较为适中，而且拥有贵族政体的悠久传统，就战略观点而言，对他也比较有利。

然而此地传统的欢乐气氛，再加上空前的繁华，并不能让他的心境平静。

人们敬畏他，服从他，甚至也许还尊敬他——敬而远之。可是，谁看到他能不产生轻蔑的情绪呢？当然只有那些“回转者”。他们的人造忠诚又有什么价值呢？简直是太乏味了。他大可替自己加上许多封号，发明各种繁复的礼数，但是那样做也无法改变任何事实。最好——或者至少是“不妨”——就当一个“第一公民”，并将自己隐藏起来吧。

他心中突然涌现一股报复的念头——既强烈又残酷。银河系不准有任何一处反抗他。五年来，他藏身于卡尔根，一直按兵不动，就是因为顾忌那个虚无缥缈的第二基地，顾忌它无止无尽又无所不在的神秘威胁。如今他才三十四岁，年纪并不算大——他却感觉自己老了。虽然具有突变的强大精神力量，他的肉体却孱弱不堪。

每一颗星辰！每一颗目力所及，以及每一颗不可见的星辰，都要为他所有！

他要报复所有的人，因为他并不属于人类。他要报复整个银河系，因为银河系容不下他。

头上的警告灯突然轻轻闪起。他知道有人走进官邸，并能感知那人的行径。同时，在寂寞的暮色中，他突变的感应力似乎变得更强烈、更敏锐，他感觉到那人的情感起伏正敲击着自己的大脑。

他毫不费力就知晓了来者的身份，那是普利吉。

昔日效忠基地的普利吉上尉；从未受过那个腐败政府重用的普利吉上尉；曾经只是一名小小间谍的普利吉上尉。而他铲除基地后，开始大力拔擢普利吉，先授他以一级上校的军阶，进而晋升他为一名将军。普利吉将军的活动范围，如今已涵盖整个银河系。

这位普利吉将军曾经是最顽强的叛逆，现在却百分之百忠心耿耿。然而，他的忠诚并非因为得到任何利益，并非出于感激之情，也并非由于什么交换条件——他的忠诚纯粹是“回转”造成的结果。

骡可以清楚感觉到汉·普利吉那强固不变的表层意识，这层由“忠诚”与“敬爱”所构成的意识，是他五年前亲自植入的，控制着普利吉情感中每一道小小的波纹。在这个表层之下，还深深埋藏着一个原本的自我——个性顽固、目无法纪、理想主义。不过即使是骡自己，现在也几乎觉察不到了。

身后的门打开了，于是他转过身来。原本透光的墙壁立时变成不透明，紫色的暮光随即消失，由室内核灯泡的白炽光芒所取代。

汉·普利吉在指定的座位坐下。由于这是私下召见，他并未对骡鞠躬或下跪，也没有使用任何敬称。骡仅仅是“第一公民”，只需要称呼他“阁下”即可。任何人在他面前都可以坐下来，即使背对着他也无妨，只要你有这个胆量。

在汉·普利吉看来，这些都是骡对自身力量充满自信的明证，他对这点由衷地感到满意。

骡开口道：“我昨天收到了你的报告。普利吉，我不否认它令我有些失望。”

将军的一对眉毛凑到了一块。“是的，我也想到了——但我实在无法得到别的结论。阁下，第二基地真的不存在。”

骡沉思了一会儿，然后缓缓摇了摇头，这是他的习惯性动作。“可是艾布林·米斯发现过证据，我们不能忘记艾布林·米斯的证据。”

这是个老掉牙的故事了。普利吉毫不修饰，单刀直入地说：“米斯或许是基地最伟大的心理学家，可是和哈里·谢顿相比，他只算一个婴儿。他当初研究谢顿计划，是在您的精神控制和刺激下进行的。也许您逼得他太紧，而他可能作出了错误的结论。阁下，他一定是弄错了。”

骡叹了一口气，细瘦的脖子上伸出一张哀伤的脸庞。“假使他能多活一分钟就好了，他当时正要说出第二基地的下落。我告诉你，他真的知道。我根本不必隐遁，根本不必一等再等。如今浪费了那么多时间，五年就这么白白溜走了。”

对于主子如此软弱的渴盼，普利吉无法产生任何反感，受控的心灵不允许他这么想。反之，他感到有些忧虑不安，因此他说：“阁下，可是除此之外，还能有什么其他的解释呢？我进行了五次探索，每次都是由您亲自选定路线，我保证把每颗小行星都翻遍了。那是三百年前的事——据说旧帝国的哈里·谢顿建立了两个基地，作为新帝国的核心，以取代那个垂死的帝国。谢顿死后一百年，第一基地——我们都极为熟悉的那个基地——已经在银河外缘变得家喻户晓。谢顿死后一百五十年——基地和旧帝国进行最后一战的时候——它的名声就传遍了整个银河系。如今已过了三百年，谜一般的第二基地究竟在哪里？它在银河中没有制造过一个小漩涡。”

“艾布林·米斯说它隐藏得很好。唯有如此，它才能够掩饰弱点，发挥敌明我暗的力量。”

“除非它不存在，否则不可能隐藏得那么彻底。”

骡抬起头来，一双大眼睛射出锐利而机警的目光。“不对，它的确存在。”一根瘦骨嶙峋的手指猛然指向对方，“我们的战略需要作一点点改变。”

普利吉皱起眉头。“您计划亲自出马？我可不敢苟同。”

“不，当然不是。你必须再去一次——最后一次。但这次要和另一个人联合指挥。”

一阵沉默之后，普利吉以生硬的声音问：“阁下，是谁？”

“卡尔根本地的一个年轻人，拜尔·程尼斯。”

“阁下，我从来没听过这个人。”

“没错，我也这样想。不过他的心思灵敏，野心也不小——而且他还未曾‘回转’。”

普利吉的长下巴抽动了一下。“我看不出这样做有什么好处。”

“普利吉，有好处的。虽然你机智过人，经验丰富，并且对我忠心耿耿，不过你是一名‘回转者’。你对我的忠诚是强制性的，自己根本做不了主。你在丧失原有情感的同时，还丧失了一点东西，一种微妙的自我驱策，而这是我无法弥补的。”

“阁下，我并没有这种感觉。”普利吉绷着脸说，“我仍然清清楚楚记得与您为敌的那段日子。我认为自己绝不比当年差。”

“当然不差。”骡的嘴角撇出一个微笑，“对于这个问题，你的判断很难客观。那个程尼斯，嗯，他野心勃勃——却是为自己着想。他百分之百可靠——因为他只忠于自己。他明白唯有依附我，自己才能步步高升，因此他会不择手段地助长我的权势，以便他的依附可长可久，而且登峰造极。他如果跟你一块去，会比你多带着一股进取心——出于自私的进取心。”

“那么，”普利吉仍然坚决反对，“既然您认为‘回转’会造成障碍，何不解除我的‘回转’。现在，您绝对可以信得过我。”

“普利吉，万万不可。当你在我面前，或者说，在武器射程内，你必须牢牢维持‘回转’的状态。倘若我解除对你的控制，下一分钟我就是个死人。”

将军的鼻孔翕张。“您这么想令我很难过。”

“我并没有想伤害你。但是，假使你的情感能够循着自然的动机自由发展，你无法想象会造成什么状况。人人都痛恨受到控制，正是因为如此，普通催眠师绝对无法将非志愿者催眠。而我却做得到，因为我并不是催眠师。相信我，普利吉，你无法显露——甚至无从察觉的恨意——是我无论如何不愿面对的。”

普利吉低下头。莫名的无力感扑天盖地而来，令他内心感到沉重而灰暗。他勉强开口道：“可是您又如何能相信那个人？我的意思是，完全信任他，就好像信任我这个‘回转者’。”

“嗯，我想我不能完全信任他。这就是你必须跟他同行的原因。普利吉，想想看，”骡将自己埋在高大的扶手椅中，上身靠着柔软的椅背，看来好像一根会动的牙签，“假如真的让他找到第二基地——万一他竟然想到，和他们打交道也许更有利可图——你了解了吗？”

普利吉的双眼流露出极度满意的光彩。“阁下，这样好多了。”

“这就对了。不过你要记住，必须尽量给他行动自由。”

“那当然。”

“普利吉……嗯……此外，那个年轻人外表英俊，性情随和，非常讨人喜欢。你可别让他唬住了。他其实是个既危险又无情的角色。除非已有万全准备，你不要随便和他作对。我说完了。”

于是骡又变得孤独一人。他关掉灯光，面前的墙壁便恢复透明。现在的天空是一片紫色，城市则成了地平线上的一团光点。

这一切有什么意义？他果真成为万物的主宰又如何？那就能使普利吉这种人不再高大强壮、充满自信吗？就能令拜尔·程尼斯变得丑陋不堪吗？又能让自己完全改头换面吗？

他诅咒着这些疑惑。可是，自己究竟在追求什么呢？

头上的警告灯突然轻轻闪起。他知道有人走进官邸，并能感知那人的行径。同时，虽然不太想那么做，他还是感觉到那人轻微的情感起伏敲击着自己的大脑。

他毫不费力就知晓了来者的身份，那是程尼斯。在程尼斯心中，骡察觉不出整齐划一的情绪，那里只有一个顽强心灵中的原始复杂性格，自幼受到宇宙间杂乱无章的万事万物影响，从来没有好好塑造过。他的心思如巨浪般汹涌澎湃，表层浮着谨慎小心的念头，不过那却十分薄弱，暗处的漩涡竟然还藏着刻薄下流的言语。更深的层次汹涌着自私自利的洪流，还有残酷的想法在四处迸溅。而最底下那一层，则是由野心构筑成的无底洞。

骡觉得自己能够伸手阻住这些情绪，也能彻底令它转向，或是将它们抽干，然后引进新的奔流。但是这样做有什么用处？即使他能让程尼斯满头鬈发的脑袋充满由衷的崇敬，难道就能改变自己丑怪的外貌，而让自己不再诅咒白昼，不再热爱黑夜，不再隐遁于自己的帝国中一个幽暗的角落？

身后的门打开了，于是他转过身来。原本透光的墙壁立时变成不透明，紫色的暮光随即消失，由室内核灯泡的白炽光芒所取代。

拜尔·程尼斯轻快地坐下来，开口道："阁下，这份荣幸对我而言不算太意外。"

骡伸出四根手指摸了摸自己的长鼻子，用不太高兴的语气反问："年轻人，为什么？"

"我想，是一种预感吧。否则我就得承认，我也听说过那些谣言。"

"谣言？谣言有数十个不同的版本，你指的是哪一个？"

"就是即将重新展开泛银河攻势的那个谣言。我倒希望这是真的，那么我也许就能扮演一个适当的角色。"

"这么说，你也认为第二基地的确存在？"

"有何不可？这就能让一切变得有趣多了。"

"你还发现这是一件有趣的事？"

"当然，因为它神秘无比！想要训练自己的想象力，还有比这更好的题目吗？最近报纸的增刊中，全都是这方面的文章——这就耐人寻味。《宇宙报》的一位专栏作家，写了一篇古怪的文章，描述一个纯粹由心灵主宰的世界——您瞧，就是第二基地——那里的人发展出来的精神力量，足以和任何已知的物理科学匹敌。能在几光年外击毁敌方的星舰，还能把行星驱离原有的轨道……”

“没错，的确很有意思。不过对于这个问题，你自己有没有什么看法？你同意那种心灵力量的说法吗？”

“银河在上，我可不信！您想想看，假如真有那种超人，他们怎么可能窝在自己的行星上？阁下，不可能的。我认为第二基地会隐藏起来，是因为它不如我们想象中那样强大。”

“这样的话，我就非常容易说明自己的想法。你愿不愿意率领一支探险队，前去寻找第二基地？”

一时之间，这个突如其来的状况似乎令程尼斯有些不知所措，整个发展比他预料中的还要快一拍。他的舌头显然僵住了，久久说不出话来。

骡冷冰冰地说：“怎么样？”

程尼斯的额头皱成了数折。“当然好。可是我要到哪里去找呢？您可有任何情报？”

“普利吉将军会跟你一起去……”

“那么，就不是由我带队了？”

“等我说完你再自行判断。听好，你并不是基地人，而是卡尔根土生土长的，对不对？好，那么，你对谢顿计划的了解可能很模糊。当第一银河帝国开始衰落时，哈里·谢顿和一群心理史学家，利用某些数学工具分析历史的未来发展——在如今这个退化的时代，那些数学早已失传——并且设立了两个基地，分别置于银河的两个端点。随着经济和社会背景的逐渐演化，这两个基地就会成为第二帝国的种子。哈里·谢顿预计以一千年的时间完成这个计划——倘若没有这两个基地，则需要三万年之久。然而，我却不在他的算计之中。我是一个突变种，而心理史学只能处理群众的平均反应，所以无法预测我的出现。你了解吗？”

“阁下，我完全了解。可是这些跟我又有什么关系呢？”

“你马上就会知道了。我打算现在就统一整个银河系——提前七百年完成谢顿的千年大计。在我的统治下，第一基地——那个物理科学家的世界——如今兴盛依旧。以‘联盟’的繁荣和安定作为后盾，他们发展的核武足以横扫银河——或许只有第二基地例外。所以，我必须对它多作些了解。普利吉将军坚决相信它并不存在，我却知道事实并非如此。”

程尼斯以谨慎的口吻问道：“阁下，您又是如何知道的？”

骡的言词之中突然充满愤怒。“因为在我控制下的许多心灵，如今都受到外力干扰。做得很细微！很精妙！可是我仍旧察觉到了。这种干扰现象不断增加，常常在紧要关头发生在重要人物身上。因此这些年来，我必须小心谨慎，不敢轻举妄动，现在你知道原因了吗？

“这就是你得天独厚的优点。普利吉将军已是我最得力的手下，所以他的处境岌岌可危。当然，他自己并不知道这一点。然而，你不是一名‘回转者’，因此不易被发现你在为我效命。比起我的任何部下，你能将第二基地瞒骗得更久——也许刚好足够久。你了解吗？”

“嗯——嗯，有道理。但是，阁下，请允许我问您一个问题。我想知道，您那些手下究竟是如何被干扰的。这样一来，若是普利吉将军发生什么变化，我也许就能察觉到。他们是否不再‘回转’了？是否对您不再忠诚？”

"不，我说过干扰极为精妙，比你想象中还要麻烦。由于那种变化难以识破，有时我在采取行动之前，必须静观其变，因为不能确定某个重要人物身上的变化，究竟是干扰的结果，或者只是普通的反常现象。他们的忠诚并没有改变，可是进取心和智力却大打折扣。表面上一个个完全正常，其实全部成了废物。过去一年间，就有六个人发生这种变化，六个我最得力的手下。"他一边的嘴角微微上扬，"他们现在被派去管理训练中心——我衷心希望，不会发生任何需要他们决断的紧急状况。"

"阁下，万一……万一不是第二基地干的。倘若是另外一个，像您自己这样的，另一个突变种？"

"对方的计划实在太谨慎，也太深谋远虑。倘若只有一个人，一定不会这么沉得住气。不，那是某个世界所采取的行动，而你将是我对付它的武器。"

程尼斯的眼睛亮了起来，他说："我很高兴能有这个机会。"

骡却捕捉到了对方突然涌现的情感。"没错，你显然动了这个念头，想要立下一件盖世功劳，让你有资格得到最大的犒赏——或许甚至成为我的接班人。这不成问题。可是你要知道，你也可能受到最严厉的惩罚。我的情感控制能力，并非仅仅只能诱发忠诚之心。"

他的嘴角露出浅笑，看起来阴森可怖，程尼斯吓得从椅子上跳起来。

在那一瞬间，仅仅那么一刹那，程尼斯感到一股排山倒海而来的悲痛。它夹着肉体的痛楚猛扑而下，令他的心灵几乎无法承受。下一刻它便消失无踪，除了一股激烈的怒火，没有留下任何迹象。

骡又开口说："发怒是没有用的……对，现在你掩饰住了，对不对？但我还是看得出来。所以你要牢牢记住——刚才那种感觉，我能让它变得更强烈，更持久。我曾以情感控制的手法处决叛徒，再也没有更残酷的死法了。”

他顿了顿之后说：“我说完了！”

于是骡又变得孤独一人。他关掉灯光，面前的墙壁便恢复透明。天空已被黑暗笼罩，逐渐升起的“银河透镜”在天鹅绒般深邃的太空中闪闪发光。

这团朦胧的星云是由无数恒星所组成的，由于数目实在太多，看起来像是融合在一起，变成一大团光耀的云朵。

所有的星辰，都将是他的……

如今只差临门一脚，他今晚可以休息了。

第一插曲

第二基地的“执行评议会”正在举行会议。对我们而言，他们只是许多不同的声音。会议的实际场景，以及与会者的身份，目前都还无关紧要。

严格说来，我们甚至不能妄想重塑会议的任何一幕——除非，连我们所能期待的最低限度了解，我们都想完全牺牲。

我们所叙述的人物都是心理学家——却并非普通的心理学家。其实我们应该说，他们是倾向于心理学研究的科学家。这句话的意思是，他们对于“科学哲学”的基本观念，与我们所知道的一切完全南辕北辙。由物理科学的实证传统所培养出来的科学家，他们心目中的“心理学”，与“第二基地心理学”仅有极模糊的关系。

这就像是设法向盲人解释色彩的概念——更何况，笔者与读者同样算是盲人。

应该先说明的是，参与集会的所有心灵，对于彼此的工作都彻底了解——不只是一般的理论，还包括这些理论长时间应用于特殊个体的效果。我们所熟悉的语言在此毫无用处。即使是只字片语，也等于是冗长的废话。一个手势、一个鼻息、一个简单的表情，甚至一个意味深长的停顿，都包含了丰富无比的讯息。

在作过如此的声明后，我们就可以将会议的某一小段，翻译成极端特殊的语言组合。这是为了迁就读者们自幼即受物理科学熏陶的心灵，即使有可能丧失微妙的神韵，也必须要冒这个险。

这个会议，由其中一个“声音”主导全场。这个“声音”属于某位与会人士，他的头衔是“第一发言者”。

他说：“究竟是什么阻止了骡当初的疯狂攻势，如今已经相当明显而确定。我不敢说这个结果应该归功……嗯，归功于我们对情况的控制。他显然差一点就找到我们，因为他借助于一位第一基地的所谓‘心理学家’，并且以人为方式提高那人的脑能量。正当那位心理学家要将他的发现告知骡的时候，幸好及时被击毙了。‘第三阶段’之下的所有计算，皆证明导致他遇害的事件纯属偶然。下面请你继续说明。”

于是“第五发言者”开始发言，他的声音非常特别。这位发言者以严厉的口气说：“那个情状的处理方式绝对是个错误。当然，面对强大的攻击，我们根本没有招架的余地，尤其是面对具有强大精神力量的异人‘骡’所主导的攻击。在他征服了第一基地，开始称霸银河不久，正确说来是半年后，他就已经到了川陀。在他抵达川陀后，半年内很可能就会找到这里来，而他的胜算极大——正确说来是96.3%，误差正负万分之五。我们花了许多时间来分析当初遏止他的那些力量。当然，我们知道他最初的动机究竟为何。他具有天下无双的精神异禀，肉体却是先天畸形，这种内在矛盾我们都看得很清楚。然而，唯有借由洞察

'第三阶段'，我们才能断定——虽然是后见之明——面对一个对他有真感情的人，他表现出反常行为的可能性。

"既然他的反常行为取决于另外那人能否在适当时机出现，就这方面而言，整个事件只是一个偶然。我们的特工早已确定，凶手是一名普通女子。由于感情作祟，骡对那名女子过于信赖，因此没有控制她的心灵——只是因为她喜欢他。

"那个事件——对于想要了解详情的人，可以到'中央图书馆'去查阅对整个事件所作的数学分析——它对我们是个警告，因为我们制止骡的方法，其实是极不正统的。所以说，我们天天面临着整个谢顿计划灰飞烟灭的危险。我的发言到此为止。"

第一发言者等了一下，好让在座众人充分领会刚才那番话的含意。然后他说："因此，目前的情况极不稳定。谢顿的原始计划已被扭曲，几乎到了断折点——我必须强调，在这个事件中，我们由于极度欠缺先见之明，因而铸成了大错——我们目前所面临的，是整个计划彻底瓦解，再也无法恢复。时间不会停下来等我们。我认为，我们只剩最后一条路——而这个办法仍有风险。

"就某种意义而言，我们必须主动让骡找到我们。"

他再等了一下，看了看众人的反应，又说："我重复一次——就某种意义而言！"

02

二人无骡

星舰几乎已经准备就绪。除了目的地，其他一切皆已齐备。骡曾经建议他们再去一次川陀——这个早已衰亡的世界曾是众星之首，是银河系独一无二的大都会——历史上最庞大的帝国即建都于此。

普利吉却否定了这项建议。那是一条老掉牙的路线，早已彻彻底底搜寻过。

现在，他在导航室中碰到了拜尔·程尼斯。这个年轻人的一头鬈发蓬乱得恰到好处，刚好只有一绺垂到前额——就像是仔细梳成那样的——连他微笑时露出的牙齿，也都与发型互相搭配。不过，这位刚毅的将军却感到自己对这些似乎都无动于衷。

程尼斯的兴奋之情溢于言表。“普利吉，这实在太巧了一点。”

将军冷淡地答道：“我不晓得你在说些什么。”

“喔——好吧，老前辈，那么你拽过一张椅子来，我们好好谈一谈。我看过了你的笔记，我认为实在了不起。”

“你……真是过奖了。”

“但是，我不确定你得到的结论是否和我一样。你有没有试过用演绎法分析这个问题？我的意思是，随机搜索各个星体当然很好，而为了这样做，你在过去五次的远征中，做了无数次的星际跃迁。这是很明显的事。不过你有没有计算过，照你这种进度，得花多少时间才能把所有的已知世界搜完一遍？”

“算过，算过好几次。”普利吉丝毫不愿与这个年轻人妥协，但是打探对方内心却很重要——这是一个未受控制的心灵，因此根本无从预测。

“好吧，那么，让我们试着分析一下，判断我们真正要找的是什么。”

“当然是第二基地。”普利吉绷着脸说。

“是由心理学家组成的基地。”程尼斯纠正对方的话，“他们在物理科学上处于劣势，正如同第一基地在心理学上成就不彰。嗯，你来自第一基地，而我却不是。这句话的含意对你或许很明显。我们要找的是一个由精神力量统治的世界，可是它的科学却非常落后。”

“一定是这样吗？”普利吉心平气和地问，“我们这个‘行星联盟’的统治者，他的权力来源正是精神力量，可是我们的科学并不落后。”

“那是因为有第一基地为他提供各种科技，”对方的回答听来有点不耐烦，“可是放眼银河，如今第一基地是唯一的知识之源。第二基地一定藏在银河帝国瓦解后的残躯中，那里不会剩下什么有用的东西。”

“所以你就假设，他们的精神力量足以统治若干世界，而他们的物理科学却很拙劣。”

“他们的物理科学并非‘绝对’拙劣。相较于周围那些退化的邻邦，他们仍有足够的自卫能力。骡则拥有精良的核能科技，面对骡的下一波攻势，他们势必无法抵抗。否则，第二基地为何藏得那么隐密？当初它的创建者哈里·谢顿就讳莫如深，如今那些人仍然藏头缩尾。你们的第一基地从不讳言自己的存在，也从来没有人想把它藏起来。打从三百年前，它还是一颗孤独的行星上一个不设防的单一城市，它就一直光明正大。”

普利吉阴郁面容上的皱纹抽动了一下，仿佛是在讥嘲对方。“既然你完成了高深的分析，要不要我拿一张名单给你，名单上的各个王国、共和国、行星邦以及各种独裁政体，通通符合你所描述的政治蛮荒地带，并且符合其他几个因素。”

“这么说，这些你都考虑过了？”程尼斯并未表现出一丝心虚。

“名单自然不在这里，不过我们做成了一份指南，囊括‘银河外缘对角’所有的政治集团。说实在话，你认为骡会完全盲目地摸索吗？”

“好吧，那么，”年轻人的声音变得中气十足，“‘达辛德寡头国’有没有可能？”

普利吉若有所思地摸摸耳朵。“达辛德？喔，我想我知道。他们并不在银河外缘，对不对？我好像记得，他们和银河中心的距离只有三分之二。”

“没错，那又怎样？”

“根据我们拥有的记录，第二基地应该在银河的另一端。天晓得，那可是我们唯一的线索。可是你为何会提到达辛德呢？它和第一基地的角度差，仅仅介于一百一十到一百二十度之间，没有任何一处接近一百八十度。”

“那些记录中还提到另外一点：第二基地设在‘群星的尽头’。”

“银河中从来没有这么一个地方。”

“因为它是当地人所用的地名，后来为了保密，更是不让它流传出来。或者，也可能是谢顿团队取的名字。然而，‘群星的尽头’和‘达辛德寡头’之间，的确应该有些关联，你不觉得吗？”

“发音有点相近吗？这个理由不够充分。”

“你到过那里没有？”

“没有。”

“可是在你的记录中，却提到过那个地方。”

“哪里？喔，没错，不过我们只是去补充食物和饮水。那个世界绝对没有任何可疑之处。”

“你是降落在首都行星吗？我是指政府的中枢？”

“我不敢确定。”

在普利吉的冷眼凝视下，程尼斯沉思了一会儿。然后他说：“你愿意花一点时间，陪我一起去看‘透镜’吗？”

“当然。”

“透镜”也许是当时星际巡弋舰上最先进的设备。它其实是一台极复杂的电脑，能将银河系任意一处所见的夜空景象，重现在一幅屏幕上。

程尼斯调整着坐标点，并关掉驾驶舱的灯光。舱内只剩下“透镜”控制盘所发出的微弱红色光芒，将程尼斯的脸庞映得通红。普利吉则坐在驾驶座上，翘起一条长腿，脸孔隐没在幽暗中。

暖机时间过了之后，屏幕上便慢慢现出许多光点。那是银河中心附近的星像，稠密明亮的群星紧紧聚在一起。

“这是川陀所见的冬季夜空。”程尼斯解释道，“据我所知，有一个很重要的关键，在你过去的搜寻行动中都忽略了。任何一个明智的定向方式，一定都会拿川陀当原点。因为川陀是银河帝国的首都，除了身为政治中枢，它更是全银河在科学和文化上的中心。因此之故，银河中的任何地名，十之八九会以川陀作标准。此外你也应该记得，虽然谢顿来自接近银河外缘的赫利肯星，他所领导的研究都是在川陀进行的。”

“你到底想要说明什么？”普利吉以冰冷平板的声音，朝对方的热情泼下一盆冷水。

“星图会说明一切。你看到那个暗星云没有？”程尼斯的手臂投影在屏幕上，将其上闪亮的银河遮掩了一部分。他的食指指着一个微小的黑点，它看来像是光网中的一个小洞。“根据星宇图的记录，它叫做贝洛星云。注意看，我要把影像放大。”

普利吉曾经看过“透镜影像”的放大过程，不过他仍旧屏息以待。那种感觉好像是驾驶星舰直接闯入骇人稠密的星带（并未进入超空间），而你正凝望着星舰的显像板。群星向他们迎面扑来，从一个共同中心四散纷飞，最后消失在屏幕的边缘。一些单独的光点渐渐一分为二，最后变作一团光球；朦胧的光带则分解成无数光点。种种的影像变化，始终带来一种相对运动的错觉。

程尼斯不停地解说着：“你可以发现，这等于是我们从川陀出发，沿着直线一路飞往贝洛星云。所以我们看到的影像，一直维持着从川陀望向这个星空的方向。其中可能有一点误差，因为我并未考虑重力所造成的星光偏折。我手边没有计算这个因素的数学工具，不过我确定影响不会太大。”

黑暗区域正在屏幕上展开。随着放大速率逐渐减缓，星辰依依不舍地从屏幕四周消失。而在那个逐渐变大的星云边缘，突然涌现许多明亮的星体。由于附近数立方“秒差距”的太空中，充满钠原子与钙原子构成的黯淡漩涡，那些星体的光芒遭到遮掩，只有靠近时才看得见。

程尼斯又指着屏幕说：“那个星域的居民把这个地方称作‘星口’。这个事实意义重大，因为只有从川陀的方向看过去，它才像是一个嘴巴。”他指的是那个星云中的一个裂隙，里面充满闪耀的星光，参差不齐的轮廓仿佛是个微笑的嘴形。

“沿着‘星口’，”程尼斯说，“沿着‘星口’向前走，星光越来越稀疏，就像是进入‘咽喉’。”

屏幕上的影像扩展些许，星云以“星口”为中心伸展开来，最后占据整个屏幕，只剩下“星口”露出细微的光芒。程尼斯的手指默默跟着“星口”走，直到它陡然停止，然后他的手指继续移动，滑移到一颗孤独而明亮的星体，才终于停在那里。倘若再往外走，就是一片完全黑暗的深渊。

“群星的尽头。”年轻人不假思索地说，“星云在那儿变得稀疏。所以这颗星射出的光线，只能向唯一的方向延伸——一路射向川陀。”

“你想要说……”由于无法置信，将军的话只说了一半。

“我并非想要说什么。那就是达辛德——群星的尽头。”

“透镜”随即被关上，室内灯光重新亮起。普利吉跨出三大步，来到程尼斯面前。“你是怎么想到的？”

程尼斯靠在椅背上，露出诡异的为难表情。“纯粹是偶然。我真想将它归功于我的聪明，事实上却纯属偶然。无论如何，反正这个结论合情合理。根据我们手头的资料，达辛德是个寡头政治国。它统治了二十七颗住人行星，但是科学并不昌明。最重要的是，它是个偏远的世界，在该星域的区域性政治中严守中立，也并未实行扩张主义。我认为，我们应该去看一看。”

“你向骡报告过吗？”

“还没有，我们先别告诉他。我们已经进入太空，即将进行第一次跃迁。”

普利吉大吃一惊，赶紧跳到显像板旁。当他调整好焦距后，眼前赫然是冰冷的太空。他目不转睛地凝视良久，才猛然转过头来。他的右手，自然而然摸到坚硬且能带来安全感的核铳握把。

“谁下的命令？”

“报告将军，我下的命令。”这是程尼斯第一次称呼对方的军衔，“当我对你滔滔不绝的时候，你也许没注意到星舰已在加速。因为当时我正在扩大‘透镜’的像场，你一定会以为那是影像引起的错觉。”

“为什么？你究竟在做什么？你胡扯一大堆关于达辛德的事，到底有什么目的？”

“那可不是胡扯，我的态度十分严肃。我们现在正朝那儿飞去。我会选在今日启程，正是因为我们原本预计三天后出发。将军，你不相信有第二基地，我却深信不移。你只是奉骡之命行事，自己完全没主见，我却看出此行极为凶险。算起来，第二基地已经积极准备了五年。我不知道他们是如何准备的，但是，万一他们的特工渗透了卡尔根呢？如果我心里藏着第二基地的下落，很可能会被他们发现。我的性命或许会受到威胁，而我非常珍惜这条小命。纵使只有一丝一毫的危险，我都希望尽量避免。所以除了你，没有任何人晓得达辛德的事，而你也是在我们上太空后才知道的。即使如此，我们还得顾虑舰员呢。”程尼斯又露出嘲讽式的微笑，显然他完全掌握了局势。

普利吉的手从腰际的核铳滑落，一股模糊的不快陡然向他袭来。究竟是什么使他不愿采取行动？是什么使他优柔寡断？当年效忠第一基地那个商业帝国的时候，他是一名充满叛逆性格、永远无法晋升的上尉；那时应该是他，而不是程尼斯，会对这种情况毫不犹豫地采取大胆行动。难道骡真的说对了吗？受控的心灵由于服从至上，令他不再主动积极？他顿时感到意志消沉，陷入一种奇异的疲惫状态。

他说："做得好！可是从今以后，在你作出类似决策之前，要先和我商量一下。"

此时，闪动的讯号吸引了他的注意。

"那是引擎室。"程尼斯随口说，"我命令他们五分钟内暖机，我还交代他们，发现任何问题要立刻通知我。要我代你去一趟吗？"

普利吉默默点了点头。他想起自己已经快五十岁，遂在突如其来的孤独中沉思着这个可怕的事实。显像板只映出稀稀落落的几颗星，银河主体则朦胧地挤在一旁。假如自己能解脱骡的枷锁，那该……

刚刚想到这个念头，他就吓得赶紧打住。

轮机长哈克斯兰尼以锐利的目光，瞪着面前这位穿着便服的年轻人。这个平民似乎很有权威的地位，还带着舰队军官特有的自信。而乳臭未干就加入舰队的哈克斯兰尼，却总是将权威与阶级划上等号。

不过这个人是骡亲自指定的，而骡当然就是真理。骡的这个决定，他连下意识都毫不怀疑。情感的控制将他深深地、牢牢地抓住。

他一句话也没说，只是将一个小小的卵形物体交给程尼斯。

程尼斯掂掂它的分量，露出了迷人的笑容。

“轮机长，你是基地人，对不对？”

“是的，长官。在第一公民接收基地前，我曾在基地舰队中服役十八年。”

“你是在基地接受技术训练的吗？”

“我是合格的一级技术员——安纳克里昂中央军校毕业。”

“很好。这是你在通讯线路中找到的吗？就在我请你检查的地方？”

“报告长官，是的。”

“它是线路的一部分吗？”

“报告长官，不是。”

“那么它到底是什么？”

“报告长官，是超波中继器。”

“我可不是基地人，你这么说还不够清楚。它有什么作用？”

“借着这个装置，就能在超空间中追踪这艘星舰。”

“换句话说，不论我们到哪里，都会被人跟踪。”

“报告长官，是的。”

“很好。这是新近的改良型，对不对？是由第一公民创建的‘研究院’研发出来的，是吗？”

“报告长官，我同意。”

“它的结构和功能都是政府的机密，对吗？”

“报告长官，我同意。”

“而它却跑到这里来了，真有意思。”

程尼斯将超波中继器在两手间扔来扔去。几秒钟后，他猛然将它递出去。“好，你拿去吧，把它原封不动放回原处。懂不懂？然后忘掉这件事，彻底忘掉！”

轮机长差一点就要行礼，还好及时煞住。一个利落的转身，他就离开了。

星舰在银河中进行着一次又一次的跃迁，它的轨迹是群星间一条稀疏的虚线。虚线中的“点”，是星舰在普通空间中航行十至六十“光秒”的短程路径；而点与点之间许多秒差距的空隙，则是星舰在超空间中跃迁一次的结果。

拜尔·程尼斯坐在“透镜”的控制盘前沉思，不禁对它兴起一股近乎崇敬的情绪。他不是基地人，因此对他而言，推动把手、按动开关这些事，并不是耳濡目染的第二本能。

然而，即使对基地人而言，“透镜”也不算一种无聊的装置。在它不可思议的紧致体积中，藏有数不清的电子电路，足以精确记忆数亿颗恒星的相对位置。除此之外，它还具有一项更惊人的功能，就是能将“银河像场”的任何一部分，沿着三个空间坐标轴进行任意的平移，或是绕着任何中心旋转。

由于具有这些功能，在星际旅行科技的发展中，“透镜”扮演了近乎革命性的角色。在星际旅行早期，为了一次超空间跃迁，必须花上一天至一周来进行计算——大多数的时间，都用于计算船舰在银河中的准确位置。简单地说，就是至少要对三颗彼此相距很远的恒星，进行非常精确的观测，而这三颗恒星相对于某个“银河坐标原点”的位置必须是已知的。

关键便在于“已知”这两个字。任何人只要熟悉某个方位的“星像场”，便能轻易分辨出其中每一个星体。然而跃迁十秒差距之后，就可能连母星的太阳都难以辨认，甚至根本看不见了。

解决之道当然是光谱分析。每颗恒星的光谱都不尽相同，就像每个人的签名一样。数世纪以来，星际交通工程学的主要课题，正是如何将更多恒星的光谱分析得更仔细。随着光谱分析的发展，以及跃迁准确度的不断提升，银河旅行的标准航道逐渐建立起来，星际航行也从艺术逐渐蜕变成真正的科学。

不过，即使像基地这样的科技水准，船舰上配备精良的电脑，并且利用崭新的星像场扫描法来分析恒星的“星光签名”，但是在不熟悉的星域中，驾驶员也经常需要几天的时间，才能找到三颗已知的恒星，以便计算船舰的位置。

直到“透镜”发明后，一切才完全改观。“透镜”的特色之一，在于只需要一颗已知恒星当参考点；而另一项特色，则是程尼斯这样的太空生手也能操作自如。

根据跃迁计算，目前最接近而体积够大的天体是凯旋星。而此时在显像板中央，也显现了一颗明亮的星体。程尼斯希望它正是凯旋星。

“透镜”的投影屏幕紧邻着显像板，程尼斯将凯旋星的坐标一个一个仔细键入。然后他按下某个电驿，星像场便立刻大放光明。屏幕中央也有一颗明亮的恒星，不过似乎与显像板上那一颗没有什么关系。于是他开始调整“透镜”，让星像场沿着Z轴平移，并且让画面逐渐扩展，直到屏幕中央与显像板中央的恒星亮度完全相同。

程尼斯又在显像板上选了另一颗够大够亮的恒星，并从屏幕上找到对应的影像。接下来，他让屏幕缓缓旋转，一直转到与显像板相同的方位。他随即撅着嘴，做了一个鬼脸，放弃了这个结果。然后他又两度旋转屏幕，先后选了另外两颗亮星。最后那回他终于露出笑容，总算成功了。一位受过“相对位置判别训练”的专家，也许第一次就能成功，但他只做了三次尝试，成绩也相当难得。

最后的工作便是微调。他将屏幕与显像板的影像重叠起来，结果是不尽相符的一团朦胧。大多数星体都呈现很接近的两个影像。

不过微调并不需要太多时间。所有的星像不久都融合为一，变成单一的清晰影像。现在，已经能直接从刻度盘上读出星舰的位置，整个过程还不到半个小时。

程尼斯在汉·普利吉的单人寝室里找到他。这位将军显然准备就寝了，他抬起头来问："有什么消息吗？"

"没有什么特别的消息。只要再做一次跃迁，我们就到达辛德了。"

"我知道了。"

"如果你想上床，我就不打扰你了。可是，我们在席尔星找到的胶卷，你究竟有没有好好看过？"

程尼斯所说的那个胶卷，这时摆在一个矮书架下层的黑色盒子中，汉·普利吉以轻蔑的目光望了望。"看过了。"

"你有什么感想吗？"

"我认为，即使曾经存在任何和历史有关的科学，在银河系这一带也几乎失传了。"

程尼斯露出灿烂的笑容。"我知道你的意思。资料相当贫乏，对不对？"

"假如你对统治者的实录情有独钟，那又另当别论。我认为，这些东西无论如何不会可靠。那些专注于个人事迹的历史，功过评价全取决于作者的主观意识。我发现毫无可取之处。"

"但是里面提到了达辛德。我给你那卷胶卷，就是想让你看看这个记录。这是我找到的唯一一份资料，其他的资料连提也没提。"

"好吧。他们的统治者有好有坏，他们征服过几颗行星，打仗有输有赢。但是他们并没有什么特殊事迹。程尼斯，我认为你的理论没有任何价值。"

“可是你忽略了一些重点。你有没有注意到，他们向来不曾和其他世界结盟？在那个挤满星辰的角落，他们始终置身于区域性政治之外。正如你所说，他们曾经征服过几颗行星，可是却适可而止——而且没有吃过什么大败仗。仿佛他们刻意扩张到刚好足以自卫，却又刚好不会引起注意。”

“非常好。”普利吉以毫无感情的语调答道，“我并不反对登陆。最坏的结果——浪费一点时间。”

“喔，不对。最坏的结果——全军覆没，如果那里真是第二基地的大本营。你别忘了，天晓得那个世界藏有多少只骡。”

“你计划怎么做呢？”

“降落在某颗不起眼的藩属行星上。先尽可能搜集有关达辛德的资料，然后见机行事。”

“好吧，我不反对。你不介意的话，现在我想熄灯了。”

程尼斯摆摆手，径自离开了。

这个飘浮于广袤太空中的金属岛屿，有一间小寝室立刻陷入黑暗。不过，汉·普利吉将军仍然清醒，让奔腾的思绪带领自己神游物外。

假如他费尽心力所决定的事通通正确——许多事实已经开始互相印证——那么达辛德的确就是第二基地，不可能另有蹊跷。可是为什么？为什么呢？

真的就是达辛德吗？一个平凡的世界？一个毫无特色的世界？帝国残骸中的一个贫民窟？断垣残壁间的一个碎片？他依旧记得，每当骡提到基地心理学家艾布林·米斯，那个曾经——也许曾经发现第二基地秘密的人，骡总是会皱起眉头，连声音也变得有气无力。

普利吉想起骡的话语中紧张的情绪：“米斯好像突然吓呆了。仿佛第二基地的秘密超乎他的预料，和他原先的假设完全背道而驰。

我真希望除了他的情绪之外，我还能读出他的思想。但那些情绪是那么明显——尤其是那股扑天盖地的惊愕。”

惊愕是米斯情绪中的主调。他的发现一定难以置信！而现在，这个男孩，这个老是笑眯眯的青年，他对达辛德充满信心，还油嘴滑舌地强调最不起眼就是最不平凡。而他一定没错，他的说法一定正确。否则，天下再也没有合理的事了。

在进入睡眠状态之前，普利吉最后的意识是一丝冷酷。乙太管旁边的超波追踪器仍在原处。一小时前他还去检查过，而程尼斯对此完全不知情。

第二插曲

在评议会大厅的休息室中，几位发言者聚在一起——他们即将进入大厅，展开当天的工作——两三个念头在他们之间迅速飞来跃去。

“所以说，骡开始行动了。”

“我也听说了。危险！太危险了！”

“如果一切依循既定的函数运作，就不会有危险。”

“骡不是普通人——想要左右他所选定的傀儡，很难不被他察觉。受到控制的心灵更是难以碰触，据说他已经发现几宗案例。”

“没错，我认为简直无法避免。”

“未受控制的心灵比较容易对付。可是他手下的掌权人物，却很少有这样的人……”

他们走进了大厅，第二基地的其他成员则跟在后面。

03

二人与农夫

罗珊是个位于银河边陲的世界。就像其他边陲世界一样，它经常被银河历史所忽略，而它也总是低调行事，以避免招惹无数条件更好的行星。

在银河帝国末期，只有一些政治犯住在这个荒芜的世界。此外，这颗行星上还有一座观测站，以及少数的驻军，因此不能算是无人之境。后来，动荡不安的凶年接连不断，甚至在哈里・谢顿的年代之前，已经有许多平凡百姓离开人口集中地带，迁徙到这个偏远而荒凉的世界。一来是为了逃避连年的战乱和烧杀掳掠，二来也是厌倦了野心家为了毫无意义的皇位，每隔几年就演出一次改朝换代的闹剧。

于是，在罗珊行星寒冷而荒芜的土地上，逐渐出现几个小村落。罗珊的红太阳是一颗小型恒星，总是吝于多施舍一点光和热。因此在这个世界上，每年有九个月的时间飘着稀落的雪花。在这些下雪的月份，当地的耐寒作物全部躲在土壤里冬眠。等到太阳好不容易重新出现，温度升到接近华氏五十度时，它们则以近乎疯狂的速度，赶紧生长，迅速成熟。

本地有一种类似山羊的小型动物，会用长了三个蹄的细腿，踢开草原上薄薄的积雪，然后啃啮积雪下面的小草。

罗珊居民的面包与乳品就是这么来的，偶尔舍得杀掉一头动物时，他们甚至还有肉吃。危机四伏的森林占据了赤道地带一半面积，提供了质料坚实、纹理细致的木材，是盖房子的上好建材。这些木料，以及一些毛皮与矿物，甚至还能外销到其他世界。过去，帝国的太空商船会不定时来到此地，用农业机械、核能暖炉甚至电视机，与当地居民交换这些土产。电视机是不可或缺的，因为每当漫长的冬季来临，农民们就必须整天待在家里。

帝国的历史就这样从罗珊农民的头上流逝。太空商船会突然带来一些新消息，不时也会有些新的难民抵达此地。有一次，一大群的难民集体涌至，并且定居下来。这些难民或多或少知道一些银河最新的时势。

罗珊人从此开始获悉外界的变动：席卷银河的战事、大规模的屠杀，以及暴虐的皇帝与叛乱的总督。每当他们聚集在村落的广场，享受微弱阳光带来的一丝暖意时，总会不自禁地摇头叹息，并将毛皮领拉到长满大胡子的脸旁，神情严肃地批判人性的邪恶。

后来，有好长一段时间不见太空商船，生活因此变得更为艰苦。进口的烟草、农机，以及柔软的食物都没有了。只有电视机的超波频带上，还会传来零星模糊的消息，让他们知道局势越来越不稳定。终于，川陀遭到大肆劫掠的消息传开来。这个全银河最伟大的世界，这个辉煌、传奇、不可侵犯、壮丽无匹的京畿，竟然也会被蹂躏成一片废墟。

这种事真令人难以置信。对于许多从土地上挣饭吃的罗珊农民而言，银河的末日似乎已近在眼前。

若干年后，在某个完全平凡无奇的日子，一艘星舰来到罗珊。各村的老者都自以为是地点着头，撑开一对老眼窃窃私语，说这种事在他们父亲的时代常有发生——事实却并不尽然。

它并非属于帝国所有，因为舰首少了帝国特有的“星舰与太阳”标志。这艘外型粗短的星舰，是由老旧船舰的残骸拼装而成——里面的人员，则自称达辛德的战士。

农民们一头雾水。他们没有听说过达辛德，却仍旧以传统的待客之道欢迎这些战士。这些陌生人向农民仔细问了许多问题，诸如这颗行星的自然条件、居民的人数、有多少城市（不过农民们把“城市”误以为“村落”，弄得彼此糊里糊涂），以及经济形态等等。

接着便有多艘星舰登陆此地，并且对整个世界宣布，达辛德已经成为这颗行星的统治者。在住人的赤道地带将设立许多征税站，每年都要按照某些公式，向农民征收百分之若干的谷物与毛皮。

罗珊人表情严肃地眨眨眼睛，搞不清楚“税”究竟是什么东西。不过到了征税的日子，很多人还是照付了。或者应该说，是茫然地站在一旁，看着穿制服的异邦人将他们收获的玉米与毛皮搬到大车上。

于是，各地愤怒的农民纷纷组织起来，拿出古老的狩猎武器——但始终没有什么作为。当达辛德人再度来临时，他们心不甘、情不愿地一哄而散；眼看艰苦的生活变得更加艰苦，大家却一筹莫展。

但是不久之后，便出现了一种新的生态平衡。达辛德的总督赶走了住在绅士村的罗珊人，自己住进那里，过着深居简出的日子。

这位总督与手下都很少跟当地人接触，因此并不惹人注意。这时，征税的工作已经委托某些罗珊农民执行，那些本地的税务员会定期到各村各户访问，不过他们都是习惯的动物——农民们学到该如何隐藏收获的谷物，并将家畜赶到森林里去，以及故意不让房舍显得太华丽。每当税务员来访，不论问到任何有关资产的尖锐问题，他们一律露出一副呆然的表情，指着眼前可见的那么一点点。

后来连这种情况都越来越少，税金也自动减了。仿佛达辛德懒得从这个世界上捞取那些少得可怜的油水。

贸易活动却越来越兴盛，或许达辛德也发现如此更有利可图。虽然帝国的精美制品已成绝响，达辛德的机械与食物仍比本地货好得多。达辛德人还带来许多女装，它们比手织的灰色布料漂亮多了，自然是极受欢迎。

于是，银河的历史继续平静地溜过，农民们依旧从贫瘠坚硬的土地中挣饭吃。

纳若维刚走出他的农舍，就从大胡子中嘘出一口气。第一场雪已经飘落坚硬的地面，天空布满阴沉的粉红色云层。他斜着眼仔细眺望天空，断定一时之间还不会有风暴。这就代表他可以顺利抵达绅士村，以便卖掉过剩的谷物，换回足够的罐头食品来过冬。

他将大门拉开一道缝，对着屋内大声吼道："小仔，车子喂饱了没有？"

屋内立刻传出高声的回答，纳若维的大儿子随即走了出来。他的红色短胡须还没有长满，脸上还带着几分稚气。

他满腹委屈地说："车子加满燃料了，车况也不错，唯独车轴情况不妙。那个毛病不能怪我，我告诉过你，要找专家修理才行。"

纳若维退后一步，皱着眉头打量着儿子，然后把胡须浓密的下巴向前一伸。“这难道是我的错吗？要我到哪里去，又怎么去找专家来修理？接连五年欠收你知不知道？哪一年没有几头畜生发瘟？毛皮又什么时候涨过价……”

“纳若维！”屋内响起一个熟悉的声音，将他的话硬生生切断。他抱怨道：“你看，你看——你妈妈又要插手父子之间的事了。把车子开出来，要务必确定载货拖车联结得牢靠。”

他伸出戴着手套的双手，用力互拍一下，然后又抬起头来。朦胧的红色云朵越来越密，云缝间的灰色天空没有一丝暖意。太阳不知道躲到哪里去了。

当他正要移开视线时，眼睛却突然僵住，手指头不知不觉就向上指，同时张大嘴巴拼命大叫，根本忘了空气冷得要命。

“老伴，”他使劲大喊，“老太婆——赶快出来。”

窗口马上出现一张气呼呼的脸孔。她顺着他指的方向望去，就再也合不拢嘴。她大叫一声，立刻沿着木梯飞奔而下，沿途顺手抓了一条旧披肩与一方亚麻布。等到她出现在门口，已经把披肩披在肩膀上，亚麻布则松垮垮地包着头顶和耳朵。

她以充满鼻音的声音说：“那是外太空来的星舰。”

纳若维不耐烦地答道：“还会是别的东西吗？有访客来了，老太婆，访客！”

那艘星舰缓缓下降，终于在纳若维的农场北侧、一片寸草不生的冻土上着陆。

“可是我们该做些什么呢？”女人喘着气说，“我们能好好招待他们吗？要让他们睡我们家的肮脏地板，请他们吃上星期的玉米饼吗？”

“难道要让他们去找我们的邻居？”纳若维涨紫了被冻得绯红的脸庞，猛然抬起裹着光滑毛皮的双臂，抓住女人结实的肩膀。

“我的好老婆，”他兴奋得口齿不清，“你去把我们房间的两把椅子拿到楼下来；你再去宰一头肥肥的小牲口，跟薯类一块烤熟；你还要烘一张新鲜的玉米饼。我现在就去迎接那些外太空来的大人物……还有……还有……”他顿了顿，将大帽子向上一推，犹豫地搔了搔头。“对了，我还要带着我酿的那坛酒，跟他们喝个痛快。”

当纳若维发号施令之际，女人的嘴巴傻愣愣地不停抖动，却没有发出任何声音。等到纳若维说完，她才冒出一声刺耳的尖叫。

纳若维举起一根手指。“老太婆，村里的长老一周前是怎么说的？啊？动动脑筋。长老们亲自到各家农场拜访——亲自拜访！想想看这有多么重要！他们是来知会我们，如果发现任何外太空来的星舰，就要立刻通知他们，这是总督的命令。

“现在，我难道不该趁这个机会，在这些大人物心中留下一点好印象吗？看看那艘星舰，你见过这种样子的吗？那些外星人士一定既富且贵。为了迎接他们，总督亲自下达紧急指令，长老们在这么冷的天气逐个农场捎信。也许整个罗珊都接到了通知，说这些人是达辛德领主们期待的大人物——而他们竟然降落在我的农场。”

他心急得跳来跳去。“我们好好招待他们，他们就会向总督提起我的名字，这样一来，我们有什么得不到的？”

直到这时，纳若维太太才感到刺骨的寒气钻进她的薄衫。她一个箭步跳到门口，同时大吼一声：“那你还不赶快去。”

不过纳若维早已拔腿飞奔，朝星舰降落的方向跑了过去。

汉·普利吉将军对这个世界的酷寒、荒凉、空旷、贫瘠都毫不担心。面前这位满头大汗的农夫，也没有为他带来丝毫困扰。

真正令他烦恼的问题，是他们的战术究竟是否明智。因为，他与程尼斯两人是只身来到此地。

他们的星舰已经回到太空，在普通情况下，它应该都能照顾自己，但他仍旧感到不安全。当然，这次的行动要由程尼斯负全责。他向这个年轻人望过去，发现他正朝一座毛皮帐幕的裂缝处顽皮地眨眼，原来那里有个女人正在合不拢嘴地向外窥探。

至少，程尼斯似乎完全不在意。对于这个事实，普利吉感到有些幸灾乐祸。他的游戏一定很快就要碰壁。可是，如今他们与星舰的唯一联系，只剩下两人手腕上的通讯装置。

这位农场主人对他们拼命傻笑，而且一面不停点头，一面以油腔滑调的谄媚口气说："尊贵的大爷，请恕我冒昧地向您们报告，我的大儿子刚才告诉我，长老们很快就会到了。他是个优秀杰出的青年，只可惜我太穷了，没法子让他接受足够的教育。我相信您们在这里的这段时间，一定会对我的竭诚招待十分满意。我虽然很穷，却是个勤奋、诚实又谦逊的农夫，这可是有口皆碑的。"

"长老？"程尼斯顺口问道，"这个地区德高望重的人物吗？"

"是的，尊贵的大爷，此外他们也都是诚实而杰出的人物。因为整个罗珊都知道，我们这个村子是个正直又规矩的好地方——虽然生活艰苦，田地和森林里的收成都不好。或许您们可以跟长老提一下，尊贵的大爷，提一下我对访客的尊重和敬意。这样一来，他们也许就会帮我申请一辆新的货车。因为我们的老爷车几乎爬不动了，全家的生计却还得靠它维持。"

他露出低声下气的渴望神色。为了符合"尊贵的大爷"这个称谓，汉·普利吉故意端起架子，轻轻点了点头。

"你的待客之道，我保证会传到长老的耳朵里。"

纳若维离开后，普利吉趁机向显然有些失神的程尼斯说："我并不是特别有兴趣和那些长老碰面。”他说，“你对这件事又有什么想法？”

程尼斯似乎有些惊讶。“没有什么想法。你在担心什么呢？”

“与其在这里惹人起疑，我认为我们有更好的做法。”

程尼斯以单调低沉的声音，一口气说道：“我们下一步的行动即使会启人疑窦，或许仍有必要冒这个险。普利吉，如果只是伸一只手到黑布袋里乱摸一通，绝对找不到我们想找的人。凭借心灵力量统治一个世界的人，不一定是表面上的掌权者。重点是，第二基地的心理学家也许只占整个人口的极少数，正如同在你们第一基地上，科学家和技术人员只是少数族群。普通的居民可能就是那样——非常普通。甚至有可能，那些心理学家隐藏得极好，而表面上处于领导地位的人物，则真的自以为是真正的统治者。或许在这颗冰封的行星上，就能找到那个问题的答案。”

“我完全听不懂你的话。”

“啊，想想看，这实在很明显。达辛德也许是个庞大的世界，拥有几百万乃至几亿的人口。我们要如何从中辨识哪些是心理学家？又要怎样向骡报告，说我们已经找到第二基地？可是在这里，这个小小的农业世界，这个藩属行星，刚刚那位农夫已经说过，所有的达辛德统治者都集中在绅士村。普利吉，那里可能只有几百人，而其中一定有一名至数名第二基地分子。我们终究要到那里去，不过在此之前，让我们先见见长老——这是个符合逻辑的程序。”

满脸黑胡子的主人慌忙地走进屋内，显得兴奋万分，两人便停止交头接耳，显得若无其事。

“尊贵的大爷，长老们到了。恕我再请求您们一次，希望您们能够为我美言一句……”他极尽谄媚，几乎鞠了一个一百八十度的躬。

“我们当然会记得你，”程尼斯说，“这些人就是你们的长老吗？”

他们显然就是，总共有三位。

其中一人向前走来。他以带着威严的敬意微微欠身，并说：“我们深感荣幸。尊贵的阁下，交通工具已经准备好了，希望您们移驾我们的集会厅一叙。”

第三插曲

第一发言者心事重重地凝望着夜空。点点星光中，不时有稀疏的云朵飞掠。太空一向冷漠而令人敬畏，如今看来更藏有明显的敌意，因为其中出现了一个奇异的生物“骡”。由于骡的存在，太空似乎充满着凶恶的威胁。

会议已经结束，过程并不太长。针对处理未知的精神突变种所引发的数学难题，与会者提出了许多质疑与问题。即使是极端的组合，也必须一一考虑到。

他们真能确定什么吗？骡就在太空的某个角落——在银河系中不算遥远的某一处。而骡将要做什么呢？

对付他的部下轻而易举，他们一直都是计划中的棋子。

可是要如何对付骡本人呢？

04

二人与长老

罗珊世界上，至少在这个地区，长老的形象与一般人的想象完全不同。他们并非年高望重的农民，也不会显得权威或不甚友善。

完全不是那么回事。

初次见面，他们总会给人留下相当有尊严的印象，让人了解到他们的地位是如何重要。

现在他们围坐在椭圆形长桌旁，像是许多严肃而动作迟缓的哲人。大多数人看起来刚刚步入中年，只有少数几位留着修剪整齐的短胡子。总之，每个人显然都还不到四十岁，因此“长老”这个头衔其实只是尊称，而不全然是对年龄的描述。

从外太空来的那两位客人，正坐在上座与长老共餐。大家都保持严肃，而食物也十分简朴。看来这只是一种仪式，而并非真正的宴客。他俩一面吃，一面体察着一种全新的、截然不同的气氛。

饭后，几位显然最受敬重的长老说了一两句客套话——由于实在太短太简单，不能称之为“致词”——拘谨的气氛就不知不觉消失无踪。

欢迎外来访客而做作出来的尊严仿佛终于功成身退，长老们开始对客人表现出亲切与好奇，将乡下人的敦厚纯朴表露无遗。

他们围在两位异邦人身边，提出了一大串的问题。

他们的问题五花八门：驾驶太空船是否很困难？总共需要多少人手？他们的地面车有没有可能换装较好的发动机？听说达辛德很少下雪，其他世界是不是一样？他们的世界住了多少人？是不是和达辛德一样大？是不是非常遥远？他们的衣料是如何织成的？为何会有金属光泽？他们为什么不穿毛皮？他们是不是每天刮脸？普利吉戴的戒指是什么矿物……以及其他数不胜数的怪问题。

几乎所有的问题都是向普利吉提出来的，似乎由于他比较年长，他们自然而然认为他较为权威。普利吉发觉自己不得不回答得越来越详细，好像被一群小孩子包围一般。那些问题全然出于毫无心机的好奇。他们热切的求知欲令人无法抗拒，而他也不会拒绝。

普利吉耐着性子，逐一解答如下：驾驶太空船并不困难；人员数目决定于船舰的大小，从一个人到很多人都有可能；自己对此地车辆的发动机并不熟悉，但想必可以改进；每个世界的气候都不尽相同；他们的世界上住了几亿人；不过与伟大的达辛德“帝国”相比，则是微不足道；他们的衣服是硅塑料纺织而成；经过特殊加工，布面分子具有固定的方向，因此会产生金属光泽；由于衣料内附加热装置，因此他们不用再穿毛皮；他们的确每天刮胡子；他的戒指上镶的是紫水晶……等等等等。普利吉发现自己竟然和这些乡下人打成一片，这根本违反他的本意。

每当他回答一个问题，长老们都会立刻交头接耳一番，好像是在讨论这些最新的资讯。外人很难听懂他们彼此间的讨论，因为此时他们总是恢复特有的口音。由于与主流语言长期隔绝，他们的“银河标准语”显得古老而过时。

或许可以这样说，他们相互间的简短评论，勉强能让外人知道他们说些什么，却能避免外人了解实际的内容。

程尼斯终于忍不住了，打岔道：“诸位长老，你们必须花点时间回答我们的问题。别忘了我们是异邦人，而且非常希望尽可能知道达辛德的一切。”

这句话一出口，全场立刻鸦雀无声，刚才喋喋不休的长老一个个闭上嘴巴。他们的双手原本都在拼命挥舞，仿佛是为了加强说话的语气，现在却突然垂了下来。他们偷偷地彼此互望，显然都十分希望由别人来发言。

普利吉赶紧抢着说：“我的同伴这么问绝无恶意，因为达辛德的盛名早已传遍整个银河。我们见到总督时，当然会向他报告罗珊长老们的忠诚和敬爱。”

虽然没发出松了一口气的吁声，长老们的脸色却都缓和下来。一位长老用拇指与食指缓缓抚着胡须，将微微卷曲的部分轻轻压平，然后说：“我们都是达辛德领主们的忠实仆人。”

直到这时，普利吉才对程尼斯的莽撞稍加释怀。虽然他最近感到自己上了年纪，至少尚未丧失打圆场的能力。

普利吉继续说：“我们来自极为遥远的地方，对达辛德领主们的历史不太清楚。相信长久以来，他们都是以开明的方式统治此地。”

刚才开口的那位长老，俨然已经自动成为发言人。他答道：“此地最老的老者，他的祖父也不记得没有领主的时代。”

“过去一直都很太平吗？”

“过去一直都很太平！”他迟疑了一下，“总督是一位精明强悍的领主，对于惩处叛徒没有丝毫犹豫。当然，我们之间没有叛徒。”

“我想，他一定曾经惩治过一些，而他们都罪有应得。”

那名长老再度犹豫了一下。“此地从来没有出过叛徒，我们的父辈和祖辈也都没有。可是其他世界却曾经出现过，他们当然很快就被处死了。我们对这些事毫无兴趣，因为我们只是卑微贫苦的农民，对政治一点也不关心。”

他的声音透着明显的焦虑，同时每位长老都流露出不安的眼神。

普利吉用平稳的口气问道：“你能否告诉我们，如何才能觐见你们的总督？”

这个问题立刻令长老们讶异不已。

过了好一阵子，原先那位长老才说：“啊，你们不知道吗？总督明天就会驾临此地。他一直在等你们，这是我们莫大的荣幸。我们……我们衷心希望，两位能向他报告，说我们对他绝对忠诚。”

普利吉脸上的笑容几乎僵住了。“在等我们？”

那位长老以茫然的目光扫过这两名异邦人。“对啊……我们已经等了你们整整一星期。”

以这个世界的标准而言，他们下榻之处无疑是十分豪华的住宅。普利吉曾经住过更差的地方，程尼斯则对外界的一切都显得漠不关心。

可是他们两人之间，却出现了一种前所未有的紧张关系。普利吉觉得需要作出决断的时刻越来越近，却又希望能再拖延一段时间。倘若先去见总督，会将这场赌博推到危险的边缘，但是果真赢了的话，收获却会因而丰硕无数倍。看到程尼斯轻轻皱起眉头，牙齿咬着下唇，露出有些茫然的表情，他心中就冒起一股无名火。他厌倦了这种无聊的闹剧，希望能赶快结束这一切。

他说：“我们的行动似乎被人料中了。”

“没错。”程尼斯答得很干脆。

“你只会这样说吗？难道不能做一点更有用的建议？我们临时起意来到这里，却发现那个总督在等我们。想必我们见到总督之后，他会说其实是达辛德人在等我们。这样一来，我们这趟任务还有什么用？”

程尼斯抬起头，他的口气毫不掩饰不耐烦的情绪。“他们只是在等我们，不一定知道我们是什么人，以及我们有什么目的。”

“你认为这些事瞒得过第二基地分子吗？”

“也许可以。难道不可能吗？你已经准备放弃了吗？或许是我们在太空时，他们就发现了我们的星舰。一个国家在边境设置前哨观测站，有什么不寻常的？即使我们是普通的异邦人，我们一样会受到注意。”

“注意到这个程度，足以让总督亲自来探望我们，而不是我们去觐见他？”

程尼斯耸耸肩。“我们暂且不讨论那个问题。先让我们看看总督究竟是何方神圣。”

普利吉龇牙咧嘴，露出一副无精打采的愁容。整个情况变得越来越荒谬。

程尼斯继续故作轻松地说：“至少我们知道了一件事。达辛德正是第二基地，否则上百万件大大小小的证据都指错了方向。这些本地人对达辛德怀有明显的恐惧，这点你要如何解释？我看不出有任何政治压迫的迹象。他们的长老显然可以自由集会，不会受到任何形式的干预。他们所提到的税赋，我觉得一点都不苛刻，也根本没有贯彻执行。这里人人都在喊穷，可是个个身强体壮，没有人面露饥色。虽然他们的房舍简陋，他们的村庄也很原始，可是显然都足敷需要。

“事实上，这个世界令我着迷。我从未见过比这儿条件更差的地方，可是我确信人民并没有受苦，他们单纯的生活刚好提供了和谐的快乐。在科技进步的世界上，在精明世故的人群中，这种快乐早已荡然无存。”

“这么说，你对田园生活充满向往？”

“我没有那个命。”程尼斯似乎对这个想法很感兴趣，“我只是指出这些现象背后的意义。显然，达辛德人是很有效率的管理者——这种效率和旧帝国或第一基地完全不同，甚至和我们的‘联盟’也不一样。其他体制都把机械式效率强加在子民身上，因而牺牲一些无形的价值；达辛德人却带给他们快乐和富足。难道你看不出来，他们的统治方式完全不同，这不是物理式的，而是心理式的统治。”

“真的吗？”普利吉故意用嘲讽的口气说，“那么，长老们提到的那些令他们恐惧万分的惩罚，竟然是由仁慈的心理学家所执行的？这点你又要如何自圆其说？”

“他们自己受到过惩罚吗？他们只是说有人受过惩罚。仿佛恐惧已经深植他们心中，真正的惩罚反而从来没有施行过。这种精神倾向已经在他们心中生根发芽，所以我能确定，这颗行星上没有任何达辛德军人。这一切，难道你看不出来吗？”

“等我见到总督后，”普利吉冷冷地答道，“也许就能看出来了。对了，万一是我们自己的精神遭到控制呢？”

程尼斯以赤裸裸的轻蔑口吻答道：“这种事，你应该早就习惯了。”

普利吉立刻脸色煞白，使尽力气才转过身去。当天，他们两人没有再作任何交谈。

那是一个静寂无风的寒夜。普利吉听到程尼斯发出轻缓的鼾声后，便开始悄悄调整手腕上的发射器，调到程尼斯接收不到的超波频带。然后他用指甲轻巧地敲击发报键，开始与星舰联络。

不久之后，他就收到了答复。那是一阵阵无声无息的振荡，仅仅刚好超过人体触觉的阈值。

普利吉问了两次："有没有拦截到任何通讯？"

两次的回答都一样："没有，我们一直在监听。"

他从床上爬起来。室内十分寒冷，他顺手抓了一条毛皮毯裹在身上，这才坐下来，抬头望着满天的繁星。此地的星空明亮而繁复，与他所熟悉的银河外缘很不一样。在他的故乡，朦胧的银河透镜是夜空唯一的主宰。

那个困扰他多年的疑问，答案一定藏在群星间某个角落。他衷心期望答案早日出现，以结束这烦人的一切。

一时之间，他突然又对骡产生怀疑——真是"回转"令他丧失坚强的信心吗？抑或是越来越大的年岁，以及过去几年的波折在作祟？

他并非真的在乎。

他感到疲倦了。

罗珊总督轻车简从地到来。他唯一的随从，就是那名驾驶地面车的军人。

总督的座车设计得很花巧，普利吉却看得出它性能不佳。它转弯时动作笨拙，而且有好几次可能由于换档太急，车子突然就走不动了。从它的外型，一眼就能判断它是使用化学燃料，而并不是核能。

达辛德籍的总督步出座车，轻轻踏着薄薄的积雪，从列队欢迎的两排长老间向前走去。他没有看他们一眼，就快步走进房舍。长老们则鱼贯地跟了进去。

此时，效命于骡的两个人正从自己的房间向外窥探。那位总督五短身材，体格还算结实，但毫不起眼。

可是这又怎么样呢？

普利吉咒骂自己神经太紧张。事实上，他的表情仍旧保持一片严霜，他并未在程尼斯面前丢脸。可是他非常清楚，自己的血压已经升高，喉咙也感到异常干燥。

这不是一种肉体上的恐惧。他并非一个愚鲁麻木、缺乏想象力的人，绝不会笨得连害怕都不懂——可是对于肉体上的恐惧，他却有办法应付与漠视。

现在的情况则完全不同，他所面临的是另一种恐惧。

他迅速瞥了程尼斯一眼。年轻人正若无其事地审视着自己的指甲，还悠闲地用锉刀锉着不整齐的地方。

普利吉心中突然冒出强烈的怒意。程尼斯怎么会害怕精神控制呢？

普利吉集中精神，试图回溯自己的过去。在骡尚未使他“回转”之前，当他还是一名死硬派的民主分子时，他究竟是怎样的一个人？这实在很难回想。他无法为自己定位，无法挣脱将他和骡绑在一起的情感粘丝。他的理智还记得自己曾经试图暗杀骡，但是任凭他绞尽脑汁，也想不起自己当时的情绪。然而，这也许是发自他内心的自卫行为，因为即使他刚想要重温那些情绪——刚刚开始捕捉当时的心理，尚未体会任何实质的内容——他就已经开始反胃了。

是不是那个总督在干扰自己的心灵？

是不是第二基地分子伸出的无形精神触须，已经迂回地钻进他的心灵隙缝，将他的情感扯散，再重新组合……

当初，就是一点感觉也没有。没有肉体上的痛苦，没有精神上的折磨，甚至连过程都感觉不到。仿佛他始终对骡充满敬爱。假如在遥远的过去——同样短短的五年时间——他心中不曾存在对骡的敬爱，甚至曾经憎恨骡，那也只是可恶的幻觉。想到这种幻觉，他便羞愧不已。

可是，从来不曾有过痛苦。

与总督会面后，一切是否会重演呢？过去的一切——他效忠骡的那些日子、他这一辈子的人生方向——会不会与那个信仰“民主”的模糊梦境融为一体？骡会不会也是一场梦，而他自始至终效忠的对象只有达辛德……

他猛然转过身去。

一阵强烈的恶心涌上来。

然后，程尼斯的声音在他耳边响起：“将军，我想这就是了。”

普利吉再度转身。一位长老轻轻推开门，恭敬而严肃地站在门槛处。

他说：“达辛德领主们的代表，罗珊总督阁下，乐意接受你们的觐见，劳驾两位跟我来。”

“当然。”程尼斯顺手拉了拉皮带，调整了一下头上的罗珊式头巾。

普利吉咬紧牙根。真正的赌博即将开始。

罗珊总督的外表看来并不令人畏惧。这主要是因为他没有戴帽子，稀疏的头发已逐渐由淡棕色褪为灰白，为他增添了几许和气。他的眉脊高耸，而被细密皱纹包围的双眼则显得相当精明。刚刚刮过胡子的下巴却是轮廓平缓、稍嫌窄小，根据“面相学”这门伪科学的信徒公认的说法，那应该是属于“弱者”的下巴。

普利吉避开了那双眼睛，凝视着他的下巴。他也不知道这样做是否有效——万一真有状况的话。

总督的声音听来尖细而冷淡，他说："欢迎来到达辛德，我们以平和之心欢迎两位。你们用过餐了吗？"

坐在U形桌前的他，挥了挥布满青筋、五指细长的右手，看来颇有帝王的架势。

一鞠躬之后，两人随即就坐。总督坐在U形桌底端的外侧，他们坐在总督正对面，长老们则安安静静地坐在两旁。

总督有一搭没一搭地聊着，包括称赞从达辛德进口的食物——事实上，与长老们的粗茶淡饭相比，即使不算略胜一筹，它也的确很不一样。他又批评罗珊的气候，并且刻意漫不经心地谈到太空旅行的种种。

程尼斯的话很少，普利吉则一句话也没有说。

最后，总督吃完一小碗水果盅，用餐巾擦擦嘴，便舒服地向后一靠。

他那双小眼睛闪烁着光芒。

"我查询过你们的星舰。理所当然，我一定要提供最好的照顾和维修。不过我听说，目前它下落不明。"

"没错。"程尼斯轻描淡写地答道，"我们把它留在太空。那是一艘巨型星舰，足以在不甚友善的领域进行远航。我们觉得如果降落此地，会给我们的和平意图蒙上阴影。我们宁愿手无寸铁、单枪匹马地登陆。"

"这是友善的表现。"总督说得言不由衷，"你说，那是一艘巨型星舰？"

"回禀阁下，但它并不是战舰。"

"哈，嗯。你们从哪里来？"

"回禀阁下，我们来自圣塔尼星区的一个小世界。它微不足道，或许您根本没有听说过。我们希望为双方建立贸易关系。”

“贸易，啊？你们准备卖些什么？”

“回禀阁下，我们准备以各式各样的机械，换取食物、木材、矿石……”

“哈，嗯。”总督似乎不怎么相信，“我对这些事务并不熟悉。或许，我们可以做到互惠互利。不过，我得先详细查验你们的证件——因为进行贸易之前，必须先将一切资料呈交我方政府，你了解吧。等我查看过你们的星舰后，你们最好直接到达辛德去。”

由于对方并未回应，总督的态度明显降温。

“然而，我必须看看你们的星舰。”

程尼斯以冷淡的口吻说：“真不巧，目前星舰正在进行整修。阁下若不介意再等四十八小时，它就能准备好了。”

“我可不习惯等待。”

这时候，普利吉第一次接触到对方愤怒的眼神，不禁暗自大大叹了一口气。一时之间，他觉得自己即将灭顶，好在及时转移了目光。

程尼斯则不为所动，他说：“回禀阁下，四十八小时内，星舰实在无法降落。我们手无寸铁来到此地，您能怀疑我们真诚的意图吗？”

好长的一阵沉默之后，总督才粗声道：“说说你们那个世界吧。”

这场晤谈就这么草草结束。接下来，就没有什么不愉快的场面了。总督尽完了自己的责任，显然再也提不起任何兴致，觐见仪式于是不了了之。

等到当天的行程完全结束，普利吉回到下塌处，随即展开自我评量。

他小心翼翼屏住气息，开始“感觉”自己的情感。当然，对他自己而言，他似乎没有什么不同，可是话说回来，他会察觉到任何差异吗？在骡令他“回转”后，他曾经察觉到任何差异吗？不是一切似乎都很自然，一切如常吗？

他做了一个实验。

抱着姑且一试的心情，他在内心深处的幽静角落发出呐喊：“一定要找到并摧毁第二基地。”

随之而来的是如假包换的恨意，其中毫无任何犹豫。

然后，他在心中悄悄将“第二基地”换成“骡”，伴随的情感变化令他呼吸困难，舌头打结。

目前为止还好。

可是，他有没有受到更微妙的操纵呢？有没有更细微的改变呢？或许正是因为这些改变扭曲了他的判断，以致他根本侦测不出来。

根本没有办法分辨。

但是他仍然感到对骡百分之百忠诚！只要这点不变，其他一切其实都不重要。

他让心灵再度展开行动。程尼斯正在室内另一个角落忙他自己的事，普利吉开始用拇指指甲拨弄腕上的通讯器。

而在接到回音时，他感到被一股轻松的暖流包围，进而全身乏力。

他的面部肌肉并未背叛自己，但他在心中发出喜悦的欢呼。当程尼斯转身面对他的时候，他知道这场闹剧即将结束。

第四插曲

两位发言者在路上擦肩而过，其中一位叫住另一位。

“我带来第一发言者的口信。”

对方眼中闪着会意的光芒。“交会点？”

“是的！希望我们还能见到明天的日出！”

05

一人与骡

从程尼斯的一举一动，看不出他是否知晓普利吉的态度，以及他们两人的关系都起了微妙的变化。他正靠在硬木长椅上，两脚大剌剌地伸开。

“你看这个总督有什么古怪？”

普利吉耸耸肩。“一点也看不出来。我认为他并没有什么特异的精神力量。倘若他真是第二基地的成员，也只是个非常差劲的角色。”

“你知道吗，我认为他根本不是。我也不确定该如何解释。假设你是第二基地分子，你又会怎么做呢？”程尼斯显得越来越深思熟虑，“假设你知道我们来此地的目的，你会如何对付我们？”

“当然是‘回转’。”

“跟骡的做法一样？”程尼斯猛然抬起头来，“假使他们已经令我们‘回转’，我们察觉得到吗？我很怀疑。或许他们只是一群非常聪明的心理学家，却没有任何异能。”

“若是那样，我想他们会尽快杀掉我们。”

“而我们的星舰呢？不对。”程尼斯摇了摇食指，“普利吉，老前辈，对方正在对我们故弄玄虚。这只有可能是故弄玄虚。纵使他们精通情感控制，我们——你和我——却只是打头阵的小卒。他们真正的敌人是骡，因此他们和我俩一样小心谨慎。我相信，他们已经知道我俩的身份。”

普利吉冷冷地瞪着对方。“你打算怎么办？”

“等！”他迅速吐出这个字，“让他们来找我们。他们投鼠忌器，也许是害怕上头的星舰，但也有可能是顾忌骡。他们先派那名总督来唬人，可是并未成功，我们仍将按兵不动。他们下次派来的人，一定是真正的第二基地分子，而他会主动和我们谈判。”

“然后呢？”

“然后我们就达成协议。”

“我可不敢苟同。”

“因为你认为这么做会出卖骡？不会的。”

“错，无论你多么精明，骡都有办法对付你这种吃里扒外的行径。但我仍然不敢苟同。”

“因为你认为我们无法智取第二基地？”

“或许吧。不过并不是这个原因。”

程尼斯目光下移，盯着对方手中的武器，然后绷着脸说：“你是说这玩意儿才是真正的原因？”

普利吉挥了挥手中的核铳。“没错，你被捕了。”

“为什么？”

“因为你背叛了联盟第一公民。”

程尼斯紧紧抿着嘴。“到底是怎么回事？”

“我说过了，你叛变！而我有责任制止这种行为。”

“你的证据呢？你有什么佐证或假设？或者只是做白日梦？你疯了吗？”

“我没疯，可是你呢？你以为骡会平白无故，就派你这个乳臭未干的小子执行一个可笑的、充门面的任务？当时我就觉得奇怪，但我不该浪费时间怀疑自己的判断。他为什么会派你来？因为你笑容可掬，穿着得体？因为你才二十八岁？”

“或许因为他信得过我。难道你不是在找合理的解释吗？”

“或许反而是因为他信不过你。如今看来，这个解释也极为合理。”

“我们是在较量自相矛盾的程度吗？或者是在比赛谁能把一件事说得最啰唆？”

普利吉渐渐逼近，核铳则比他更早一步。他挺立在年轻人面前，喝道：“站起来！”

程尼斯不慌不忙地依言照做。他感到铳口挨到自己的腰带，但胃部肌肉并没有开始抽搐。

普利吉说：“骡一心一意要找出第二基地，可是他失败了，而我也始终未能成功。我们两人都无法揭开的秘密，它一定隐藏得极好。所以，最后只剩下一个可行性——找一个已经知道那个秘密地点的人，来领导另一次的探索行动。”

“就是我吗？”

“显然正是。当然，起初我并不知道。不过我的心智虽然减缓，方向却仍然正确。我们多么容易就发现了‘群星的尽头’！你从‘透镜’的无数可能中，一下子就找到正确的像场，这简直是奇迹！接下来又是多么幸运，我们观测的正好就是正确的观测点！你这个大笨蛋！难道你就如此低估我，以为我会对你接二连三不可思议的好运，完全视若无睹吗？”

“你的意思是我太成功了？”

“你若不是叛徒，连一半的成功都不可能。”

“因为你对我的期望太低了？”

核铳又向前戳了一下。然而，程尼斯所面对的那张脸孔，只有森冷的目光暴露出逐渐升高的愤怒。“因为你被第二基地收买了。”

“收买？”程尼斯以无比轻蔑的口气说，“拿出证据来。”

“也可能是你的心灵受到影响。”

“骡竟然会不知道吗？真是荒谬。”

“骡当然早就知道。你这个小笨蛋，我要说的正是这一点。骡当然早就知道。否则，你以为骡为什么要拨给你一艘星舰？如今，你果然带领我们来到第二基地。”

“让我抽丝剥茧，为你分析一下。我能不能请问你，我为什么理所当然该这样做？假使我是一名叛徒，我为什么该带你来第二基地？为什么不在银河中乱闯一通，然后像你以前一样无功而返？”

“你是为了这艘星舰。因为第二基地的人显然亟需核能武器自卫。”

“你需要想个更好的理由。一艘星舰对他们毫无用处，假如他们认为能从中学到先进的科技，而明年就能建造核能发电厂，那么这些第二基地分子，头脑实在非常、非常简单。恕我直言，你自己的头脑就是这么简单。”

“你会有机会向骡当面解释。”

“我们要回卡尔根去？”

“正好相反，我们将留在这里。差不多十五分钟之后，骡就会跟我们会合。你这个自诩聪明绝顶的小子，你以为他没有跟踪我们吗？你这个诱饵刚好反过来了。你并未引出我们的猎物，却引导我们来到猎物的巢穴。”

“我可否坐下来，”程尼斯说，“用图解法为你解释一件事？拜托。”

“你给我乖乖站好。”

“好吧，我站着说也一样。你认为骡一直在跟踪我们，是因为通讯线路中有个超波中继器吗？”

核铳仿佛微微颤动了一下，不过程尼斯不敢肯定。他继续说：“你看来并不惊讶。可是，我不想浪费时间怀疑你是不是装的。没错，我晓得这件事。现在，我已经向你证明，我知道一些你以为我不知道的事。接下来我要告诉你的，是你并不知道、而我也确定你不知道的一件事。”

“程尼斯，你的开场白实在太长了。我以为你捏造谎言的效率应该很高。”

“我没有捏造任何事。叛徒当然存在，称之为敌方特工也可以。然而，骡是透过一个迂回的管道知晓这件事的。你可知道，他手下的某些‘回转者’似乎被人动了手脚。”

核铳这回的确晃了一下，绝对错不了。

“普利吉，我要特别强调这一点。这就是他需要我的真正原因，因为我并不是‘回转者’。难道他没有向你强调过，他需要一名‘非回转者’吗？他到底有没有告诉你这个真正的理由？”

“程尼斯，试试别的谎言吧。假使我对骡起了异心，自己一定会察觉。”普利吉赶紧悄悄审视自己的心灵。感觉完全一样，根本没有变化。显然是这个人在说谎。

“你是指你仍旧感到对骡忠心耿耿。也许吧，因为忠心并未受到干扰。骡说过，那太容易被发现了。可是你精神上感觉如何？是不是迟钝了？这趟旅程从开始到现在，你是否始终觉得很正常？或者偶尔会有奇怪的感觉，好像不能完全控制自己。你想干什么？想拿铳口在我肚子上硬生生戳个洞吗？”

普利吉将核铳抽回半英寸。“你到底想要说什么？”

“我想说你已经被干扰了。我说你已经受到控制。你没有看到骡将超波中继器安装在舰上，你没有看到任何人做这件事。我猜，你只是突然发现它在那里，和我一样是无意中发现的。你却马上假设那是骡安置的，而从那时候起，你就一直假设骡在跟踪我们。当然，你手腕上戴的通讯器，可以用特殊波长瞒着我和星舰联络。你以为我都蒙在鼓里吗？”他越说越快，越说越愤慨，原先装出的冷漠早已被凶恶取而代之。“可是，一路跟踪我们的人并不是骡，根本不是他。”

“不是骡，那是什么人？”

“嗯，你认为是什么人呢？在我们升空当天，我就发现了那个超波中继器。可是我并没有想到骡身上。这种事，他没有理由那么迂回。你看不出那是个荒谬的推论吗？假使我是叛徒，而他也知道了，他可以轻而易举令我‘回转’，让我变得像你一样。然后，他就能从我心中打探出第二基地的秘密位置，没有必要把我送到银河的另一端。你自己能够对骡隐藏任何秘密吗？反之，假如我根本不知道，我就无法带他到那里去。所以不论怎么说，他都不该派我出来。

“显然，超波中继器一定是第二基地特务放置的。因此不难推测到底是谁在跟踪我们。如果你那珍贵的脑袋没有受到干扰，又怎么可能上这个当呢？你会有这种大愚若智的想法，这算哪门子正常？我会把一艘星舰带给第二基地？他们要星舰做什么？

“普利吉，他们真正想要的是你。除了骡以外，你是最了解联盟内情的人。骡对他们来说是危险人物，而你却不是。正因为如此，他们才会在我心中注入探索的方向。当然，假使我光用‘透镜’漫无目标地摸索，是万万不可能找到达辛德的。这点我心知肚明。但我也知道是第二基地在图谋我们，知道是他们在操纵这一切。所以何不将计就计呢？这是个尔虞我诈的心理战。他们想逮住我们，而我们想知道他们的大本营——谁能够唬住对方，谁就是最后的赢家。

“可是如果你一直拿核铳比着我，我们可就输定了。你这么做显然身不由己，是受到他们的操控。普利吉，把核铳给我。我知道你觉得不该这么做，可是这个念头不是你自己的，而是第二基地注入你心中的。普利吉，把核铳给我。让我们同心协力，面对即将来临的大敌。”

一股迷乱的情绪不断升高，令普利吉感到恐惧。诡辩！自己会错得这么离谱吗？为什么永远要怀疑自己？为什么不能肯定任何事？是什么使得程尼斯的话听来那么可信？

诡辩！

抑或是他饱经磨难的心灵，正在对抗另一名入侵者？

自己是否分裂成了两个人？

他模模糊糊地看到程尼斯站在自己面前，伸出一只手来——突然间，他知道自己要将核铳交出去了。

正当他的手臂肌肉准备收缩，做出这个动作之际，身后的门却缓缓打开——他连忙回过头去。

在广大的银河中，或许有些相貌相似的人，会让别人在普通情况下也可能认错。此外，在某些特殊情况下，还会有人将毫不相像的人混淆不清。然而，这两种情形都不可能发生在骡身上。

普利吉心中所有怒火，都无法抵挡一股突然间席卷而来的精神洪流。

就体格而言，骡在任何情况下都居于劣势，如今也不例外。

他现在的穿着令他看起来十分滑稽。由于身上包着厚重的衣物，他显得比平常臃肿，却仍然较普通人瘦弱。他将脸部蒙起来，只露出特大号的鹰勾鼻，被寒冷的空气冻得通红。

他活像大难不死的生还者，再也没有更恰当的比喻了。

他说："普利吉，握紧核铳。"

程尼斯耸耸肩，自己找位子坐了下来。骡转过身对他说："此地的情感氛围似乎极为杂乱，而且有相当程度的冲突。你说除了我，还有别人跟踪你们，这究竟是什么意思？"

普利吉突然插嘴道："阁下，在我们的星舰上放置超波中继器，是不是您的命令？"

骡将冷漠的双眼转向普利吉。"当然是我。整个银河系，除了行星联盟，还可能有别的组织拥有这种装置吗？"

"他说……"

"好啦，将军，他在这里。不需要由你转述他的话。程尼斯，你刚才是不是说了些什么？"

"是的，阁下，不过我显然搞错了。我本来以为，超波中继器是第二基地的奸细放置的，而我们被引到这里来，则是出于第二基地的阴谋，我正准备要反击呢。此外，我还有一个感觉，将军多多少少受到了他们的控制。"

"听你的口气，好像你现在不这么想了。"

"恐怕我搞错了。否则，刚才进门的就不会是您了。"

“好吧，那么，让我们来厘清这个问题。”骡脱去厚实且附有电热装置的外套，“你不介意我也坐下吧？现在——我们很安全，完全不必担心有任何人闯进来。在这个冰封的星球上，所有的本地人都不会想靠近此地。这一点，我能向你们保证。”他用冷酷的语调，强调着自己的力量。

程尼斯故意表现出厌恶。“有什么不可见人的？是不是有人会来奉茶，还会有舞娘出来表演？”

“大概没有。年轻人，你的理论该怎么解释？你说第二基地分子正在追踪你们，用的却是只有我才拥有的装置，还有——你说你是怎么找到这个地方的？”

“阁下，这很明显，为了解释所有已知的事实，似乎只能说我的脑子被灌输了一些概念……”

“也是那批第二基地分子干的？”

“我想，不可能有别人。”

“那么你并没有想到，假如某个第二基地分子为了自己的目的，因而强迫、驱策，或是诱骗你到第二基地自投罗网——我猜你会认为他和我用的是类似手法，不过我要提醒你，我能植入他人心中的只有情感，并不包括概念——反正，你并没有想到，他如果能做到这种事，就大可不必用超波中继器追踪你。”

程尼斯猛然抬起头来，被元首的大眼睛吓得一阵心悸。普利吉则在喃喃自语，他的松懈明显地反映在松弛的肩膀上。

“没错，”程尼斯答道，“我并没有想到。”

“然而，假如他们不得不追踪你，就没有能力左右你。而在不受支配的情况下，你不可能这么顺利地一路找来这里。这一点，你想到过没有？”

“也没有。”

“为什么呢？难道说你的智力突然降低了那么多吗？”

“阁下，我现在只能以一个问题来答复您。您是否也要加入普利吉将军的阵营，跟他一起来指控我是叛徒？”

“如果答案是肯定的，你能为自己辩护吗？”

“我唯一的辩解，刚才已经对将军说过了。假使我真是叛徒，知道第二基地的下落，您就可以令我‘回转’，直接从我心中探得那个秘密。倘若您认为有需要追踪我，那就代表我在事先并不知情，因此绝不是叛徒。我准备用这个矛盾，来答复您提出的矛盾。”

“那么你的结论呢？”

“我并不是叛徒。”

“这点我必须同意，因为你的论证无懈可击。”

“那么我可否请问您，为何要暗中跟踪我们？”

“因为对于所有的已知事实，其实还有第三种解释。你和普利吉两人，都分别以个人观点解释了部分事实，但并非全部。而我——如果你们愿意花点时间听我说——可以把一切解释得很圆满。我尽量长话短说，以免你们听得不耐烦。坐下来，普利吉，把你的核铳交给我。我们不会有危险，不论屋里屋外，都不会再有人想攻击我们。事实上，连第二基地也不会了。程尼斯，这都是你的功劳。”

室内的照明是罗珊通用的电力白炽灯。孤单单的一个灯泡吊在天花板上，昏黄的灯光映出三道人影。

骡说：“既然我感到有必要追踪程尼斯，显然我期待能有所收获。由于他以惊人的速度直奔第二基地，我们可以合理地假设，那正是我所期待的结果。但我并没有直接从他那里获得任何情报，所以一定有什么东西阻止了我。事实便是如此。当然，程尼斯知道真正的答案，而我也知道。普利吉，你懂了吗？”

普利吉顽固地说：“阁下，我不懂。”

“那么让我来解释一下。能够知道第二基地的位置，又能不让我刺探到的，其实只有一种人。程尼斯，恐怕你并不是叛徒；事实上，你就是第二基地分子。”

程尼斯双肘撑在膝盖上，身子向前倾，从愤怒而僵硬的嘴唇中吐出一句话：“您有什么直接证据？演绎式的推论今天已经两度触礁。”

“程尼斯，我当然也有直接证据，这相当简单。我曾经告诉你，我的手下被人暗中动了手脚。这项阴谋的主使者，显然必须是：一、非回转者；二、与事件中心极为接近的人。这个范围虽然很大，却并非没有界限。程尼斯，你一向太成功了。大家都太喜欢你，你的一切太顺利了。我不禁纳闷——

“于是我征召你主持这次的远征，而你并没有拒绝。我趁机观察你的情感，发现你并未感到困扰。程尼斯，你的胸有成竹表演得太过火了。面对这么重大的任务，任何一个正常人，不论他的能力多强，都难免会有几丝犹豫。你心中完全没有这种反应，这代表你若不是白痴，就是受到外力的控制。

“想知道真相其实很简单。我趁你松懈的时候，突然一把抓住你的心灵，并在同一瞬间注入悲痛的情绪，随即又将它释放。而你马上显露出愤怒，配合得天衣无缝，我可以发誓那是一种自然反应，但那只是我最初的想法。因为当我左右你的情感时，在你压抑住真正的反应之前，有那么一刹那，你的心灵曾试图反抗。这正是我想要知道的反应。

“没有任何人能够反抗我，即使是那么短暂的瞬间，除非他具有和我类似的精神控制力。”

程尼斯的声音低沉而苦涩。“哦，是吗？那又怎么样？”

“那就代表你死定了——因为你的确是第二基地分子。你必须被处决，我相信你早就知道。”

程尼斯又看到一把指着自己的核铳。然而这次控制铳口方向的，并非他轻而易举就能左右的普利吉，而是一个与他一样成熟、一样强固的心灵。

他能用来扭转局势的时间却少之又少。

接下来发生的事，实在是难以用文字描述。因为笔者与常人无异，只具有普通的感官，而且没有控制他人情感的能力。

简单地说，在骡的拇指即将扣下扳机的一瞬间，程尼斯心中转了无数的念头。

此时，骡的心灵被坚毅果断的决心所占据，绝不会有半分犹豫。从骡决心扣下扳机，到高能光束射中目标，程尼斯事后若有兴趣计算一下，会发现可资利用的时间仅有五分之一秒。

只有那么一点点时间。

在那么短暂的时间里，骡发觉程尼斯大脑的情感势能陡然高涨，自己的心灵却并未感受到任何冲击。与此同时，一股纯粹而令人战栗的恨意，从另一个意想不到的方向袭来。

正是这个新来的情绪，将他的拇指从扳机旁弹开。除此之外，再也没有任何力量能做到这一点。而几乎在他改变动作的同时，他也完全体认到一个新的情势。

就戏剧观点而言，应该用定格画面来处理这个重大变化。且先说骡，他的拇指离开了核铳，双眼仍旧紧盯着程尼斯。再说程尼斯，他浑身紧绷，还不太敢张口喘气。最后再说倒在椅子里的普利吉，他全身痉挛，每一块肌肉都在拼命抽搐，每一条肌腱都扭曲变形；训练有素的木然脸孔化作一张死灰的面具，上面布满可怕的恨意。他的双眼则紧紧地、直直地、目不转睛地盯在骡身上。

程尼斯与骡只交换了一两个字——仅仅一两个字，对他们这种人而言，就能完全表露情感与意识，足以达到相互了解与沟通的目的。但由于我们先天的限制，想要叙述这段经过，必须将他们交换的讯息翻译成文字，包括已经进行过的，以及即将进行的“对话”。

程尼斯紧张地说：“第一公民，你现在是腹背受敌。你无法同时控制两个心灵，因为我是其中之一——所以你得作出选择。普利吉已经脱离‘回转’状态，我打开了他的心灵枷锁。他现在又是当年的普利吉，是那位将你视为自由、正义和一切神圣事物的公敌，那位曾经试图行刺你的普利吉。此外他也知道，在过去五年间，你把他贬为一条摇尾的走狗。我暂且压制住他的意志，不让他有所行动，可是假如你杀了我，就没有人控制他了。在你根本来不及将铳口转向，甚至将精神力量转向之前——他就会把你解决。”

骡相当了解目前的情势，因此他纹风不动。

程尼斯继续说：“倘若你转移精神力量去控制他或杀掉他，或是作出任何行动，你就来不及再回过头阻止我。”

骡仍旧没有任何动作，只是轻轻叹了一口气。

“所以说，”程尼斯道，“抛开核铳吧。让我们两人公平对决，你可以把普利吉要回去。”

“我犯了一个错误。”骡终于开口，“我在面对你的时候，不该让第三者在场。这样做，引进了太多变数。我想，我必须为这个错误付出代价。”

他随手将核铳抛到地上，又将它踢到房间另一端。与此同时，普利吉瘫成一团沉沉睡去。

“他清醒后，便会恢复正常。”骡轻描淡写地说。

从骡准备按下扳机，到他丢弃核铳为止，整个情势的逆转，只经过了一点五秒的时间。

但是在骡的潜意识边缘，程尼斯及时发现一丝飘忽的情绪。那仍旧是信心十足的得意之情。

06

一人，骡——与第三者

这两个人表面上看来轻松自在，实际上刚好相反——他们体内每一根职司情感侦测的神经，都紧张得不停在颤抖。

这么多年来，骡第一次对自己的手法动摇信心。程尼斯心知肚明，虽然他暂时能自保，却是全力以赴的结果——对方的攻击则不费吹灰之力。在这场耐力比赛中，程尼斯明白自己迟早会败下阵来。

但他万万不该动这个念头。将情感弱点暴露给骡，无异于献给他一柄致命武器。在骡的心灵中，已经隐约浮现一丝不同的情绪——胜者的情绪。

设法争取时间……

其他人为什么迟迟不来？骡正是因此而信心满满吗？他的对手究竟知道哪些他不知道的事？他紧盯着对方的心灵，可是毫无发现。他若能看透他人的心思就好了，不过……

程尼斯猛力煞住纷乱不堪的思绪。他只让精神集中在一个念头：设法争取时间……

程尼斯说：“既然你已经确定我是第二基地分子，而在我们借着普利吉小斗一番之后，我也不想再否认了。可否请你告诉我，我为什么要到达辛德。”

“喔，不。”骡哈哈大笑，笑声高亢而充满自信。“我可不是普利吉，我不需要对你作任何解释。你有许多自以为是的理由。不管那些理由是什么，你的行动既然符合我的需要，我就懒得再追问。”

“在你对这件事的认知中，却一定还有盲点。达辛德真是你要找的第二基地吗？普利吉对我提过你以前的努力，还有那位成为你的工具的心理学家——艾布林·米斯。在我的……嗯……轻微的鼓励下，他不时会透露一些历史。第一公民，你回想一下艾布林·米斯。”

“我何必那么做？”声音充满自信！

程尼斯感到那股自信即将满溢，似乎是随着时间的流逝，骡本来可能还残存的不安情绪渐渐消失无踪。

他尽力克制住强烈的绝望感，又说：“那么，你并没有什么好奇心？普利吉告诉我，米斯曾经大吃一惊。他拼了命也要争取时间，想尽早警告第二基地。为什么？为什么呢？后来艾布林·米斯死了，第二基地未曾接到警告。可是，第二基地至今依然存在。”

此时骡露出真心的微笑，程尼斯惊觉一股残酷的情绪突然逼近，又在下一瞬间撤回。骡答道：“不过第二基地显然接到了警告。否则，拜尔·程尼斯如何又为何会到卡尔根进行活动，对我的手下动手脚，还妄想对我要阴谋诡计？第二基地当然接到了警告，只不过太迟了点。”

“那么，”程尼斯故意流露出同情的情绪，“你甚至不知道第二基地是什么样的组织，那些具有更深含意的事件，你也不明白它们的真正意义。”

设法争取时间！

骡感觉到了对方的揶揄，他的眼睛眯起来，并闪出一丝敌意。他习惯性地用四根指头摸摸鼻子，再陡然迸出一句：“我就让你说个过瘾吧。第二基地究竟有什么秘密？”

程尼斯刻意改用普通的语言，不再使用情感讯息符号。他说：“据我所知，最令米斯感到疑惑困扰的，是包围着第二基地的重重神秘。当初，哈里·谢顿用完全不同的方式设立这两个基地。第一基地一切光明正大，短短两个世纪就威震半个银河系。反之，第二基地始终隐藏在黑暗的深渊。

“除非你能体验那个垂死帝国当年的学术气氛，否则不可能了解其中的道理。至少在思想上，那是个宏伟的大时代，各式各样的思潮百家争鸣。当然，当时已有文化倾颓的征兆，因为进一步的思想发展遭到了防堵。谢顿之所以能声名大噪，正是因为他和那些学术绊脚石抗争到底。他释放的最后一点创造性火花，不但辉映着第一帝国的落日残照，更预示了第二帝国的旭日初升。”

“非常戏剧化。后来呢？”

“因此，他根据心理史学的定律，亲手创立了两个基地。可是他比任何人更清楚，那些定律并非绝对的。他从未创造任何成品，只有退化的心灵才需要所谓的成品。他的心血结晶是一种不断演化的机制，而第二基地正是演化的原动力。我们——短命行星联盟的第一公民，我告诉你——我们才是谢顿计划的守护者。我们才是！”

“你想拿这些话为自己壮胆吗？”骡用轻蔑的语气问，“还是你想要说服我？无论是第二基地、谢顿计划或第二帝国，我一概不屑一顾；它们无法激起我一点点的同情、怜悯、责任感，或是任何你试图投射给我的情感。从现在开始，可怜的傻子，你得用过去式来描述第二基地，因为它被摧毁了。”

当骡站起身来，向对方走近时，程尼斯发觉压迫自己心灵的情感势能陡然增强。他拼命抵抗，却感到体内有什么东西在爬动，在无情地敲击与扭搅他的心灵。

他发觉自己已经背对着墙壁，而骡就在他面前，皮包骨的双臂叉在腰际，嘴唇在硕大无比的鼻子下扯出一个可怖的笑容。

骡又开口说：“程尼斯，你的游戏该结束了。你们这些人——所有那些曾经隶属第二基地的人，都已经是过去式！过去式！

“你或许不动一根指头就能把普利吉击倒，抢走他的核铳，却只是一个劲对他喋喋不休，你到底是在等什么？你其实是在等我，好让我来到时不至于太起疑，对不对？

“只可惜我根本不必起疑。第二基地的程尼斯，我早就看穿你，彻底看穿你了。

“但你现在又在等什么呢？你仍旧拼命对我滔滔不绝，好像能用声波把我禁锢在椅子上。而你在说话的时候，心中从头到尾都在等待、等待、等待。可是根本不会有任何人到来，你所等待的人——你的盟友一个也不会来。程尼斯，你落单了，这种情况永远不会改变。你知道为什么吗？

“因为你的第二基地对我完全估计错误。我早就知道他们的计划：他们以为我跟踪你到了这里，就可以让他们任意宰割。你的确是一个诱饵，用来引出这个可怜、愚蠢、孱弱的突变种——他是多么热衷于建立一个帝国，因而对脚下明显的陷阱视而不见。可是，我现在是他们的阶下囚吗？

“我不知道他们有没有想到，无论我到哪里，几乎都有舰队跟随。面对我的舰队，不论是哪一支，他们都完全束手无策。也不知道他们有没有想到，我不会为了谈判而按兵不动或静观其变。

“十二个小时前，我的舰队已经开始对达辛德发动攻击，他们的任务执行得相当、相当彻底。达辛德如今已是一片焦土，人口集中地区全被夷为平地。根本没有出现任何抵抗。程尼斯，第二基地已经不复存在——而我，我这个丑怪孱弱的畸形人，终于成为全银河的统治者。”

程尼斯唯有缓缓摇头叹息。“不可能——不可能——”

“可能——可能——”骡模仿着他的语气，“你很可能是最后一名幸存者，却也活不了多久了。”

接着，出现了一阵短暂而意味深长的停顿。忽然间，程尼斯感到心灵深处被贯穿了，随之而来的是一阵撕心裂肺的痛楚，令他几乎发出呻吟。

骡及时收回精神力量，喃喃说道：“不够，你并没有通过测验。你的绝望是装出来的。你的恐惧感不够强烈，那并非理想破灭该有的反应，只是个人面对生死关头的微弱恐惧。”

骡伸出瘦弱的手掌，轻轻扼住程尼斯的喉头，程尼斯偏偏无法挣脱。

“程尼斯，你是我的保障。万一我低估了任何事，你可以提醒我，还能够保护我。”骡的双眼向下凝视他，坚决地要得到答案。

“程尼斯，我的计算都正确吗？我是否智取了你们第二基地的人马？达辛德被摧毁了，程尼斯，彻彻底底摧毁了，但你的绝望为何还是假装的呢？真相究竟是什么？我一定要知道真相和实情！说话，程尼斯，说话啊。是不是我洞察得还不够透彻？危险依然存在吗？程尼斯，你说话啊。我到底做错了哪一点？”

程尼斯感到一字一句从口中扯出来，完全违背自己的意愿。他咬紧牙关，咬住舌头，还绷紧了喉咙的每一根神经。

那些话仍旧脱口而出。他大口喘着气，任由那股力量拉扯着他的喉咙、舌头、牙齿，一路将那些话硬扯了出来。

“真相是，”他尖声道，“真相——”

“对，真相。我还有什么没做到的？”

“谢顿将第二基地设在这里。我早就说是这里，我并没有说谎。当初那些心理学家来到这个世界，控制了本地的居民。”

“达辛德吗？”骡再度深入对方翻腾而痛苦的心灵，毫不留情地肆意翻找。“我已经毁灭了达辛德。你知道我要什么，快告诉我。”

“不是达辛德。我说过，第二基地分子也许不是表面上的掌权者；达辛德只是傀儡……”这些话说得含混不清，每个字都违背了这位第二基地分子的心意。“罗珊……罗珊……罗珊才是你要找的世界……”

骡松开手，程尼斯马上痛苦地缩成一团。

“你原来想要骗我吗？”骡轻声地说。

“你的确上当了。”这是程尼斯最后一点垂死的反击。

“可是你们并没有争取到足够的时间。我一直和我的舰队保持联络。解决了达辛德之后，下一个目标就是罗珊。不过首先——”

程尼斯感到令人无法忍受的黑暗扑天盖地而来，他自然而然伸出手臂，挡在痛苦不堪的双眼之前，却无法阻挡这波攻势。这片黑暗几乎令他窒息，他还觉得受创的心灵蹒跚地向后退，退到永恒的黑暗中——那里有个得意洋洋的骡，好像一根开怀大笑的火柴棒，又粗又长的鼻子在笑声中不停摇摆。

笑声不久便逐渐消退，只剩下黑暗紧紧拥抱着他。

直到另一种感觉突然迸现，仿佛是一道锯齿状的强烈闪电，才终于驱走无边的黑暗。程尼斯渐渐清醒过来，视觉也慢慢恢复，噙着泪水的双眼已能看到一个模糊的影像。

头痛简直令他无法忍受，而他必须承受着巨大的痛楚，才能将一只手抬到头部。

显然，他还活着。他的思绪好像一团羽毛，被气流卷起之后又缓缓落向地面，再度恢复静止。他感到体内充斥一股舒畅的暖流——那是从外面钻进来的。他强忍着巨痛，试着慢慢扭动颈部，却又带来一阵锥心刺骨的痛楚。

现在门又打开了；第一发言者已经进入室内，站在门槛旁边。程尼斯想要说话，想要大叫，想要发出警告——舌头却僵住了，这才知道骡的威猛心灵仍未完全放开他，仍然钳制住他的发声器官。

程尼斯再度转动颈子。骡依旧在屋内，双眼冒出怒火。他不再张口大笑，却露出牙齿，展现一个狰狞的笑容。

程尼斯感觉到，第一发言者的精神力量正在他心中轻轻挪动，为他疗伤止痛。可是不久之后，它就遇到骡的防御，只经过短暂的缠斗便被击退，一阵麻木感再度袭向程尼斯。

怒火充满骡的瘦弱身躯，使他看来更加丑怪。他咬牙切齿地说："又有一个人来欢迎我。"他的心灵伸出灵巧的触须，一直伸到室外，并且继续延伸——延伸——

"你是单枪匹马来的。"他说。

第一发言者点了点头。"我绝对只有一个人。我确有必要这么做，因为五年前，是我对你的未来计算错误。所以我有个小小的心愿，那就是由我自己独力扭转局势。不幸的是，我没想到你布下的'情感禁制场'威力如此强大，花了我好多时间才破解。你有这般能耐，实在可喜可贺。"

"我可不领情。"骡以凶狠的口气答道，"你少来这一套。你到这里来，是不是要用你那少得可怜的精神力量，援助你们这位即将崩溃的栋梁之才？”

第一发言者微微一笑。“哈，你称之为拜尔·程尼斯的这个人，已经圆满达成任务，由于他的精神力量远不及你，他的表现更加难能可贵。当然，我看得出来，你让他吃了不少苦头，即使如此，或许我们还是有办法使他完全康复。阁下，他是个勇敢的人。这个任务是他自愿的，虽然事前我们用数学推算出来，他的心灵受创的机会极大——这种下场比单纯的肉体残废更可怕。”

程尼斯在心中拼命挣扎，他想要说话，想要大声发出警告，可是偏偏做不到。他唯一能发出的只有恐惧——持续不断的恐惧——

骡显得很冷静。“你当然知道达辛德被毁灭了。”

“我知道，我们早已预见你的舰队会发动攻击。”

“是的，不出我所料。可是你们未能阻止，嗯？”这回声音冷酷。

“没错，未能阻止。”第一发言者发出清晰的情感讯息符号，几乎全然是自怨自责与恶心憎恶的情绪。“对于这个错误，我必须承担比你更大的责任。五年前，谁能够想象你的力量会这么大？我们从一开始——当你攻下卡尔根的那一刻——就怀疑你拥有控制情感的能力。这点并不令我们惊讶，第一公民，我现在就能解释给你听。

“像你我所拥有的这种精神力量，其实不是什么崭新的异能。事实上，它始终潜伏在人类的大脑。大多数的人都能察觉他人最表层的情感，例如根据面部的表情、说话的语气等等。许多动物在这方面的天赋更高，它们使用嗅觉的本领出神入化，当然，牵涉到的情感则较为简单。

“人类这方面的潜力其实极大，可是一百万年前，随着语言的发展，情感直接接触的机能逐渐萎缩。我们第二基地最大的成就，就是唤醒这个沉睡的感官，使它至少恢复到某种程度。

“可是我们并非天生具有这些能力。百万年的退化是个艰难的障碍，我们必须锻炼这种感官，就像锻炼自己的肌肉一样。就这点而言，你得天独厚。你的能力是与生俱来的。

“以上这些，我们都有能力计算出来。因此，我们也能计算出一个具有这种能力的人，在普通人的世界里所造成的效应。就好像明眼人到了盲人国那样——我们算出了夸大妄想对你的影响程度，认为我们已经有所准备。但是，我们忽略了两个重要因素。

“第一，你的精神力量有效范围极广。我们的精神接触，只能在目力所及的范围内施行，因此面对普通武器的时候，我们比你想象中更加无助。因为视觉扮演一个极重要的角色。而你却没有这种限制，我们现在已经确定，你不但能以精神力量控制他人，而且在视觉和听觉范围之外，仍然能和他们维持密切的情感联系。这一点，我们发现得太晚了。

“第二，我们原本不知道你有肉体上的缺陷，尤其是你把这个缺陷看得那么严重，甚至因此自称为‘骡’。我们只知道你是突变种，未曾预见你并没有生殖能力，因而忽略了你的自卑感所引发的异常心理。我们只是准备对付一名夸大狂，而不是精神严重错乱的偏执狂。

“我自己应该对这些失算负全部责任，因为当你攻陷卡尔根的时候，我已经是第二基地的领导者。在你打垮第一基地之后，我们终于发现一切真相——不过为时已晚——由于这个错误，导致达辛德数百万人送了命。”

“你现在打算扭转乾坤吗？”骡的两片薄唇扭曲着，内心则汹涌着恨意。“你准备怎么做？把我养胖？帮我恢复男性雄风？将凄惨的童年从我的过去一笔勾销？你同情我的遭遇吗？你为我的不幸感到难过吗？对于我不得不做的事，我一点都不懊悔。当我最需要保护的时候，整个银河系没有半个人伸出援手，现在就让银河尽力自卫吧。”

“你的这些情绪，”第一发言者说，“当然是过去的背景造成的，我们不应苛责——只该设法改变。达辛德的毁灭是无可避免的。否则另一个结果，是整个银河系遭到更严重的破坏，而且会持续数个世纪。我们已经在能力范围内尽了最大的努力。我们尽可能撤离达辛德的居民，无法撤走的也尽量疏散。可惜的是，我们做到的比真正需要的少得太多，害得数百万人因而丧生——你不觉得遗憾吗？”

“一点也不会——六小时内，罗珊的十万居民也全会死光，而我一样毫不遗憾。”

“罗珊？”第一发言者迅速问道，并转身面向程尼斯。

程尼斯勉力维持着半坐的姿势，运用精神力量苦撑着。他觉得有两个心灵在自己身上决战，接着感到精神枷锁崩开了一瞬间，口中立刻吐出一大串话：“发言者，我彻底失败了。在您抵达之前十分钟，他逼我说出了真相。我无力抵抗他，这都是我的错。他已经知道达辛德不是第二基地，他已经知道罗珊才是。”

精神枷锁重新闭合，再度将他紧紧困住。

第一发言者皱着眉说：“我懂了。你现在计划怎么做？”

“你真的不知道吗？你真的看不透这么明显的事实吗？刚才你在对我说教，告诉我情感接触的本质，用夸大狂、偏执狂等等字眼骂我的时候，我其实正忙着呢。我一直和我的舰队保持联络，而他们已经接到命令。六小时后，除非有什么原因让我收回成命，他们会开始轰炸整个罗珊，只留下这个小村庄，以及周围一百平方英里的范围。他们会彻底执行任务，然后全部降落此地。

“你还有六个小时，而在这六小时中，你无法击倒我的心灵，也不能拯救整个罗珊。”

骡摊开双手，再度发出狂笑，第一发言者则似乎无法接受这个新的情势。

他说：“另一条路呢？”

“为什么一定要有另一条路？另一条路对我绝对没有好处。我该心疼罗珊居民的性命吗？或许，假如你们允许我的星舰安然降落，而且你们全部——第二基地所有的人马——都置于我的精神控制之下，让我感到满意，我会考虑撤回轰炸的命令。能掌握这么多高智力的头脑，想必是很值得的事。不过这样做可能得花很大的力气，或许根本得不偿失，所以我并不特别希望你会同意。第二基地分子，你怎么说呢？你究竟有什么武器，能够对付一个至少和你旗鼓相当的心灵，以及你做梦也想不到的强大舰队？”

“我有什么武器？”第一发言者慢慢将这个问题重复一遍，“我什么都没有——除了一点点——一点点连你也不知道的情报。”

“那就快说，”骡哈哈大笑，“说得天花乱坠吧。即使你是一条泥鳅，这回也逃不出我的掌心。”

“可怜的突变种啊，”第一发言者说，“我根本就不想逃。问问你自己——为什么拜尔·程尼斯会被送到卡尔根当诱饵？拜尔·程尼斯虽然既年轻又勇敢，可是他的精神力量跟你相比，和这位正在呼呼大睡的军官汉·普利吉也差不多。为什么我不亲自出马，或者选派我们其他的领导者，那些和你势均力敌的人，来执行这项任务呢？”

“或许，”骡以万分的信心答道，“你还没有笨到那种程度。可能你也明白，你们没有一个是我的对手。”

“真正的理由其实更合逻辑。你知道程尼斯是第二基地分子，他没有能力瞒过你这一点。此外，你也知道他不是你的对手，所以不怕将计就计，索性依照他的计划跟踪至此，以便最后反过来制住他。假使当初是我去卡尔根，由于我会对你构成真正的威胁，你很可能会杀掉我。即使我将身份隐藏得很好，因而保住性命，也很难让你从太空一路跟踪我到这里。正是因为你觉得胜券在握，才会被引诱出来。假使你留在卡尔根，在你的人马、你的武器、你的精神力量重重保护之下，第二基地倾全力也动不了你一根汗毛。”

“老泥鳅，我的精神力量仍旧存在。”骡说，“而我的人马、我的武器也并非远在天边。”

“完全正确，但是你并不在卡尔根。你如今身在达辛德王国境内，而你以为达辛德就是第二基地，认为一切都合情合理。这是我们精心策划的结果，因为你是个精明至极的人物，第一公民，你只相信合乎逻辑的事。”

“说得很对，但那只能让你们暂时得意一下。我还有时间从你们的程尼斯口中挖掘出真相，而我也至少还有头脑，知道这种真相应该存在。”

“不过我们这一方，还没有狡诈到那种程度的一方，已经料到你会采取这个行动，所以特别为你准备了拜尔·程尼斯。”

“那我确定他有负所托，因为我将他的脑子掏得一干二净。他的心灵在我脚下颤抖，对我完全开放、完全赤裸。当他说罗珊就是第二基地的时候，说的是百分之百的实话。我已经把他的心灵整个摊开辗平，检视了每一个微观的隙缝，再小的谎言也无所遁形。”

“非常正确，比我们预料中的还要好。我已经对你说过，拜尔·程尼斯是一名志愿者。你知道他志愿做的是什么事吗？在他到卡尔根去投效你之前，接受了一种彻底的心灵改造手术。你认为这样做能不能瞒得过你？假使拜尔·程尼斯未曾接受手术，你以为他有可能骗得了你吗？其实，拜尔·程尼斯自己也被蒙在鼓里，不过那是必须的，也是他自愿的。在心灵的最深处，拜尔·程尼斯老老实实地相信罗珊就是第二基地。

“三年来，我们第二基地在达辛德王国布置的这一切，就是为了等你自投罗网。我们已经成功了，对不对？你找到达辛德，进而又找到罗珊——到此为止，线索就断了。”

骡猛然站起来。“难道你敢说，罗珊也不是第二基地？”

倒在地上的程尼斯，感到第一发言者传来一股力量，将他的精神枷锁完全扯裂。他一跃而起，不可置信地大吼道：“您说罗珊并不是第二基地？”

他所有的记忆，心中的各种知识，一切的一切——此时全部混淆不清，模模糊糊地绕着他打转。

第一发言者微微一笑。“第一公民，你看，程尼斯像你一样烦乱。当然，罗珊并不是第二基地。我们难道疯了吗，竟然会引领我们最强大、最危险的敌人，来到我们自己的世界？喔，不会的！

“第一公民，倘若你执迷不悟，就让你的舰队来轰炸罗珊吧。让他们尽力摧毁一切吧。因为他们顶多只能杀掉程尼斯和我自己——可是这样做，丝毫无法改善你目前的处境。

“第二基地的远征军早在三年前就来到罗珊，一直以本村长老的身份在活动，而他们昨天已经离开此地，正在前往卡尔根途中。当然，他们会避开你的舰队，而且至少能比你早一天到达卡尔根，因此我敢把一切都告诉你。除非我收回成命，否则等你回到卡尔根，将会面对一个叛乱四起、四分五裂的帝国，只剩随你来这里的舰队会继续效忠。他们绝不可能以寡敌众。此外，第二基地的人马将渗入你的后备舰队，确保你无法将任何人重新‘回转’。突变种，你的帝国完了。”

骡缓缓垂下头，愤怒与绝望占满他的心灵。“是的。太晚了——太晚了——现在我懂了。”

“现在你懂了，”第一发言者附和着，“现在你又不懂了。”

骡的心灵因绝望而门户大开，第一发言者早已蓄势待发，趁着这个千载难逢的机会立刻钻进去。他只花了万分之一秒的时间，就顺利完成对骡的改造。

骡抬起头来，问道：“那么我应该回卡尔根去？”

“当然。你感觉如何？”

“感觉非常好，”他皱起眉头，“你是谁？”

“有什么关系吗？”

“当然没有。”他抛下这个念头，拍拍普利吉的肩膀。“醒醒，普利吉，我们要回家了。”

两小时后，拜尔·程尼斯终于觉得行动自如了。他说：“他不会再想起来吗？”

“永远不会。他会保有他的精神力量以及他的帝国——但是他的动机完全改变了。第二基地这个概念如今成为一片空白，而他也变成一位和平主义者。而且从今以后，他会比以前快乐得多，就这样度过他的余生。由于身体机能失调，他没有几年好活了。然后，一旦他死了，谢顿计划便会继续——总会继续下去的。”

“这么说的话，”程尼斯追问，“罗珊真的不是第二基地？我可以发誓——我告诉您，我明明知道。我可没有精神错乱。”

“程尼斯，你没有精神错乱，正如我所说，你只是被改造了。罗珊并不是第二基地。走吧！我们也该回家了。”

最后插曲

拜尔·程尼斯坐在贴满白色瓷砖的小房间中，让心灵完全放松。对于目前的生活，他感到相当满意。房间里有墙壁、有窗户，外面还有草地。它们却没有名字，它们只是“东西”。室内还有一张床，一把椅子，床脚的屏幕则呆板地放映着书籍的内容。护士每天进来几回，为他送来食物。

起初，他并未试图将听到的零星声音拼凑起来，例如下面两个人的对话。

其中一个人说：“现在的症状是完全的失语症。这表示清理干净了，我想他没有受到什么伤害。接下来需要做的，只是将他原来的脑波记录输回去。”

他把那些声音硬背下来。不知道为什么，那些声音好像十分特殊——似乎代表某种意义。可是又何必操这个心呢?

还不如乖乖躺在这个“东西”上面，看着前方那个“东西”的色彩变幻。

然后有一个人走进来，对他做了一件事。于是他沉沉睡去，睡了很久很久。

醒来之后，“床”突然就是“床”了。他知道自己在医院里，硬记的那些声音也都有了意义。

他坐起来，问道：“发生了什么事？”

第一发言者就在旁边，他说：“你在第二基地，你的心智，你原来的心智，已经恢复了。”

“是的！是的！”程尼斯想起了自己是谁，因而感到无比的骄傲与喜悦。

“现在告诉我，”第一发言者说，“你知道第二基地在哪里吗？”

真相如巨浪汹涌而来，程尼斯却没有立即回答。像当年的艾布林·米斯一样，他只是体会到一阵巨大而令人麻木的惊愕。

最后他终于点点头，说道：“银河众星在上——现在，我知道了。”

第二篇

基地的寻找

艾卡蒂·达瑞尔：小说家，生于基地纪元362年1月5日，卒于基地纪元443年11月7日。虽然艾卡蒂·达瑞尔的作品以小说为主，传世之作却是她为祖母贝泰·达瑞尔所写的传记。这本传记根据第一手资料写成，数世纪以来，一直是关于骡以及那个时代的权威资料……与著名的小说《未归档的记忆》一样，她所写的《一而再，再而三》生动地反映了卡尔根社会在“大断层”早期的繁华生活。据说，那是根据她少年时期亲访卡尔根的见闻……

——《银河百科全书》

07

艾嘉蒂娅

艾嘉蒂娅·达瑞尔以稳重的语调，对着听写机的输入端朗读道："谢顿计划的展望，艾·达瑞尔作。"然后她暗自想到，有朝一日自己成为大作家，要用"艾卡蒂"这个笔名发表所有的不朽之作。就只用艾卡蒂，不要冠上任何姓氏。

而"艾·达瑞尔"这样的署名，则是"作文与修辞"这门课的作业所规定的格式——真没品味。同班其他同学也都得这样做，只有丸里萨斯·旦例外，因为当初他以那种方式念出自己的名字，全班同学就笑成一团。"艾嘉蒂娅"则是小女孩的名字，只因为祖母小时候用过，她就要被迫接受；她的父母连一点想象力也没有。

前天是她的十四岁生日，大家应该体认到一个简单的事实，那就是她已经长大成人，该改口叫她"艾卡蒂"了。她突然撅起嘴来，因为她想起父亲刚才勉强将视线从阅读镜移开一下，抬起头来说："可是，艾嘉蒂娅，如果你想假装自己已经十九岁，等到二十五岁的时候，男生们都会以为你已经三十了，你该怎么办？”

她正坐在自己专用的大号扶手椅中，两只手臂伸展开来，抬头便能看见梳妆台上的镜子。她的一只脚丫挡住了一点视线，因为拖鞋正挂在拇指上摇晃着。于是她将脚收回来，把身子坐端正，脖子很不自然地伸得笔直。这样一来，她觉得自己又长高两英寸，身材因而显得雅致多了。

她花了一点时间，若有所思地打量自己的脸庞——太胖啦。于是她紧抿着嘴，将下巴往下伸半英寸，再从各个角度观察这张人工的瘦弱面容。她伸出舌头舔了一下嘴唇，再将湿润的唇微微撅起。然后她缓缓垂下眼睑，表现出历尽沧桑的世故——喔，天哪，双颊为什么是粉红色的，真丑。

她试着将手指摆在双眼外缘，把眼角微微扯斜，装出内围星系妇女那种神秘而具异国风情的慵懒状。可是这么一来，双手就把脸孔遮住一半，没法看清楚自己的容颜。

她抬起下巴，又想照照自己的侧面。她将眼珠尽量瞥向镜子那一侧，脖子也扭得有些酸疼。此时，她故意用低八度的声调说：“真的，爸爸，如果你以为我会有一点点在乎那些笨男生怎么想，你就实在……”

她忽然想起手中的听写机仍然开着，于是垂头丧气地说：“喔，天哪。”并顺手将它关掉。

听写机仍然吐出半张淡紫色的纸，纸张左侧还有美丽的桃色花边，上面赫然印着：

谢顿计划的展望 艾·达瑞尔作

真的，爸爸，如果你以为我会有一点点在乎那些笨男生怎么想，你就实在喔，天哪。

她气急败坏地抽出那张纸，再将另一张卷进那台机器里面。

不过，她脸上的气恼表情很快就消失了，宽宽的小嘴巴扯出一个满意的笑容。她把那张纸凑到鼻端，优雅地闻了一下。没错，就该是这种高雅迷人的香味。纸上的笔迹也没话说。

这台机器是两天前送来的，是父亲送她的成年生日礼物。在此之前，她曾对父亲说："爸爸，可是每一个人——班上每一个稍微有那么一点点志气的人都有一台。只有那些老古董才用打字机……"

推销员也对她父亲说："我们这种听写机既小巧又灵活，别的型号通通比不上。它可以根据言语中的含意，列印出正确的文字和标点。它绝对是学习的好帮手，因为它会鼓励使用者注意发音和呼吸，好让它印出正确的字句。不用说，当然还要使用合宜而端庄的口气，才能得到正确的标点符号。"

不过当时看来，父亲只想帮她买一台普通的打字机，好像真把她当成一个老古董和老学究。

等到机器送来的时候，却正是她梦寐以求的那一款。她感动得一把鼻涕一把眼泪，和十四岁的成年生日似乎不大相称。而那台机器列印出来的，则是纯粹女性化的娟秀字迹，看起来优雅、美观而迷人。

即使是那一句"喔，天哪。"听写机印出的字迹也十分有魅力。

可是无论如何，她必须循规蹈矩使用才行。所以她又端坐在椅子上，正经八百地把草稿放在面前，准备重新开始。她先缩腹再挺胸，小心翼翼地控制呼吸，然后以充满热情的语气，一字一句清清楚楚地朗诵道：

谢顿计划的展望

我们这些有幸能在本行星高效率、高素质的教育体系下受教育的学生，我确信，大家都对基地过去的历史了若指掌。

哈！爱尔金小姐，那个刻薄的老巫婆，一定会对这个开头十分满意。

基地过去的历史，几乎就是伟大谢顿计划的发展史。两者根本就是一体两面。可是如今大多数人心中的疑问，则是这个伟大而睿智的计划能否继续下去，或是会遭到严重破坏，或是也许早已被摧毁了。

想要了解这个问题，最好让我们先浏览一下，谢顿计划至今已对人类揭示的几个重点。

这部分很容易写，因为她上学期刚修过“近代史”这门课。

大约四个世纪前，当时第一银河帝国几乎已经瘫痪，眼看就要灭亡，有一个人——伟大的哈里·谢顿——预见了这个即将来临的末日。他与他的同僚利用心理史学——这门科学的辅杂数学如今早已失传——

她忽然停下来，这里出现了小小的疑问。她确定“复杂”的“复”应该读第三声，可是机器选的字好像不大对劲。喔，别担心，机器是不可能出错的。

预测出了银河历史巨流的整体发展方向。他们得以发现一个事实：若放任历史自行发展，帝国必将崩溃瓦解，至少会有三万年的无政府动乱状态，之后才有可能建立一个新的帝国。

想要阻止帝国衰亡为时已晚，但是，至少还有可能缩短那段动乱时期。因此，谢顿计划的主要目的，是要使第一帝国与第二帝国的间隔缩短成一个仟年。如今过了将近四个世纪，花开花落，花落花开，而谢顿计划依旧继续运作。

哈里·谢顿在银河中两个遥相对峙的端点，分别建立一个基地。他为这两个基地所选取的各种条件，得以诱发心理史学问题的最佳数学解答。其中之一，我们的基地，设立在这个端点星上，集中了帝国时期所有的物理科学。凭借着这些科学，基地足以抵抗周围蛮荒王国的攻击。那些王国毫无例外，都是不久前从帝国边缘脱离而独立的。

基地由于有一代代英勇睿智的领导者，例如塞佛·哈定、侯伯·马洛，因此很快就征服了那些短命的王国。这些英雄都能明智地诠释谢顿计划，并且领导我们克服

根据她的草稿，下面两个字也是“复杂”，但她决定不要再冒险。

艰难的情势。数个世纪过去了，基地各个世界仍旧缅怀他们的功绩。

终于，基地建立了一个庞大的商业体系，控制着安纳克里昂与西维纳星区的大部分，甚至击败苟延残喘的旧帝国，打败了帝国的最后一名大将——贝尔·里欧思。这时

候，谢顿计划似乎再也没有任何阻碍。谢顿策划的每一个危机，都能在准确的时机出现，并且一一顺利化解。而每解除一个危机，基地便向第二帝国以及永久和平再迈出一大步。

此时，

念到这里，她一口气没喘过来，只能从牙缝中轻轻吐出这两个字。不过听写机照样将这两字印得清清楚楚、漂漂亮亮。

第一帝国最后的残余势力烟消云散，只剩下许多无能的军阀，统治着这块硕大的残躯。

“硕大的残躯”是她上周从惊悚片中学到的，不过爱尔金小姐一向只听古典音乐与教学节目，所以绝对不会露出马脚。

不料，冒出了骡这号人物。谢顿计划并未考虑到这个异人。他是个突变种，他的出现是无从预测的。骡具有奇异而神秘的力量，能控制并操纵人类的情感，使得所有的人都臣服于他的意志。他以惊人的速度成为一名征服者以及帝国的开创者。最后，他竟然还征服了基地。

但他从未完成一统银河的壮举，因为他势如破竹的第一波攻势，最后被一位睿智、勇敢、伟大的女性化解于无形。

现在她又碰到那个老问题：父亲向来不准她提到自己是贝泰·达瑞尔的孙女。可是人人都知道这件事，而且贝泰可算是有史以来最伟大的女性，她的确以一己之力阻止了骡。

然而整个事件的来龙去脉，真正知晓的人少之又少。

哈！如果她得向全班朗读这篇作文，上面这句话就可以用神秘兮兮的语气来念，这样一来，一定会有人问她实情究竟如何。然后嘛，嗯，如果他们非问不可，自己就不得不说实话了，对不对？她在心中迅速转念，已经想到势必面对父亲的严厉质问，并且拟好一段听来委屈却振振有词的辩解。

经过五年的极权统治，又出现了一个变化，原因至今不明。总之，骡放弃了一切扩张政策。他在位的最后五年，实行的是开明专制。

有人说，骡的改变是由于第二基地的介入。然而，从来没有人发现另外那个基地的正确位置，也没有人知道它的真正作用，所以上述理论始终未被证实。

如今，距离骡的覆亡又过了整整一个世代。在骡倏来倏去之后，未来又将如何发展呢？骡干扰了谢顿计划，似乎已经令它四分五裂，但在他死后，基地随即复兴，如同从垂死恒星的灰烬中重生的新星。

上面这段是她的创作。

于是，端点星再次成为一个商业联邦的中心。它几乎恢复了沦陷之前的富庶与强盛，甚至变得更和平、更民主。

这个发展也在计划之中吗？谢顿伟大的梦想依旧健在吗？六百年后，真会有第二银河帝国兴起吗？我个人相信

答案是肯定的，因为

这是最重要的部分。爱尔金小姐总是喜欢用红铅笔，批上一些又大又丑的评语：“但这只是叙述而已。你个人的心得呢？用心想一想！表达出自己的想法！洞察你的心灵深处！”洞察你的心灵深处，她可真了解人类的心灵，她那张丑脸一辈子没笑过……

在我们的历史上，从未出现过如今这种大好的情势。旧帝国完全灭亡了，而骡的统治则结束了军阀割据的局面。银河外围大多数地区，都过着文明而和平的日子。

更重要的是，基地内部也比往昔健全许多。沦陷前的世袭市长专制时代结束了，基地再度恢复早期的民主选举。银河中再也没有持异议的独立行商世界，也不再有大量财富集中于少数人之手的不均与不公。

因此之故，我们没有理由畏惧失败，除非第二基地真对我们构成威胁。不过那些抱持这种想法的人，除了茫然的畏惧与迷信，无法提出任何证据。我认为，我们对自己、对国家、对伟大谢顿计划的信心，定能消除心中任何的疑虑，

嗯……这是可怕的陈腔滥调，不过作文的结尾总得写点这种东西。

所以我说——

写到这里，《谢顿计划的展望》又不得不暂停，因为玻璃窗发

出了轻微的敲击声。当艾嘉蒂娅撑着椅子扶手引颈而望时，竟然发现自己和窗外的一张笑脸遥遥相对。那是一名男子的脸孔，被竖在嘴唇上的食指分成两半，更加凸显了这张脸的左右对称。

艾嘉蒂娅只顿了一下，便及时换上一副茫然的表情。她从扶手椅上爬下来，走到大窗台前的沙发旁，然后跪在沙发上，若有所思地瞪着窗外。

那张脸孔上的笑容很快消失了。那人一只手紧抓着窗台，连指节都已泛白，另一只手则迅速做了一个手势。艾嘉蒂娅立即会意，按动了一下开关，玻璃窗最下面的三分之一部分随即滑进墙壁。春天温暖的空气立刻飘进来，干扰了室内的空调。

“你不能进来。”她装模作样，洋洋得意地说，“窗子都加装了防盗幕，只认得住在这里的人。如果你钻进来，各式各样的警铃都会铃声大作。”她顿了一顿，又补充道：“你这样踩着窗户下的台子，身手一点也不高明。一个不小心，你就会摔断那根不值钱的脖子，还会压坏好些珍贵的花朵。”

“既然这样，”窗边那个人也正在担心这件事——但认为“不值钱”和“珍贵”两个形容词应该交换一下，“你能不能关掉防盗幕，让我爬进去？”

“你苦苦哀求也没用，”艾嘉蒂娅说，“你也许闯错了地方，因为我可不是那种随便的女孩，这么晚还会让陌生男子钻进她们……钻进她的卧室。”在说这句话的时候，她的眼睑微微下垂，露出一个性感的表情——或者应该说，模仿得过分惟妙惟肖。

年轻男子脸上的顽皮神色早已消失无踪。他喃喃道：“这里是达瑞尔博士的住宅，对不对？”

“我为什么要告诉你？”

“喔，银河啊——再见——”

“年轻人，如果你跳下去，我马上按警铃。”“年轻人”是她故意选用的讽刺字眼，用来表现自己的世故与练达。因为看在艾嘉蒂娅精明的眼里，这家伙显然有三十几岁——事实上，实在很老了。

僵持了一会儿，那人硬邦邦地说：“好吧，姑娘，我问你，你不准我待在这里，又不准我走，到底想要我怎么做？”

“我想，你可以进来。达瑞尔博士的确住在这里。我来关掉防盗幕……”

“年轻人”先探头看了看，才小心翼翼将右手伸进窗内，再一挺身钻进屋子。他气呼呼地使劲拍打膝盖上的灰尘，又抬起通红的脸孔对着艾嘉蒂娅。

“万一被人发现我在这里，你确定你的人格和名誉不会受损吗？”

“你的人格和名誉才会一败涂地呢，因为只要听到外面有脚步声，我就会立刻大喊大叫，说你强行闯进我的房间。”

“是吗？”他以谦恭无比的态度说道，“防盗幕可是你自己关掉的，你又要如何解释？”

“哼！那还不简单，其实根本没有什么防盗幕。”

那人将眼睛睁得老大，一副恼羞成怒的样子。“你在唬人？小丫头，你今年多大了？”

“年轻人，我认为这是个非常不礼貌的问题。而且，我也不习惯被人称作‘小丫头’。”

“我绝不怀疑，你可能是骡的祖母化装的。在你来不及呼朋引类，对我动用私刑之前，我可不可以赶紧溜走？”

“你最好别走——因为家父正在等你。”

那人的表情再度变得小心谨慎。他扬起一道眉毛，故意随口问道:“哦?有人跟令尊在一起吗?”

“没有。”

“最近有人来拜访他吗?”

“只有推销员——还有你。”

“有没有任何不寻常的事?”

“只有你。”

“饶了我吧,好不好?不,别饶我。告诉我,你怎么知道令尊正在等我?”

“喔,那还不简单。上个星期,你知道吗,他收到一个私人信囊,只有他本人才能开启,里面有一张会自行氧化的信笺。他还特别把信囊丢进垃圾分解器。昨天,他主动放波莉一个月的假——你知道吗,波莉是我们的女佣——让她去探望住在端点市的姐姐。今天下午,他又在客房里整理床铺。所以我晓得他正在等什么人,却故意不让我知道。通常,他什么事都会告诉我的。”

“真的!我难以相信他有这个必要。我以为他还没说,你就什么都知道了。”

“通常都是这样。”说完她就哈哈大笑,开始感到无比的轻松自在。这个访客年纪不小了,不过外表十分出色,有着一头棕色的鬈发,还有一对深蓝色的眼珠。也许,等到自己年纪够大的时候,还能再遇到类似的人物。

“可是,”那人又问道,“你又怎么知道我就是他要等的人?”

“唉,还会有谁呢?他神秘兮兮地在等一个人,希望你懂得我的意思——然后你就愣头愣脑地来了,还想要从窗户钻进来。如果你有一点常识,就该知道从大门走进来。”她突然想到一句精彩的台词,立刻派上用场:“男人全都这么笨!”

“你倒满有自信的嘛，小丫头，对不对？不，我是说‘小姐’。你知道吗，你可能都猜错了。万一我现在告诉你，我被你搞得一头雾水，而且据我所知，令尊等的不是我而是别人，你又该怎么办？”

“喔，我可不这么想。我原本不想让你进来，直到看见你把手提箱丢下去，我才改变主意的。”

“我的什么？”

“你的手提箱，年轻人。我可不是瞎子，你并非不小心，而是故意丢下去的。因为你先向下面看了一眼，估计一下它会落在哪里。等你确定它会掉进树篱里面，不会被人看见，这才把手提箱丢下去，然后就没有再向下望一眼。既然你故意不走大门，而准备爬窗户，就意味着你不太敢确定是否找对地方，想要先观察一下。当你被我发现之后，你首先想到的是手提箱，而不是你自己的安危，这就意味着，你把里面的东西看得比自己更重要。由此可知，既然你人在屋内，而你我都知道手提箱还在屋外，你也许根本无计可施。”

说到这里，她实在需要停下来喘一口气。那人趁机回嘴道：“不过，我想我可以把你勒得半死，然后逃出去，捡起手提箱远走高飞。”

“不过，年轻人，我的床底下刚好有一根球棒，我两秒钟之内就能抓到手里，而且我是个非常强壮的女生。”

僵持了好一阵子，最后，“年轻人”终于以做作的礼貌口吻说：“既然我们这么谈得来，我应该自我介绍一下。我叫裴礼斯·安索，你叫什么名字？”

“我叫艾嘉……艾卡蒂·达瑞尔，很高兴认识你。”

“好啦，艾卡蒂，你能不能做个好女孩，把令尊请过来？”

艾嘉蒂娅气呼呼地抬起头来。“我可不是女孩，我认为你这样说非常没有礼貌——尤其是拜托别人帮忙的时候。”

裴礼斯·安索叹了一口气。“说得好——请问你能不能做一个好心、善良、可爱的老妇人，把令尊请过来？”

“我也不是那个意思，但我会叫他的。年轻人，可是别以为我会把视线从你身上移开。”她开始用力踏着地板。

走廊随即传来一阵急促的脚步声，卧室的门随即被猛力打开。

“艾嘉蒂娅——”达瑞尔博士吁了一口气，改口问道，“先生，你是谁？”

裴礼斯赶紧站起来，看来显然松了一口气。“杜伦·达瑞尔博士？我是裴礼斯·安索。我想，你已经收到那封信了。至少，令爱是这么说的。”

“我女儿说的？”他皱起眉头，用责备的眼神瞪了艾嘉蒂娅一眼，却看到她正张大眼睛，露出一副无懈可击的无辜状，遂不得不收回严厉的目光。

达瑞尔博士终于再度开口：“我的确正在等你。请跟我下楼好吗？”他突然打住，因为看到旁边有东西在闪动，而艾嘉蒂娅也注意到了。

她赶紧扑向那台听写机，却根本来不及了，因为父亲已经站在机器旁边。他以温柔的口吻说：“艾嘉蒂娅，它一直都开着呢。”

“爸爸，”她又气又恼地尖叫，“看人家的私人信件是非常不道德的行为，看人家的谈话记录就更不用说了。”

“啊，”父亲说，“不过这个‘谈话记录’，是你和一个陌生男子在卧室录下的！艾嘉蒂娅，身为你的父亲，我必须保护你。”

“喔，天哪——根本不是那么回事。”

裴礼斯突然哈哈大笑。“喔，达瑞尔博士，就是那么回事。这位小姐准备指控我许多罪名，即使为了洗刷我的冤屈，我也得请你务必读一遍。”

“喔——”艾嘉蒂娅强忍住泪水。竟然连亲生父亲也不相信自己。那台可恶的听写机——要不是那个笨蛋愣头愣脑摸到窗口，她也不会忘记把机器关掉。现在，父亲一定准备发表长篇大论，细数年轻女子不该做的每一件事。看来，好像根本没有什么是她们应当做的，也许上吊是唯一的例外。

“艾嘉蒂娅，”父亲以温和的语气说，“我认为一个年轻女子——”

她就知道，她早就知道。

“——对一位比自己年长的人，不该这么没有礼貌。”

“可是，谁叫他到我的窗户旁边探头探脑？一个年轻女子总该有隐私权吧——你看，现在我得从头念一遍这篇可恶的作文。”

“他爬到你的窗边究竟对不对，不是你应该质疑的问题。你根本就不该让他进来，应该立刻通知我——更何况你也认为我在等他。”

她没好气地说：“你不见他也好——这个傻东西。如果他继续飞檐走壁，迟早会把整件事都抖出来。”

“艾嘉蒂娅，自己不晓得的事，不要随便发表意见。”

“我当然晓得。是关于第二基地，对不对？”

沉默持续了好一阵子。连艾嘉蒂娅也觉得腹部在微微抽搐。

然后，达瑞尔博士轻声问道：“你是从哪里听来的？”

“不是从哪里听来的，除了这件事，还有什么值得这么神秘兮兮的吗？你不用担心，我不会告诉任何人。”

“安索先生，”达瑞尔博士说，“我必须为这一切向你道歉。”

“喔，没什么。”安索公式化地应道，“她若是把自己卖给黑暗势力，也绝不是你的错。但在我们下楼之前，你不介意我再问她一个问题吧。艾嘉蒂娅小姐——”

“你想问什么？”

“你为什么认为不走大门而爬窗户是件傻事呢？”

“傻瓜，这等于你在大肆宣扬试图隐瞒什么。倘若我有个秘密，我绝不会把嘴巴贴上胶布，让大家都知道我心中藏着秘密。我会像平常一样谈天说地，只要别提那个秘密就行。你没有读过塞佛·哈定的格言吗？他是我们的首任市长，你知道吧。”

“我知道。”

“好，他曾经说过：唯有大言不惭的谎言才能成功。他还说过：凡事都不必是真的，但是都必须让人信以为真。嗯，当你从窗户爬进来的时候，已经违背了这两个原则。”

“换成你的话，会怎么做呢？”

“如果我有一件最高机密，要来找我爸爸商量，我会在公开场合和他结识，再用各种光明正大的理由来找他。等到大家都认识你，认为你和我爸爸在一起是理所当然的，你就可以和他商量任何机密，绝不会让任何人起疑。”

安索以不可思议的眼神望着这个女孩，然后再看看达瑞尔博士。“我们走吧。我得到花园去找我的手提箱。等一等！还有最后一个问题。艾嘉蒂娅，你的床底下根本没有球棒吧，对不对？”

“没有！当然没有。”

“哈，我就知道。”

达瑞尔博士走到门口又停下来。“艾嘉蒂娅，”他叮咛道，

“当你重写那篇作文时，不要把奶奶渲染得太过神秘。其实，完全没有必要提那件事。”

他和裴礼斯一起默默走下楼梯。走到一半，那位访客压低声音问道：“博士，希望你别介意，请问她多大了？”

“十四岁，前天刚过生日。”

“十四岁？银河啊——告诉我，她有没有说将来准备嫁人？”

“没有，她没提过。至少没有对我提过。”

“嗯，她若真要嫁人，把他枪毙算了。我是说，她准备嫁的那个人。”他以严肃的目光，凝视着这位前辈的眼睛，“我没有开玩笑。她到了二十岁，跟她生活在一起会是天底下最可怕的事。当然，我绝无意冒犯你。”

“你没有冒犯我。我想我知道你的意思。”

而在楼上，这两个人仔细分析的对象则是一肚子的怨气与厌烦。她对着那台听写机，用模糊而懒散的语调念道：“谢、顿——计、划——的、展、望——”听写机则发挥无比精确的功能，将那句话转换成优雅秀丽的字体：

谢顿计划的展望

数学：……多变数与多维几何的综合分析运算，构成了谢顿昵称为“我研究人类的小小工具”之基础……

——《银河百科全书》

08

谢顿计划

请想象一个房间！

目前，房间的位置并不重要，只需要强调这个房间最适合被称为第二基地。

几世纪以来，这个房间一直保存着一门纯粹的科学——然而，一向被联想成“科学”的各种装置、设备、仪器等等，这里通通见不到。因为这门科学的研究对象，只是数学概念而已。在科技尚未萌芽的史前原始时代，当人类集中于一个如今已经失落的世界时，先民中的智者所进行的冥想，便与这门科学有些神似。

在这个受到精神科学力量保护的房间中（至今，整个银河系一切有形力量加在一起，仍旧无法与这门精神科学相抗衡），有一个较为显眼的物件——元光体，内部珍藏着谢顿计划的完整内容。

此外，室内还有一个人——第一发言者。

他是谢顿计划的第十二任首席监护者，而他所拥有的头衔，代表的就是字面上的意义——在第二基地领导者集会的场合，他是首先发言的一位。

他的前任曾经击败骡，但是那场大规模对抗所留下的后遗症，依旧扰乱着谢顿计划的前途——过去二十五年来，他与他所领导的组织，致力将全银河系顽固、愚昧的人类重新纳入正轨——这是一项艰巨至极的工作。

第一发言者抬起头来，望着正在打开的门。在这个孤寂的房间中，他回顾着自己四分之一世纪的努力，如今一切终将爬上最高峰。虽然此刻他是那么专注，仍有余裕以安然的心情期待着来人。他是一名年轻弟子，将来，他们之中总有一位会继承他的职位。

由于年轻人正不知所措地站在门口，第一发言者必须向他走过去，将他领进室内，并且伸出一只手，亲切地按在他的肩头。

弟子露出羞赧的微笑，第一发言者则说："首先，我必须告诉你为何请你过来。"

他们现在隔着书桌面对面坐着，两人都没有真正开口说话。除非是第二基地的成员，银河中再也没有人了解他们所使用的沟通方式。

语言本是人类用来表达思想与情感的方式，它并非与生俱来，也不是完美无缺。人类所建立的语言沟通模式，只是利用声音的组合来表示各种精神状态——可是这种方法极为笨拙，而且能力明显不足，只能将心灵中细腻的思想，转换成发声器官所发出的迟钝声音。

追根究底——追本溯源——其实不难发现：人类所蒙受的一切苦难，皆可追溯到一个事实，亦即在银河历史上，几乎没有任何人能了解他人的心思；或许只有哈里·谢顿，以及其后的极少数人例外。人人将自己隐藏在他人无法穿透的迷雾中，每团迷雾里也就只有一个人。偶尔，从某团迷雾深处会透出一丝微弱模糊的讯号——

人类便是借着这些讯号互相摸索。然而，由于相互间无法了解，彼此也就不能互信互谅，所以每个人自幼年时代起，始终处于绝对孤寂的状态，时时刻刻感到恐惧与不安。长此以往，便导致了人与人之间的猜忌与迫害。

数万年来，人类的双脚在泥泞中蹒跚前进，心灵长期受到压制。倘若善加利用这些时间，心灵早就可以飞向星际。

过去，人类本能地努力寻找打破语言桎梏的方法。语意学、符号逻辑、精神分析……这些学问都是在研究如何精炼语言，甚至完全舍弃之。

心理史学是精神科学的一项重要发展方向；经过许多世代的努力，精神科学的数学化终于大功告成。为了了解神经生理学与神经系统的电化学——这必须一直钻研到核力的领域——相关的数学有了长足的进展。利用这些最新发展的数学，心理学总算成为一门真正的科学。而将心理学的知识从个体推广到群体，社会学的数学化过程也于焉完成。

较庞大的人类群体，例如一颗行星上的数十亿人，一个星区中的数兆居民，乃至整个银河系的千兆人口，则不仅是众多人类的集合，更是能以统计方法处理的社会力量。因此对哈里·谢顿而言，未来的发展是必然的，是清晰可见的，而预设的计划则是绝对可行的。

导致谢顿计划发展的精神科学基础，同时使得第二基地得以超越语言。因此当第一发言者与弟子沟通时，他完全不需要开口说话。

人类心灵对某个刺激的种种反应，不论引起的生物电流多么微弱，都能完整显示心中所有的细微变化，以及所有的思想涓流。因此，第一发言者能够直接感知弟子的情感内容。不过他的能力是长久训练的成果，并非像骡那样生来便有这种感应力——骡是独一无二的突变种，甚至第二基地分子也无法完全了解他的异能，普通人就更不用说了。

然而，在一个必须靠语言沟通的社会里，仅仅使用普通的文字，绝不可能表达出第二基地分子彼此沟通的方式。因此从现在开始，我们只好以普通的言语来表现第一发言者的讯息。即使这项“翻译”偶有失真之处，也是不得已的情况下最好的办法了。

从现在起，我们姑且认为第一发言者的确在说：“首先，我必须告诉你为何请你过来。”而不再描述那是一个微笑、一个手部动作所代表的讯息。

接着，第一发言者又说：“你从小到大都在努力钻研精神科学，而且成绩优秀。师长们能教你的，你已经全部吸收了。如今，你和其他几位同学，都可以成为见习发言者了。”

书桌对面传来一阵兴奋的情绪。

“不——你必须冷静地接受这个任命。你一直希望有资格入选，一直担心自己落榜。事实上，无论希望或担心都是你的弱点。你明明知道自己够资格，却又不敢承认，生怕给人留下过分自信因而不适任的印象。真是荒谬！最无可救药的笨蛋，就是聪明却不自知的人。你知道自己够资格，正是你够资格的原因之一。”

坐在书桌对面的弟子松了一口气。

“很好。现在你的心情轻松许多，警戒也放松了。这样你才有办法集中精神，才能了解我要对你说的话。记住，想要真正发挥精神力量，并不需要将心灵绷得紧紧、抓得死死的。对于探测器而言，那无异于一种空洞的精神状态。反之，你应当培养一种单纯的心境，一种自我的觉察，一种无我的意识，如此任何情绪才能无所遁形。我的心灵已经对你敞开，让我们彼此都达到这种境界。”

他又继续说：“当一名发言者并不容易。其实，心理史学家本身就不是个简单的职务，而即使是最优秀的心理史学家，也不一定有资格担任发言者。这两者是有区别的。发言者不仅要知晓谢顿计划的复杂数学结构，还必须认同这个计划及其最终目标。他一定要热爱这个计划，将计划视为自己的生命。除此之外，还得把它当成活生生的好朋友。

“你知道这是什么吗？”

第一发言者将手摆在书桌中央一个闪亮的黑色立方体正上方。那是一个毫不起眼的物件。

“发言者，我不知道。”

“你听说过元光体吗？”

“这就是吗？”声音中充满惊讶。

“你以为它看起来应该更高贵、更令人敬畏？嗯，这也难怪。它是帝国时期的产物，由谢顿时代的工匠制成。将近四百年来，它的表现都极为完美，从来不需要修理或调整。这算是我们的运气，因为就技术层面而言，第二基地没有任何人懂得它的构造和原理。”他淡淡一笑，“第一基地的人也许有办法复制一个，不过，当然绝不能让他们知道。”

他压下书桌旁的一根操纵杆，室内立时陷入一片黑暗。但片刻之后，两侧的大幅墙壁便逐渐亮起来。开始的时候是珍珠般的白色光芒，随后各处又出现模糊的暗影，最后暗影凝聚成清晰整齐的黑色字体。那些字体构成无数的数学方程式，其间穿插着许多蜿蜒的红色线条，仿佛幽暗森林中的血色河流。

“过来，孩子，站到墙壁前面。放心，你不会形成阴影。元光体辐射光线的方式非常特殊。老实告诉你，我丝毫不了解这种效应的原理。但我可以肯定，你的影子不会出现在墙壁上。”

他们一起站在光芒中。那两面墙都是十英尺高、三十英尺宽。

墙上布满密密麻麻的小字，连一英寸空隙也没有。

“这还不是整个的谢顿计划，”第一发言者说，“要把整个计划写在两面墙上，方程式必须缩小到微观的尺度——可是没有这个必要。你现在看到的，代表至今为止谢顿计划的主要部分。这些你都学过了，对不对？”

“是的，发言者，我都学过了。”

“你认得出任何一部分吗？”

短暂的沉默后，弟子举起手来。当他的手指指向墙壁时，一列方程式随即向下移动，直到他心中所想的那个函数级数挪到眼前——真难想象，只是不经意地迅速指了一下，竟然造成这么精密的结果。

第一发言者轻声笑了笑。“你将发现元光体能和你的心灵调谐。今后，这个小装置还会给你更多的惊奇。对于你选取的方程式，你有什么心得？”

“这是瑞格积分，”弟子支吾地说，“利用整个行星的心理倾向分布，来表现行星上甚至整个星区所存在的两种主要经济阶级，以及不稳定的情感模式。”

“它有什么意义呢？”

“它代表张力的极限，因为在这里，”弟子伸手一指，许多方程式随即同时挪移，“有一个收敛级数。”

“很好。”第一发言者说，“现在告诉我，你对这个结果有何感想。一个完美的杰作，对不对？”

“绝对是的！”

“错了！并非如此。”第一发言者的语气异常严厉，“这是你必须纠正的第一个观念。谢顿计划并非百分之百完整和正确。反之，它只是如今所能做到的最佳结果。已经有十几代的先人，在这上面花了无数心血；研究这些方程式，将它们拆解到细微末节，然后重新组合起来。除此之外，他们还静观近四百年的历史发展，以便与方程式的预测相互对照；他们检查方程式的真实性，从中学到许多新的知识。

“他们学到不少连谢顿都不知道的事。几世纪以来所累积的知识，不但能让我们重新导出谢顿的结果，甚至可以比他做得更好。这一点，你是否完全明白？”

弟子显得有点愕然。

“在你获得发言权之前，”第一发言者继续说，“你自己必须对谢顿计划作出原创性的贡献。请注意，这并非对谢顿的亵渎。墙壁上每一个红色记号，都代表谢顿之后的发言者所作的修正或补充。嗯……嗯……”他抬头向上看，“在那里！”

整个墙壁似乎向他当头罩下来。

“这一块，”他说，“就是我的成绩。”那是被红线圈住的两个分歧箭头，箭头旁边各有六平方英尺的数学推导。两者之间则是一大串红色的方程式。

“它描述的是遥远的未来，看起来似乎没什么了不起。”第一发言者又说，“虽然谢顿计划已经进行了许多年，可是即使将时间再延长一倍，这个情况依然尚未出现。那是一个合并期，此时第二帝国业已形成，却掌握在两个敌对团体手中。假如两者势均力敌，便可能使帝国分裂；若是势力太过悬殊，占上风的一方又会钳制得太紧。在此两种可能性都考虑到了，并且详加演绎，也指出了避免两者的方法。

“但这是一个几率问题，因此还会有第三种可能的结果。这个结果的可能性相当小——准确的数值是12.64%——可是纵使几率更小的事件，过去也曾经真正发生过，而谢顿计划目前只完成40%而已。这第三种可能，是两个或更多的敌对势力达成妥协。根据我的推导，这个结果会导致第二帝国陷入无效益的模式，最后终将引发内战。相较于毫无妥协之下的内战，这种内战将对帝国造成更大的伤害。幸好，这也是可以避免的。而这就是我个人的贡献。”

“发言者，请允许我打个岔——修正要如何进行呢？”

“借着元光体来进行。比如说，拿你自己当例子，你的数学推导将由五个评议会严格审查；在口试中，他们会对你提出一致的、无情的抨击，而你必须一一解释。两年后，你的成果将再次接受审核。曾经不只一次，一个似乎完美无暇的理论，经过数个月乃至数年的试用期，其中的破绽才被人发现。有些时候，还是发明者自己发现的。

“两年后的第二次口试，绝不会比第一次更简单。假使你能顺利通过第二次口试，你的结果便会成为谢顿计划的一部分——在这期间，你若能发现更多的细节，或更多的辅助证据，那就更加理想了。那是我一生中最高的成就，将来你也会拥有这份光荣。

“元光体可以调节到契合你的心灵，所有的修正和补充都能透过精神融合进行。你所做的修正或补充，不会在任何地方留下你的名字。在谢顿计划的历史中，个人始终不存在。它算是我们集体的成果，你了解吗？”

“发言者，我了解！”

“好，这方面谈得够多了。”他大步走到元光体前，墙壁上的显像瞬间消失无踪，只剩下顶端射出的室内照明光芒。“坐到我的书桌旁边，让我再和你说几句话。对一位心理史学家而言，懂得‘生物统计’和‘神经化电数学’就足够了。有些心理史学家只精通这两门学问，因此只适合担任一名统计技师。可是身为发言者，却要能够舍弃数学，改用普通语言讨论谢顿计划。即使不能畅谈计划的内容，至少要能讨论它的哲学意义和种种目的。

“首先我想问你，谢顿计划的目的是什么？请用你自己的话回答我——不要咬文嚼字。我向你保证，你的辞藻和语气都不在评分范围内。”

弟子第一次有机会畅所欲言，在发表长篇大论之前，他稍微迟疑了一下。然后，他才用欠缺自信的口吻说：“根据我所学到的知识，我相信谢顿计划的意图是要建立一个新的文明，而这个文明的基础，是历史上前所未有的新方向。根据心理史学的计算结果，这种导向绝对不可能自行出现……”

“停！”第一发言者强调道，“你不可以用‘绝对’这个词。那是一种偷懒而含糊的说法。事实上，心理史学只能预测几率。某个事件也许极不可能发生，但几率总是大于零。”

“是的，发言者。那么，请准许我修正刚才的答案：大家都知道，这种导向自行出现的几率小之又小。”

“这就好多了。什么样的导向呢？”

“一个建立在精神科学之上的文明。在人类历史中，主要都是有形的科技在不断进展；换言之，人类驾驭周遭事物的能力越来越强。然而，人类对于自身以及社会的控制，凭借的却是随机的摸索，或是那些以灵感、直觉、情感为基础的伦理体系。结果，历史上从未出现稳定度大于55%的文明，这可说是人类的大不幸。”

“我们讨论的这个导向，为什么难以自行出现？”

“因为在人类的精英分子中，大多数只具有发展物理科学的潜能，而他们也的确获得一些可见的粗糙成就。然而，唯有极少数天赋异禀人士，能为人类开拓精神科学的领域。这些人的贡献虽然可长可久，他们提出的理论却过于隐晦不明。尤其是，这种导向会导致一个由精神异能者——也就是更高级的人类——所构成的统治阶级，普通人一定怨恨在心，因此他们的统治不可能稳定。除非他们施展精神力量，将普通人贬成畜生。这样的发展是我们绝不愿见到的，因此必须设法避免。”

“那么，解决之道是什么呢？”

“解决之道就是谢顿计划。这个计划安排并维系了各种有利条件，使得在计划开展仟年之后——也就是再过六百年——第二银河帝国便会兴起，而人类也准备好了接受精神科学的领导。在这仟年的岁月中，第二基地借着精神科学的发展，将培养出一批心理学家，以接掌这个帝国的领导权。而我自己常常想，或许可以说：第一基地建立起单一政体的有形架构，第二基地则提供统治阶层的精神架构。”

“我听懂了，答得相当完善。即使在谢顿所设定的那个年代，果真有某个第二帝国兴起，你认为它是否真能实现谢顿计划的理想？”

“发言者，我认为并非如此。计划开展后的九百至一千七百年间，有好几个第二帝国可能出现，却只有一个是真正的第二帝国。”

“综观这些状况，第二基地的存在为何需要保密——尤其是对第一基地保密？”

弟子试图找出这个问题的言外之意，结果毫无所获。他吃力地答道：“就如同谢顿计划的细节必须对全体人类保密一样。心理史学定律本质上都是统计性的，倘若个人行动不再是随机的，心理史学就会失效。假如一大群人知晓了谢顿计划的关键内容，他们的行动就会受到影响，不再符合心理史学公设中的随机条件。换句话说，心理史学再也不能精确预测他们的行为。很抱歉，发言者，我自己对这个答案也不满意。”

“幸好你有自知之明。你的回答相当不完整。其实是第二基地必须隐藏起来，而并非整个谢顿计划。如今，第二帝国尚未形成。目前的人类社会，仍然无法接受由心理学家组成的统治阶层，因此会畏惧第二帝国的建立，并且会起而反抗。你能了解这一点吗？”

“发言者，我了解。但是师长从未强调……”

“不可小看这一点。虽然在课堂中，师长从来没有提过，可是你自己应该有能力推出这个结论。从现在开始，在你见习的这段时间，除了这一点，我们还会好好研究许多类似的问题。一个星期后你再来见我。现在我给你一个题目，下次来的时候，我要听听你的心得报告。我不要你做完整而严密的数学推导；即使专家也要花上一年的时间，一周内你不可能做到。不过，我希望你能谈谈其中的倾向和发展方向……

“你看这里，在大约半世纪前，谢顿计划出现一个分叉。必要的细节都在里面。你不难发现，假如沿着这条路径发展下去，一切都会偏离既定的计划；它发生的几率低于1%。请你估计一下，这个偏差的发展持续多久之后，就会使整个计划无法挽回。顺便估计一下，若是无法挽回，可能的结果会是什么，并且提出一个合理的补救方案。”

弟子随手拨动阅读镜，目不转睛地望着其中小型屏幕上的内容。

他说：“发言者，请问为什么要我研究这个问题？除了纯学术的探讨，它显然还具有其他的意义。”

“谢谢你，好孩子。不出我所料，你学得很快。这个问题并不是假设性的。将近半个世纪之前，骡突然跃上银河历史的舞台，前后十年间，那是宇宙间最重大的事件。骡并不在我们算计之中，因此我们毫无准备。谢顿计划遭到严重扭曲，好在并非回天乏术。

“然而，为了在回天乏术之前阻止他，我们被迫主动与他为敌。第二基地的存在因此公诸于世，而比这更糟许多倍的是，我们一部分的能力也因而曝光。第一基地获悉我们的确存在，而他们将采取的行动，可以根据这个事实推测出来。仔细审视面前这个问题，这里，还有这里。

“当然，你不得对任何人泄露这件事。”

弟子体会到问题的严重性，感到惊骇不已。愣了一会儿之后，他才说：“那么谢顿计划已经失败了！”

“还没有，只是有可能失败。根据最近一次的估计，成功的几率还有21.4%。”

09

同谋

最近这几天，达瑞尔博士与裴礼斯·安索白天优哉游哉无所事事，晚间则忙着和朋友交际。偶尔有人来访，达瑞尔博士便介绍说裴礼斯·安索这年轻人是他的表弟，来自太空遥远的另一端。三言两语，便打发了访客的好奇心。

然而，他们两人在闲聊的时候，偶尔会提及某个名字。接下来就是一阵沉思，然后达瑞尔博士有时会说“不”，有时会说“好”。若是后者，他就会利用通讯波打一通电话，向对方提出一个普通的邀请：“请你来见见我的表弟。”

艾嘉蒂娅自己则另有打算，而且逐步付诸行动。事实上，她的行动可算极其曲折迂回。

比如说，她设计引诱同班的丸里萨斯·旦，让他心甘情愿献出自制的集音器。从她所用的那些方法，不难看出将来与她接触的男性都危险重重。简单地说，由于丸里萨斯常爱吹嘘自己的课余嗜好——他有一间私人实验室，她就故意表现出对丸里萨斯这项嗜好的兴趣，并巧妙地将兴趣渐渐转移到丸里萨斯的矮胖身材上。结果这位不幸的傻小子，在不知不觉间便做了下列几件事：一、滔滔不绝地讲了一大堆超波马达的原理；二、迷上了那双又大又亮、轻轻盯着自己的眸子；三、将自己最伟大的杰作——上述的那台集音器——塞进艾嘉蒂娅伸出的双手。

事后，艾嘉蒂娅便开始对丸里萨斯虚与委蛇，一步步与他疏远。她做得恰到好处，避免他怀疑到集音器是这段友谊的唯一原因。前后有好几个月的时间，丸里萨斯都在心中反复咀嚼那段短暂的欢乐时光，可是由于毫无进展，最后他也只好放弃，让这段初恋从生命中悄悄溜走。

裴礼斯·安索抵达后的第七个晚上，有五位男士聚在达瑞尔家的起居室，大家都吃得酒足饭饱，正在那里吞云吐雾。而在楼上，艾嘉蒂娅的书桌上则摆着丸里萨斯自制的杰作，一台最不像集音器的集音器。

五个人当中，自然包括达瑞尔博士。他的头发花白，穿着讲究；虽然只有四十二岁，却显得比实际年龄大一些。裴礼斯·安索此时表情严肃，眼神游移不定，看来年轻而没有自信。此外还有三位从未出场的角色：裘尔·屠博是新闻幕播报员，他身材高大、嘴唇肥厚；爱维特·瑟米克是某大学物理系的荣退教授，他骨瘦如柴又满脸皱纹，衣服里面好像还有很多空隙；侯密尔·孟恩则是一名图书馆员，他身材瘦长，总是一副惴惴不安的表情。

达瑞尔博士以轻松自然、实事求是的口气说："各位先生，除了社交之外，这场聚会还有一点其他的目的。你们也许已经猜到了。各位正是由于背景特殊，才会被精挑细选出来，所以应该也猜得到其中的危险性。我不会故作轻松，可是我要指出一点，无论如何，我们几个是逃不掉了。

“想必你们注意到，我对各位的邀请都是光明正大的，我没有请任何一位偷偷摸摸前来。我家的窗户并未设定成空无一人的假象，周围也没有任何防盗幕。倘若引起敌人的注意，我们就注定完蛋。而最可能引人注目的做法，就是凡事神秘兮兮，欲盖弥彰。”

哈，艾嘉蒂娅在心中暗笑。她俯身靠在书桌旁，仔细聆听集音器发出的有些尖锐的声音。

“这点各位能了解吗？”

爱维特·瑟米克接口道：“喔，请言归正传吧。告诉我们这个年轻人究竟是谁。”他每讲一句话之前，下唇都会先抽动一下，挤出更多的皱纹，并露出整排的牙齿。

达瑞尔博士答道：“他名叫裴礼斯·安索，是我的老同事克莱斯的学生。这位老同事在去年过世，而在去世前几天，他把安索的详细脑波图样——从第一阶到第五阶——寄了一份给我。我将他寄来的那些图样，和你们面前这位男士的脑波作过比对，当然，你们都知道，脑波图样无法伪造到第五阶，即使心理科学的专家也做不到。但如果你们不知道，那就只好相信我。”

屠博撅着嘴说：“我们最好设法进入正题吧。我们会相信你的每一句话，克莱斯既然已经过世，你就是银河中最权威的神经电学家。至少，我在新闻幕中对你的评价正是如此，甚至我自己也相信了。安索，你今年几岁？”

“屠博先生，我二十九岁。”

“嗯——嗯。你也是一位神经电学家？也是权威吗？”

“我只能算是学生。不过我很努力，而且有幸能接受克莱斯的指导。”

此时孟恩插进一句话，他在紧张的时候会有点口吃。“我、我希望你们能开、开始讲正事。我认为大家都说、说得太多了。”

达瑞尔博士冲着孟恩扬了扬眉毛。“侯密尔，你说得对。裴礼斯，你接着讲吧。”

“暂时还不行。”裴礼斯·安索缓缓说道，“虽然我很同意孟恩先生的意见，但是在我们讨论正题之前，我必须要求各位提供脑波数据。”

达瑞尔皱起眉头。“安索，怎么回事？你指的是什么脑波数据？”

“你们每一个人的脑波图样。达瑞尔博士，你已经测过我的脑波。现在我也必须测定你们每个人的脑波，而且我一定要亲自测量。”

屠博说：“达瑞尔，他没有理由相信我们。这个年轻人有权利这么做。”

“谢谢你。”安索说，“达瑞尔博士，那就请你带路去你的实验室吧，我们说做就做。今天上午，我已经冒昧地检查过你的设备。”

脑电图科学可以说既尖端又古老。说它古老，是由于生物的神经细胞能产生微电流这项知识，属于来源早已不可考的人类文化遗产之一。勉强追溯的话，这项知识似乎在人类历史最早期便已存在……

而它也是最新的科学。在银河帝国上万年的历史中，神经微电流的现象一直未曾受到重视，仅仅被视为一项奇妙有趣、却没有什么用处的常识。有人曾经试图将脑波分类，例如分成清醒与睡眠、冷静与激动、健康与生病等等——不过即使最粗略的分类法，也会有一大堆令人烦恼的例外。

有人尝试证明脑波也像众所周知的血型一样，可分为几种不同类型，而外在环境因素并没有决定性的影响。提倡这种理论的人多少有些种族偏见，声称据此即可将人类区分成数个“亚种”。可是，在银河帝国普遍性的强势意识形态之下，这种学说当然无法获得任何实质进展——须知当年的帝国乃是囊括二千万个星系的大一统政体，从川陀这个中央世界（它辉煌伟大的过去，如今已埋葬在历史灰烬中），到银河外缘任何一颗孤独的小行星，所有的人类都是帝国的子民。

此外，一个专注于物理科学与无机科技的社会，例如当年的第一银河帝国，自然会产生一种无形的强大阻力，反对心灵方面的研究。由于欠缺立即的应用，精神科学普遍受到鄙视；而且因为没有什么效益，研究经费也一向少得可怜。

第一帝国崩溃后，科学也遭到解体的命运，一直衰退，衰退——衰退到了连核能原理都已失传，而不得不回归煤炭与石油的化学能。当然，第一基地是唯一的例外，它延续了科学的薪传，保存了科技的火种，并且继续发扬光大。只不过在第一基地上，依旧是物理科学独领风骚。除了外科手术，脑部的研究仍是从未开发的处女地。

哈里·谢顿是第一个指出精神科学重要性的人，他的一番话被后人奉为真理。

“神经微电流，”他说，“承载着所有的反应与冲动——意识与潜意识皆包括在内。记录在方格纸上的脑波图样，看来只是巍巍颤颤、起伏不已的波峰和波谷，却能反映出数十亿细胞的思考脉动。对脑波图样进行分析，理论上而言，可以揭示最细微的思想和情感。除了先天或后天的肉体缺陷造成的差异，其他因素引发的脑波变化也应该能侦测出来，这包括情绪的转变、不同的教育和经历，甚至受测者的人生哲学这类微妙的因素。”

然而即使是谢顿，当年所能做的也仅止于臆测。

过去五十年间，第一基地的科学家终于开启一座崭新的知识宝库。他们的研究能有突破，当然要归功于科技的进步。例如最新发展的一种技术，能够让电极穿过颅缝，直接接触到脑细胞，而无需剃掉一根毛发。此外，还有一项可以自动记录脑波数据的新发明，它不但能进行综合记录，还能把六个独立变量分离出来。

而最有意义的发展，或许就是脑电图科学与脑电图学家日渐受到尊重。曾是个中翘楚的克莱斯参加学术会议时，可以和物理学家平起平坐。达瑞尔博士虽然不再活跃于科学界，可是依然声名大噪，除了因为他的母亲乃是贝泰·达瑞尔——上一代最伟大的女英雄，也要归功于他在脑电图分析上的卓越贡献。

现在，达瑞尔博士坐在自己实验室的躺椅上，轻柔的电极似有若无地触着他的头颅，密闭于真空容器内的指针则开始前后摆动。他背对着记录器——众所周知，受测者若看到那些跃动的曲线，潜意识便会想加以控制，而导致明显的反应——但是他知道，中央刻度盘显示的是极为规律、仅有小幅变化的σ曲线。自己的心灵强健而训练有素，这是可以预期的结果。输出的讯号经过放大与过滤，便能在另一个刻度盘上显示小脑的脑波。此外，自额叶发出的脑波，有着尖锐而迹近不连续的跳跃；而表层区域的脑波，由于频率范围比较狭窄，不会有太剧烈的振荡……

他对自己的脑波图样了若指掌，就如同艺术家对自己的眼珠颜色一清二楚。

当达瑞尔从躺椅上起身时，裴礼斯·安索没有发表任何评语。这个年轻人审视着那七条曲线，迅速而毫无遗漏地一路看下去。从这些看似没有意义的记录中，他能够明察秋毫，知道自己应该找些什么。

“接下来，请瑟米克博士。”

瑟米克蜡黄的老脸十分严肃。脑电图分析是一门新兴的显学，他知道得相当有限，甚至于心存芥蒂。他明白自己早已上了年纪，而脑波图样会反应出这个事实。当然，他脸上满布皱纹、走路弯腰驼背、两手不时颤抖，在在使他显得老态龙钟——不过那些只是生理现象。脑波图样却有可能证明他连心灵都已老化。他的最后一道防线，他自己的心灵，眼看也要被人看穿，令他感到困窘不已且万分不愿。

电极很快就安置好了。当然，整个过程从头到尾毫无痛楚。电极只会带来极微弱的刺激，远低于人体感觉的阈值。

接下来轮到屠博。在整个十五分钟的过程中，他安稳地坐在躺椅上，没有表现出任何情绪。最后轮到孟恩，在电极刚碰触到他的时候，他就吓得抽搐了一下，从此一对眼珠便骨碌碌转个不停，仿佛希望能把眼珠转到后面，透过后脑勺去观察测量的过程。

“满意了吧——”一切结束后，达瑞尔说道。

“言之过早，”安索带着歉意答道，“这栋房子里还有一个人。”

达瑞尔皱着眉头说：“我女儿？”

“没错。你可记得，我请她今晚留在家里。”

“为了做脑电图分析？银河啊，为什么？”

“否则一切就无法进行。”

达瑞尔耸耸肩，向楼梯方向走去。艾嘉蒂娅早已听到这段对话，当父亲走进房间时，她已经关掉集音器，然后她就乖乖跟着父亲下楼。她还是婴儿的时候，曾接受过基本的心灵型样测定，作为身份登记之用。除此之外，这是她第一次被那么多电极插在头上。

测量结束后，她伸出手来，问道："我可以看看吗？"

达瑞尔博士说："艾嘉蒂娅，你看不懂的。你是不是该去睡觉了？"

"是的，爸爸。"她装模作样地说，"各位叔叔伯伯，晚安。"

她赶紧跑上楼，匆匆换好睡衣，然后立刻跳到床上去。她把丸里萨斯的集音器放在枕头旁边，感到前所未有的兴奋；她觉得自己好像胶卷书中的人物，正在从事一项"谍报活动"。

她听到的第一句话，是安索说的："各位，每个人的分析都很正常，那孩子也一样。"

孩子？她满肚子不高兴，在黑暗中对安索做了一个鬼脸。

安索已经打开他的手提箱，从里面抽出数十份脑波记录。那些记录并非原件，但手提箱仍然使用一种特制的锁。开启时，钥匙若是拿在别人手中，里面的资料会立刻氧化成无法辨识的灰烬。如今虽然由安索亲自取出来，这些记录半小时后也会自动化成灰。

在这短短的半小时中，安索争取时间迅速说道："这些记录属于安纳克里昂的几个小官吏。而这是卢奎斯大学的心理学家，这是西维纳的一位实业家。其他的就不用我介绍了。"

大家挤成一团，却只有达瑞尔看得出其中的丰富意义。其他人看到的，只是印在羊皮纸上的许多颤动波纹而已。

安索轻轻指着其中一处。"达瑞尔博士，请看那些额叶次级 τ 波，请注意对应的高原区域，它是这些记录的共同点。博士，你要不要用我的分析尺，来检查一下我的说法？"

所谓的分析尺，和小朋友使用的对数式计算尺可算是远亲——

就好像摩天大楼与小茅屋也是同出一源。达瑞尔以熟练的手法操作那把分析尺，再将测量结果徒手画出来。正如安索所说的，额叶部分的脑波有一个平缓的高原，而那里原本应该是振荡强烈的曲线。

“达瑞尔博士，你要如何解释这个结果？”安索问道。

“我不能确定。光看记录，我不知道怎么可能有这种结果。即使是失忆症，也应该只能造成压抑，而并非使波纹消除。也许，是动过脑部大手术？”

“喔，有东西被切掉了。”安索不耐烦地叫道，“没错！然而，并不是什么有形的手术。你也知道，当年的骡就有办法做到这一点。他能将某种情感或心意完全压抑，使得对应的脑波变成一条直线。或者……”

“或者第二基地也做得到，对不对？”屠博问道，同时缓缓露出一个笑容。

那“对不对”三个字只是修辞，其实没有必要回答。

“安索先生，你是怎么开始起疑的？”孟恩问道。

“不是我，而是克莱斯博士。他致力于搜集脑波图样，就像行星警察所做的一样，只不过对象不同。他专门搜集知识分子、政府官员和商界领袖的脑波。倘若第二基地掌控着银河的历史发展——也就是我们的发展——他们必须进行得很巧妙，而且会将干预程度减到最小，你瞧，这是很明显的一件事。假如他们是借着心灵控制来进行，事实上也必然如此，他们选取的一定是具有影响力的人士，包括文化界、工商界和政治界。因此克莱斯博士对这些人特别注意。”

“哦，”孟恩反驳道，“但有确实的证据吗？这些人可有反常的行为——我是说出现脑波高原的那些人？也许这是一种完全正常的现象。”他心虚地环顾四周，用那双带点稚气的蓝眼睛望着其他人，却没有看到一丝鼓励的眼神。

“我把这个问题留给达瑞尔博士。”安索说，“你可以问问他，在他的研究生涯中，或是在过去二三十年的学术文献里，这种现象他曾经见过多少次？然后你还可以问问他，在克莱斯博士研究的样本中，几乎每一千人就有一个这样的案例，这种几率又会有多少？”

“这些都是受到外力改造的精神状态，”达瑞尔以深思熟虑的口气说，“我想这一点毫无疑问。他们的心灵都受到了干扰。就某方面而言，我怀疑这……”

“达瑞尔博士，我知道你的意思。”安索说，“我也知道你曾经和克莱斯博士共事。而我希望知道的是，你为什么半途退出。”

这个问题其实没有任何敌意，它的动机也许纯粹出于谨慎。可是无论如何，它却造成好一阵子的沉默。达瑞尔轮流瞪视每一位客人，最后终于直率地说：“因为克莱斯的奋战根本毫无意义。他的对手比他强得太多了。他设法侦测的，是我们——他和我——心知肚明的一项事实：我们只是别人的傀儡。我、却、不、想、知、道、真、相！我有我的自尊，我希望相信基地是这个集团的真正领袖；而我们的祖先前仆后继，并不是平白无故牺牲生命。我不敢面对现实，而最简单的办法就是别再钻研下去。我并不需要那个职位，政府赠与家母的永久俸禄，足以照顾我简单的生活。我的私人实验室可以帮我打发时间，而日子总有过完的一天……可是现在克莱斯死了……”

瑟米克先露出整排牙齿，然后说：“那个叫克莱斯的家伙，我不认识他。他是怎么死的？”

安索插嘴道：“他就是死了。他早已预见自己的死期。半年多前，他就告诉我自己太接近了……”

“而我们现在也太接、接近了，对不对？”孟恩问道。他感到口干舌燥，喉结不停上下微动。

“没错，”安索以平板的语气说，“可是无论如何，我们——我们大家——早就命中注定了。这就是各位被筛选出来的原因。我自己是克莱斯的学生，而达瑞尔博士曾经是他的同僚。裘尔·屠博曾在广播节目中，公然抨击我们对第二基地的盲目依赖，最后终于遭到政府革职——我该顺便提一下，政府乃是借刀杀人，真正出面的是个有钱有势的金融家，他的脑波正好具有克莱斯所谓的‘干扰高原’。侯密尔·孟恩私人搜集了当今最完整的‘骡学’文献——我故意用这个字眼，来称呼有关骡的各种资料——还发表过几篇论文，推测第二基地的本质和功能。至于瑟米克博士，他对脑电图分析的数学作过卓越贡献，不过，我想他并不知道他的数学理论能应用在这方面。”

瑟米克睁大眼睛，笑得有点喘不过气来。“小伙子，我真的不晓得。你知道的，我钻研的是核内运动——那是标准的多体问题。我对脑电图根本一窍不通。”

“那么我们都知道自己的处境了。当然，政府对目前的情况完全束手无策。我不知道市长或者他下面的任何人，是否已经了解到问题的严重性。可是我知道一件事——我们五个已经没什么好怕的，反倒是有机会扭转乾坤。我们知道得越多，自身的处境就越安全。一切才刚刚开始，各位都了解吧。”

“第二基地的渗透，”屠博插嘴问道，“范围究竟有多广？”

“我不知道。但我可以告诉你，我们目前发现的渗透现象，都只是在基地外围领域。首都世界也许尚未遭到波及；不过就连这点也不能肯定——否则，我也用不着检查你们的脑波。达瑞尔博士，其实你最可疑，因为你半途和克莱斯拆伙。你可知道，克莱斯始终没有原谅你。我曾经猜想，或许是第二基地收买了你，但克莱斯始终坚持你是个懦夫。达瑞尔博士，请你不要见怪，我这样有话直说，只是要表明自己的立场。就我自己而言，我自认了解你的心意，倘若你真是懦弱，那也情有可原。”

达瑞尔深深吸了一口气，然后答道：“我是临阵脱逃！随便你怎么说都可以。然而，我曾试图维持两人的友谊，他却再也没有写信或打电话给我。直到那一天，他寄来你的脑波数据，然后不到一星期，他就去世了……”

“请别介意，”侯密尔·孟恩紧张兮兮却理直气壮地插嘴道，“但我看你们根本搞不、不清楚自己在干什么。如果我们一直这样讲个不停，讲个不停，讲个、个、不停，我们就只是一群光会纸、纸上谈兵的阴谋家。反正，我看我们也没什么好做的。什么脑、脑波等等的一大堆废话，实在是非、非常幼稚。你们到底会不会有什么具体行动？”

裴礼斯·安索的眼睛突然亮起来。“有，当然有。我们需要搜集更多关于第二基地的资料。这可是当务之急。骡在统治银河的第一个五年间，全力探索第二基地的下落，结果失败了——或者说，大家都以为他失败了。可是他的寻找突然停止了，这是为什么？因为他失败了？还是因为他成功了？”

“还、还在耍嘴皮子。”孟恩以苦涩的口气说，“我们又怎么知道？”

“请你耐心听我说——当年，骡定都于卡尔根。在骡崛起之前，卡尔根不在基地的贸易势力网之内，现在仍旧如此。此时此刻，卡尔根是由史铁亭这个人统治，除非明天又有一场宫廷革命。史铁亭自称第一公民，并自诩为骡的继任者。若说那个世界有任何传统，不外是盲目崇拜骡的超人本领和功绩——这种传统强烈到了近乎迷信。结果，骡的官邸如今成了圣殿。未经许可不准擅入，里面的一切都原封未动。”

“所以呢？”

“所以，为什么会这样呢？这是个事出必有因的时代。万一骡的官邸完好如初，并非单纯由于迷信呢？万一是第二基地安排的呢？简单地说，万一骡探索了五年的结果，就在……”

“喔，胡、胡说八道。”

“为什么不可能？”安索反问，“第二基地始终神出鬼没，对银河事务只做最小程度的干预。我知道在我们看来，摧毁那座官邸似乎更为合理，或者至少应该移走其中的资料。可是，你必须揣摩那些心理学大师的心理。他们个个都是谢顿，都是骡；他们靠精神力量行事，一律走迂回路线。倘若建立起一种心理状态便能保护其中的资料，他们绝不会将它毁掉或搬走。如何？”

没有人立刻搭腔，于是安索继续说：“而你，孟恩，是最佳人选，你要帮我们弄到那些情报。”

“我？”这是一声充满惊愕的吼叫。孟恩迅速环视众人，然后说：“我可不会做这种事。我不是一个行动派，更不是超视里的英雄；我只是一名图书馆员。若能在图书馆里找，那我就豁出去，冒险帮你们找找第二基地。可是我绝不要到太空去，去做那种疯、疯狂的事。”

“听好，”安索耐着性子说，“我和达瑞尔博士一致认为你是最佳人选。只有你去，才能显得理所当然。你说你是一名图书馆员，很好！你主要的研究题目是什么？是‘骡学’！放眼银河系，你收藏的骡学资料已经傲视群伦。你自然想要继续搜集，你的动机比任何人都要单纯。如果你申请进入卡尔根的骡殿，不会有人怀疑你有其他动机。他们或许不会批准你的申请，却不会对你起疑。此外，你有一艘单人太空游艇。而大家都知道，每年休假你都会去异邦行星旅行。你甚至曾经去过卡尔根。你只需要照例再做一遍就行，难道你不懂吗？”

“可是我不能就这么说：第、第一公民阁下，您能、能否恩准我进入你们最神圣的圣殿？”

“有何不可？”

“银河在上，因为他不可能批准！”

“好吧。他要是不准，你就马上回来，我们再想别的办法。”

孟恩带着万分不愿的表情环顾四周。他感到自己即将被说服，去做一件极不情愿的事。在座的其他人，却没有一位向他伸出援手。

于是当天晚上，有两项决定在达瑞尔博士家出炉。第一个是孟恩所作的决定，他心不甘、情不愿地答应众人，暑假一开始，他就立刻奔向太空。

第二个决定，则是出自这个聚会的一名百分之百非正式的成员。当关掉集音器，终于准备就寝的时候，她作成一个完全未经授权的决定。至于它的内容，现在我们还不必知道。

10

迫在眉睫

在第二基地上，时间又过了一个星期。今天，第一发言者再度笑容可掬地迎接那名弟子。

“你一定发现了什么有趣的结果，否则你不会满腔怒火。”

弟子一手按着他带来的那束计算纸，说道：“您确定这个问题是个真实案例吗？”

“前提千真万确，我一点也没有改动。”

“那么我不得不接受计算的结果，可是我又不愿意。”

“自然如此。但是你愿不愿意又有什么关系呢？好吧，告诉我，你究竟在担心什么。不，不，把推导过程放在一边，我等一下再来分析。现在，用你自己的话告诉我。让我来判断你的了解程度。”

“嗯，好吧，发言者——结论似乎非常明显，第一基地的基本心理状态，曾经发生整体性的改变。如果他们仅仅知晓谢顿计划的存在，而不了解其中任何细节，他们会一直抱持不太确定的信心。他们知道自己终将成功，却不知道如何以及何时才能达成目标。因此，就会形成连续不断的紧张气氛——这正是谢顿所预期的。换句话说，如此即可指望第一基地发挥最大的潜能。”

“这是个含糊的比喻，”第一发言者说，“但我了解你的意思。”

“发言者，可是如今，他们知晓了第二基地的存在；除了谢顿当年那句晦涩的描述，他们还获悉了许多细节。他们模糊地感觉到，第二基地的功能就是守护谢顿计划。他们知道这个组织正在监视他们每一步的进展，不会坐视他们失败。所以他们放弃了主动的步伐，等着我们用担架来抬他们。不好意思，这又是一个比喻。”

“没关系，继续说。”

“他们放弃了努力；他们养成了惰性；他们变得软弱颓废，兴起了享乐主义的文化——在在表示谢顿计划就要毁了。他们非得自我鞭策不可。”

“你说完了吗？”

“不，还没有。上面所说的是大多数人的反应。可是还有一种少数反应，对应的几率也非常高。当我们这个守护者和控制者的角色曝光后，会有少数人非但不满足，反而对我们产生敌意。这是根据勾里洛夫定理……”

“没错，没错。我知道那个定理。”

“发言者，很抱歉，想要避免数学的确很困难。总之，我们曝光之后，第一基地除了不再积极之外，还会有部分人士打算对付我们，而且是主动对付我们。”

“现在你说完了吗？”

“还有另外一项因素，对应的几率并不算高……”

“非常好。那又是什么？”

“当第一基地以全副心力对抗帝国时，面对的敌人只是一个又一个被时代淘汰的庞大残躯，那时他们显然只专注于物理科学的发展。可是我们出现后，对他们形成一个崭新而重大的影响，很可能会造成他们观念上的改变。他们或许会开始培养心理学家……”

“那种改变，”第一发言者淡淡地说，“其实已经发生了。”

弟子紧抿嘴唇，形成一条苍白的直线。“那就全完了。这个结果和谢顿计划绝不相容。发言者，倘若我是——局外人，有可能知道这个事实吗？”

第一发言者严肃地说：“年轻人，你感到了羞辱吧，因为你原本以为已经了解整个局势，却忽然发现有许多非常明显的事你并不知道。你本来以为自己是银河的主宰，却忽然发觉自己面临毁灭的命运。自然，你会怨恨那座栖身的象牙塔、那种隐遁式的教育，以及你吸收的各种理论。

“我也曾经有过那种情绪，这是很正常的。然而在你的养成期，确有必要不让你和银河直接接触；确有必要让你留在此地，接受一切经过过滤的知识，把心灵训练得敏锐无比。我们可以早些将这个计划中的……局部失败透露给你，以免你如今受到震撼。可是那样一来，你将无法像现在这样，真正了解问题的严重性。所以说，你发现这个问题根本无解？”

弟子猛摇着头，以绝望的口气说：“是的！”

“好，我并不感到惊讶。年轻人，听我说。办法是有的，而且已经用了超过十年。这不是一条普通的行动路线，而是我们被迫不得不这么做。它对应的几率甚低，并且牵涉到危险的假设——有些时候，我们甚至被迫去处理个体反应，只因为那是唯一的办法。你也知道，用心理统计学处理小于一颗行星的人口，根本上已失去了意义。”

“我们成功了吗？”弟子喘着气问。

“现在还看不出来。目前我们将情况控制得还算稳定——可是，某个普通个体产生的无从预料的行为，就有可能毁掉整个谢顿计划；自计划开展以来，还是头一次出现这种状况。我们选取了最少数的外人，调整他们的心灵状态；我们也有自己的间谍——不过他们一律依计行事，从来不敢随机应变。你应该很明白如今的处境。我不打算对你隐瞒最坏的情况——万一我们被发现了，我是说这里，这个世界，那么被摧毁的将不只是谢顿计划，我们自己，我们的血肉之躯也会陪葬。所以你看，我们的解决之道并不太理想。”

“可是您刚才提到的那一点点，听来并不像解决之道，反倒像是绝望的猜测。”

“不对。应该说，是一个明智的猜测。”

“发言者，请问危机何时来临？我们何时会知道是否成功了？”

“毫无疑问，不会超过一年。”

弟子思考了一会儿，然后点点头，并与发言者握了握手。“嗯，我很高兴能知道这些。”

说完他就转身离去。

当玻璃窗渐渐变成透明时，第一发言者默默向外望去。他的视线越过许多巨大的建筑物，一直投射到寂静而拥挤的星空。

一年的时间很快会过去。到了那个时候，他们这些“谢顿的选民”是否还有任何人活着呢？

11

偷渡客

还有一个月多一点，夏天才能算是真正开始。不过，侯密尔·孟恩已经写好这个会计年度的年终报告，并仔细考核了政府派来的代理馆员，确定他能胜任这项并不简单的工作——去年那个人实在太差劲了。他还从密封了近一年的船库中，拖出他的单人太空游艇单海号——这个古怪番号，是根据二十年前一件神秘而敏感的事件命名的。

当他离开端点星的时候，心中充满着抑郁与不满。没有任何人到太空航站为他送行。这是很自然的事，因为过去也从来没有。他非常明白，必须让这趟旅行看来毫无特殊之处，但是肚子里还是冒出一股无名火。他，侯密尔·孟恩，正冒着杀头的危险，从事一件荒谬绝伦的任务，却连一个同伴也没有。

至少，那是他当时的认知。

可是因为他有所不知，所以第二天在单海号上，以及达瑞尔博士位于郊区的家中，各自出现一场混乱的局面。

根据时间的顺序，达瑞尔博士家中的骚动首先爆发。导火线是家里的女佣波莉，她早已度完一个月的假期。她突然慌慌张张地从楼梯飞奔而下，同时结结巴巴地大叫大嚷。

她冲到博士面前，想要把惊恐化为语言。结果比手画脚了老半天，硬是挤不出半句话，最后只能递给他一张纸和一个方形物体。

他只好把东西接过来，问道："波莉，怎么回事？"

"博士，她走了。"

"谁走了？"

"艾嘉蒂娅！"

"你说'走了'是什么意思？走到哪里去？你到底在说什么？"

她急得直跺脚。"我可不知道。她就是不见了，还有一只手提箱和几件衣服也不见了，却多出了这封信。你别光站在那里，为什么不看看信呢？喔，你们男人啊！"

达瑞尔博士耸耸肩，然后拆开了信封。信的内容并不长，除了"艾卡蒂"那个笨拙的签名，其余都是优雅而秀丽的字体，显然是听写机列印出来的。

亲爱的爸爸：

我不敢当面向您告别，那样我会太难过，也许会像小女孩一样哭起来，让您感到我不争气。所以我决定写封信告诉您，虽然我将要和侯密尔叔叔度过一个快乐无比的暑假，我仍然会非常想念您。我会好好照顾自己，并且会尽快回家。此外，我留给您一件我自己的东西，您现在就可以打开看看。

挚爱您的女儿

艾卡蒂

他把这封信反复看了好几遍，表情显得越来越和缓。最后，他硬邦邦地问道:“波莉，你有没有看过这封信？”

波莉立刻为自己辩护。“博士，这件事你绝对不能怪我。信封上明明写着‘波莉’，我根本不知道里面竟然是给你的信。博士，我可不是喜欢刺探隐私的人，过去这么多年来……”

达瑞尔做了一个少安毋躁的手势。“很好，波莉，这点并不重要。我只是想确定，你了解到发生了什么事。”

他心念电转：叫她忘掉这件事是没有用的。他们所面对的敌人，字典里可没有“忘”这个字；而如果给她任何忠告，却会让事情显得更严重，刚好会造成反效果。

因此他说:“你也知道，她是个心思古怪的小女孩，非常天真浪漫。自从我们计划让她在暑假做一次太空旅行，她就一直兴奋得不得了。”

“可是为什么没有一个人告诉我这档事？”

“是在你休假期间安排的，后来我们忘记说了。事情就是这么简单。”

此时，波莉原先的激动全部凝聚成一股凶猛的怒气。“简单，是不是？可怜的小姑娘只带了一只手提箱，里面没有一件像样的衣裳，又是一个人去的。她要去多久呢？”

“波莉，这点你大可放心。太空船上早已为她准备了足够的衣物。请你去告诉安索先生，说我想见他好吗？喔，等一下——这是不是艾嘉蒂娅留给我的东西？”他将手中那个方形物体转了一转。

波莉猛摇着头。“我保证我不知道。我只能告诉你，那封信就是放在这东西上头。竟然忘了告诉我，真是的。如果孩子的妈还活着……”

达瑞尔挥手赶她走。“请你去把安索先生找来。”

对于这个突如其来的变化，安索的看法与艾嘉蒂娅的父亲南辕北辙。他的反应极为强烈，说话的时候捏紧拳头，还拼命扯着头发，后来又露出愁眉苦脸的表情。

“老天啊，你到底还在等什么？我们两个还在等什么？赶紧用影像电话接通太空航站，让他们立刻联络单海号。”

“别激动，裴礼斯，她可是我的女儿。”

“但银河系可不是你的。”

“冷静一点。裴礼斯，她是个聪明的女孩，这个行动是她仔细计划的结果。趁着事情刚发生不久，我们最好赶紧揣摩一下她的想法。你知不知道这是什么东西？”

“不知道。它是什么又有什么关系？”

“因为这是个集音器。”

“那玩意儿？”

“这是手工做的，不过仍然管用，我已经测试过了。你难道看不出来吗？她用这个方法告诉我们，当我们讨论那个计划的时候，她也等于在现场。她知道侯密尔·孟恩要去哪里，以及此行的目的。她认为跟他一道去，会是一次惊险刺激的经验。”

“喔，老天啊。”年轻人发出呻吟，“又有一个心灵，即将成为第二基地的猎物。”

“话不能这么说，第二基地没有理由怀疑一个十四岁的女孩——除非我们轻举妄动，让他们把注意力转移到她身上，比如说，为了把她追回来，贸然下令召回那艘太空船。你忘了我们的对手是什么人吗？我们的意图是多么容易被发现？而万一被发现，我们又会是多么无助？”

"可是我们不能把这一切，托付给一个疯狂的小孩子。"

"她可不疯狂，而我们也毫无选择。她根本不需要写这封信，但她还是写了，就是不想让我们以为她是无缘无故失踪而报警。她在信中暗示，要我们对这件事另作解释，看成是孟恩带着老友的女儿去度假。这又有何不可呢？我和他结识快二十年了。艾嘉蒂娅三岁的时候，我把她从川陀带回来，他就一直看着她长大。这是再自然不过的事，而且事实上，还应该会减轻对方的疑心。真正的间谍，不会带着一个十四岁的侄女到处乱跑。"

"好的。可是等到孟恩发现她，他又会怎么办？"

达瑞尔博士扬了扬眉毛。"我说不准——但想必她有办法应付。"

不过到了晚上，这个家突然显得份外冷清。达瑞尔博士发现，当疯狂的女儿有可能小命不保时，银河系的命运似乎一点也不重要了。

而在单海号上发生的骚动，牵涉的人虽然较少，紧张惊险的程度却大有过之。

艾嘉蒂娅一直躲在行李舱中。刚开始的时候，她还能靠经验应付各种状况，可是不久之后，她就变得手足无措。

也就是说，在最初的加速过程中，她始终能保持镇定；而在第一次超空间跃迁时，她虽然有些恶心想吐，仍然可以勉力应付。她以前搭过太空船，体验过这两种难受的感觉，懂得如何严阵以待。此外，她还知道行李舱中也有空调系统，甚至还有壁光照明。然而，她并未开启壁光，因为那样实在太不浪漫了。她像阴谋分子那样栖身于黑暗中，同时尽量屏住气息，倾听着侯密尔·孟恩发出的各种噪音。

那些都是很普通的噪音，男人独处时都会发出类似的声响。包括鞋子磨蹭地板的声音，衣服与金属物体的摩擦声，椅垫被体重压出的哀号，按动操纵装置的尖锐响声，还有手掌轻拍光电管的噼啪声。

然而，艾嘉蒂娅终于因为经验不足而遇到问题。无论在胶卷书或超视影片中，偷渡者似乎都有神不知鬼不觉的本事。当然总会有些意外发生，比如说将什么东西碰倒，掉在地板上发出巨响，或者忍不住打喷嚏——超视影片里一定有类似的情节，观众也都视为理所当然。她对这些都了然于胸，所以处处小心。她也料到自己会饿、会渴，所以预先从家里拿了好些罐头。可是影片不可能对现实问题面面顾到，于是艾嘉蒂娅终于惊觉——即使运气再好，准备得再周全，她也不能在这个小舱中躲藏太久。

而在单海号这种单人太空游艇中，活动空间算来算去也只有一间舱房，因此她连偷偷溜到别处去的机会都没有，因为孟恩根本不会离开。

她耐着性子等待，希望等到一些代表孟恩入睡的声音。倘若晓得他是否会打鼾，那该有多好。不过她至少知道睡床的位置，如果那里传出翻身的声音，自己应该分辨得出来。不知道过了多久，总算传来一阵深长的呼吸声，然后是一个呵欠声。艾嘉蒂娅继续耐心等待，在万籁俱寂中，只有睡床偶尔会发出一些声响，代表床上的人换了一个姿势，或者踢了踢腿。

她用一根指头轻轻推开行李舱的门，准备探头出去……

原先明明听到的声音，却在这一瞬间戛然而止。

艾嘉蒂娅全身僵硬。四周一片死寂！一片死寂！

她想模仿卡通人物，让脑袋留在舱内，把眼珠突出门外，结果功败垂成。她的脑袋随着眼珠伸了出去。

侯密尔·孟恩当然还醒着——他躺在床上看书，全身笼罩在柔和而不扩散的光芒中。现在，他正睁大眼睛向暗处凝视，同时一只手偷偷伸到枕头底下。

艾嘉蒂娅想也没想，脑袋就猛然缩回来。灯光随即完全熄灭，孟恩则发出尖锐而颤抖的声音：“我握着一把核铳，银河在上，我要发射了……”

艾嘉蒂娅立刻哭喊道：“别射，是我。”

浪漫的幻想有如一朵脆弱无比的小花。一个神经过敏的人手中的一把核铳，就足以摧毁一切。

太空艇内随即大放光明——孟恩端坐在床上，单薄的胸膛露出有些斑白的胸毛，下巴的胡子已经一整天没刮，使他看来潦倒不堪。

艾嘉蒂娅走出来，用力拉了拉具有金属光泽的外衣。那是多此一举，因为这种外衣保证不会起皱。

孟恩感到万分诧异，差一点要从床上跳下来。不过他好像突然想到什么，赶紧把床单拉到肩膀的高度，含糊不清地问道：“怎、怎么、怎么……”

他完全一头雾水。

艾嘉蒂娅温顺地说：“对不起，失陪一下好吗？我得先去洗洗手。”她知道这艘太空艇的结构，说完就一溜烟不见了。当她再度出现的时候，勇气也跟着回来了。侯密尔·孟恩穿上一件褪了色的睡袍，站在她面前，一肚子的怒气有待发作。

“你究竟在搞、搞什么黑洞？你是怎、怎么上来的？你要、要我拿你怎么办？这到底是怎么回事？”

他的问题可以一直不断问下去，艾嘉蒂娅却以甜美的语气插嘴道：“侯密尔叔叔，我只是想跟你一起去。”

“为什么？我哪里也不去啊。”

“你准备到卡尔根，去搜集第二基地的情报。”

孟恩发出一声狂嗥，整个人随即崩溃。艾嘉蒂娅吓了一大跳，以为他会陷入歇斯底里，甚至会去撞墙。而且核铳仍握在他手中，她每次瞄到，胃部都不禁冒出一股寒气。

“小心——冷静点——”她一时之间只能想到这两句话。

还好他很快就勉强恢复正常。他使劲将核铳丢到床上，险些令那柄武器走火，将太空艇轰出一个大窟窿。

“你是怎么上来的？”他说得很慢，仿佛每个字都用牙齿仔细咬过，免得这些字眼在空气中打战。

“那还不容易。我提着手提箱走进船库，然后说：‘孟恩先生的行李！’那名管理员连头也没抬，就挥挥手让我通过。”

“你知道吗，我得送你回去。”侯密尔说到这里，心中突然一阵狂喜。太空啊，这可不是他的错。

“你不能那样做，”艾嘉蒂娅冷静地说，“那会使人起疑的。”

“什么？”

“你心里明白。你这次会到卡尔根去，是因为对你而言，去那里要求查阅骡的资料，是自然而然的一件事。你的一举一动都要表现得很自然，不可以让任何人起疑。如果你半途折返，把一个偷渡的女孩送回去，也许连超视新闻都会报道呢。”

“关于卡尔根的事，你是从哪里听、听来的？这实在是、是幼稚的想法……”当然，这两句话毫无说服力，甚至骗不过知道得比艾嘉蒂娅更少的人。

“我用一台集音器听到的。”她的骄傲溢于言表，“我对你们的计划一清二楚——所以你一定得让我一起去。”

“你爸爸又会怎么想呢？”他打出一张王牌，“他会以为你被绑架了……死了。”

“我留了一张便条，”她回敬一张更大的王牌，“他应该知道绝不能大惊小怪。你可能会收到他的太空电报。”

她刚说完这句话，两秒钟之后，收报讯号便嘎嘎作响。对孟恩而言，似乎只有魔法才能解释这一切。

她说：“我敢打赌，一定是我爸爸。”她果然说对了。

电文是写给艾嘉蒂娅的，内容只有短短几句话：“谢谢你送我那件可爱的礼物，相信你一定曾经善加利用。祝假期愉快。”

“你看，”她说，“这就是他的嘱咐。”

侯密尔很快便习惯了她的存在。不久之后，他更是很高兴有她作伴。最后他简直难以想象，如果没有她，自己如何撑完全程。她喜欢胡言乱语！她显得兴奋异常！最重要的是，她一点都不在乎。她明明知道敌人正是第二基地，却根本不担心。她也晓得一旦抵达卡尔根，他得面对一群充满敌意的官僚，然而她就是迫不及待。

也许是因为她才十四岁。

无论如何，一周的旅程有了聊天的对象，不再需要整天自言自语。其实，他们的谈话并没有什么建设性的内容，几乎都是这个女孩在发表高见，讲述她心中对付卡尔根统领的妙计。简直是既好笑又荒唐，可是她却煞有介事，说得认真无比。

听了她的高论，侯密尔忍不住莞尔，而且相当纳闷：她对银河大势的古怪观点，究竟是从哪本精彩的历史小说看来的?

准备做最后一次跃迁的那天傍晚，在银河外缘稀疏的群星间，卡尔根已经是一颗明亮的星星。透过太空艇的望远镜看去，那颗恒星变作一个闪烁的斑点。

艾嘉蒂娅正翘着一条腿，坐在唯一的一张椅子上。她穿着侯密尔的家常裤和衬衫，却不显得如何松垮。她自己的衣服则已经洗净熨平，留待降落后再穿。

她说："你知道吗，我将来准备写历史小说。"她相当喜欢这趟旅行，因为侯密尔叔叔总是用心聆听她的心声。能够和一个真正有智慧的人交谈，对方又认真倾听你的高论，实在是人生一大乐事。

她继续说："我读了一本又一本的基地伟人传记。你知道的，例如谢顿、哈定、马洛、迪伐斯，还有其他所有的英雄。就连你写的有关骡的文章，大多数我也都读过，不过基地战败的那段历史看了令人不舒服。如果把那些愚蠢而悲惨的部分删掉，历史不是更好看吗？"

"对，会更好看。"孟恩以严肃的口吻说，"可是那就不是忠实的历史了，艾卡蒂，你说对不对？除非将史实完整呈现，否则你不会获得任何学术地位。"

"喔，呸。谁在乎什么学术地位？"她觉得他实在可爱。这几天，他都没有忘记叫她"艾卡蒂"。"我的小说要写得好看，要成为畅销名著，要让我声名大噪。如果你的书卖不出去，不能让你出名，写作又还有什么意义呢？我可不要只让几个老教授认识我，我一定要家喻户晓。"

这个想法让她高兴得连眼珠都变了颜色。她挪动了一下，换了一个更舒服的姿势。"事实上，你知道吗，只要爸爸一点头，我马上要到川陀去，以便搜集第一帝国的背景资料。我就是在川陀出生的，你知不知道？"

他当然知道，却故意说："真的吗？"并在声音中加入适度的惊奇。艾嘉蒂娅则回报一个半真半假的笑容。

"喔——喔。我奶奶……你知道的，就是贝泰·达瑞尔，你一定听说过……她曾经和我爷爷在川陀住过一段时间。事实上，当时整个银河都踩在骡的脚下，而他们就是在那里阻止了骡。我爸爸妈妈结婚后也去了川陀，我就是在那里出生的。而且我一直住在那儿，直到妈妈去世；我当时才三岁，所以没有什么印象。侯密尔叔叔，你去过川陀吗？”

“没有，不能算去过。”他靠着冰冷的舱壁，随口答了一句。卡尔根已经近在眼前，他觉得不安的情绪又卷土重来了。

“它算不算银河中最传奇的世界？爸爸告诉我，斯达涅尔五世在位时期，上面的人口超过当今十个世界的总和。他还说那是个被金属覆盖的世界——单一的大都会——是整个银河系的首都。他给我看过他在川陀照的相片。现在到处都是废墟，不过仍旧壮观无比。我多么希望能再去那里。其实啊……侯密尔！”

“啊？”

“办完卡尔根的事，我们就去川陀好不好？”

孟恩脸上再度露出明显的惧色。“什么？你可别再兴风作浪。我们在办正事，不是在观光旅游。这点你可要牢记。”

“但这也是正事呀。”她尖声抗议，“川陀也许有数不清的重要资料。你相不相信？”

“不，我不相信。”他爬了起来，“现在请你离电脑远一点。我们得进行最后一次跃迁，然后你就该上床了。”无论如何，降落后总有一件事会改善：他已经恨透了在金属地板上裹着外套睡觉。

跃迁的计算并不困难。在《太空航道手册》上，基地至卡尔根的路线描述得十分详尽。在进入超空间的瞬间，他们照例感到轻微的抽搐，而下一刻，最后一光年的距离便消失了。

卡尔根的太阳终于有了太阳的模样——巨大、明亮、辐射出乳白色的光芒。但由于“日照侧”的舷窗早已自动关闭，他们两人并不能直接看见。

一觉醒来，就能抵达卡尔根了。

12

统领

放眼银河系所有的世界，卡尔根无疑拥有独一无二的历史。其他的行星，例如端点星，它的历史几乎是不断跃升的过程。而曾经是银河之都的川陀，则几乎不断在走下坡。可是卡尔根……

哈里·谢顿诞生前两个世纪，卡尔根首先以度假胜地闻名于全银河。整个世界投注于观光娱乐，那是一本万利的行业。

而且，那也是一种稳当的行业，甚至可说是全银河最稳当的行业。当银河所有的文明渐渐腐朽之际，卡尔根几乎没有受到丝毫影响。无论邻近星区的经济或社会如何变动，精英阶级总是存在的。而有钱有闲正是精英阶级的特点之一，这本身就是一种特权。

因此，卡尔根曾先后为下列人士提供了最佳的服务——最先是帝国宫廷里文弱骄矜的大员，以及他们身边妖艳的姬妾；接着是那些以铁血手段征服与统治世界的粗暴军阀，以及他们所宠幸的荡妇淫娃；后来，又换成了脑满肠肥且生活豪奢的基地大亨，以及他们包养的那些蛇蝎心肠的情妇。

由于这些人士都是家财万贯，卡尔根对他们一视同仁。此外，卡尔根一向来者不拒；永远不愁没有生意上门；领导阶层又有足够的智慧，从不干涉其他世界的政治，也未曾觊觎别人的领土。基于以上这些因素，它得以在动荡的银河中一枝独秀，在其他世界日渐萧条的岁月里，唯独卡尔根越来越富庶繁荣。

骡的出现改变了一切。这位空前绝后的征服者只爱征战，对其他一切无动于衷，卡尔根遂也难逃陷落的命运。所有的行星在他看来都是一样的，连卡尔根也不例外。

其后十年间，卡尔根摇身一变，竟然变成整个银河的首府；银河帝国结束后的新兴“帝国”便定都于此。

然后，随着骡的暴毙，情况急转直下。基地首先脱离了骡的“帝国”，其他世界也纷纷效法。五十年后，暴起暴落的功业烟消云散，只在历史上留下一页难解的记忆，仿佛鸦片诱发的一场幻梦。然而，卡尔根一直未能恢复原状。它再也不是当年那个世外桃源，权力的魔咒始终没有真正解除。这些年来，卡尔根被一个接一个的强人所统治。基地称之为“卡尔根统领”，他们却刻意沿用骡生前的唯一头衔，自称为“银河第一公民”，以便维持一个征服者的假象。

当今的卡尔根统领上任才五个月。他原本是卡尔根星际舰队的统帅，借着这个职位，再加上前任统领一时的疏忽大意，一举谋得了统领的位置。但在卡尔根的势力范围内，没有人会笨到对这种事太过认真。大家早已司空见惯，逆来顺受了。

然而这种适者生存的竞争，除了会鼓励罪恶与流血，有时也真会让能者出头。史铁亭统领便是一位能者，而且相当不好伺候。

不好伺候，连尊贵的首相也有同感。那位首相是前朝遗老，对两位统领一视同仁地鞠躬尽瘁；而只要他活得够久，一定还会继续为下一任统领效忠。

不好伺候这点，对嘉莉贵妇而言也不例外。她并没有任何名分，只能说她和史铁亭的关系介于朋友与夫妻之间。

这天傍晚，在史铁亭统领的私人寓所，这三个人聚在一起，此外没有任何人在场。第一公民身材魁梧，穿着他心爱的舰队司令制服，全身金光闪闪。他坐在一张未铺椅套的高分子座椅上，表情严肃，眉头深锁，身子和椅子一样僵硬。他的首相列夫·麦拉斯站在一旁，心不在焉地面对着他，修长而神经质的手指不停抚着老脸；从鹰勾鼻摸到瘦削的脸颊，再从脸颊摸到长着灰胡子的下巴，然后再回到鹰勾鼻。嘉莉贵妇则以优雅的姿势坐在铺着毛皮的长椅上，微微撅起的丰唇还在轻轻打战。

"阁下，"麦拉斯唤道——对于自称第一公民的统领，那是唯一的称呼，"您对历史的延续性认识不够。您个人一生中经历许多重大变化，导致您认为文明的发展同样不难骤然改变。可是，事实并非如此。"

"骡为我们提出了反证。"

"可是又有谁能效法他呢？别忘了，他可是个超人。而且，即使是他，也并不算完全成功。"

"卜吉。"嘉莉贵妇突然抽噎起来。第一公民随即做了一个凶狠的手势，吓得她不敢再出声。

史铁亭统领以严厉的口吻说："嘉莉，别打岔。麦拉斯，我受不了这样毫无作为。前任统领穷毕生精力，把舰队训练成一支银河无敌的武力。在他有生之年，始终没看到这支武力派上用场。我是不是也要步上他的后尘？我还算不算舰队总司令？

“你知道这支武力多么容易腐朽吗？”他继续说，“目前，它只是国库的累赘，毫无任何回报。军官们都渴望开疆拓土，士兵们期待着攫取战利品。整个卡尔根都希望重建帝国的光荣，你有没有能力了解这件事？”

“您说的都只是表面的理由，”麦拉斯答道，“但我能了解您的意思。领土、战利品、光荣——若能得到当然令人兴奋无比，可是过程常常危险万分，而且充满悲惨和痛苦。所谓三分钟热度，那是撑不了多久的。而且历史一再昭示，攻击基地绝对不是明智之举。即使是骡，也懂得避免……”

嘉莉贵妇湛蓝而空洞的眼睛中噙着泪水。最近卜吉很少过来，今晚他好不容易答应要陪她，没想到首相却硬闯进来——这个可怕、精瘦的灰发老头，每次总是把她当做透明人。而卜吉竟然接见他。她不敢再说什么，生怕会忍不住哭出声来。

她很不喜欢史铁亭现在说话的声音，听来强硬而急躁。他正在说：“你食古不化。基地虽然领域广大、人口众多，但他们是一盘散沙，根本不堪一击。这些年来，他们的团结只是一种惯性，而我有足够力量击溃它。你是被基地当年的气势吓傻了，当时唯有他们拥有核能。他们逃过垂死帝国的最后一击之后，剩下的敌人净是些无法无天的军阀。那些军阀个个头脑简单，拥有的战舰都是陈年旧货，自然无法对抗基地的核动力星舰。

“可是，我亲爱的麦拉斯，骡却改变了这一切。他将基地密藏的知识散播开来，让半个银河系都知晓了这些秘密。基地垄断科学的日子一去不返，我们足以和他们抗衡了。”

“那么第二基地呢？”麦拉斯冷冷地问了一句。

“那么第二基地呢？”史铁亭用同样的口气重复了一遍，“你可知道他们的意图吗？他们花了五年的时间才阻止了骡——这是不是真的，至今还有人怀疑。基地的许多心理学家和社会学家，一致认为自从骡出现后，谢顿计划就完全给粉碎了，你难道不晓得吗？假如这个计划不再存在，我当然有资格填补这个真空。”

“我们在这方面的知识，不足以保证我们会赢得这场赌局。”

“我们自己的知识或许不足，不过这颗行星上，刚好来了一位基地的访客。这件事你知不知道？他名叫侯密尔·孟恩——据我所知，他写过不少研究骡的文章。而且他和我意见一致，也认为谢顿计划不复存在。”

首相点了点头。“即使没听说过这个人，我至少知道他发表的文章。他想做什么？”

“他想申请进入骡殿。”

“真的吗？最好还是拒绝吧。整个行星就是靠那些迷信维系，避免触碰那些问题才是明智之举。”

“我会考虑——然后我们再来讨论。”

麦拉斯便鞠躬告退。

嘉莉贵妇泪汪汪地说：“卜吉，你在生我的气吗？”

史铁亭凶巴巴地转过身来。“我难道没有告诉过你，当着别人的面，绝对不要用那个可笑的名字叫我？”

“你以前喜欢我那么叫的。”

“好吧，我现在不喜欢了，以后不准再犯这种错误。”

他气呼呼地瞪着她。自己如今还能容忍这个女人，真是不可思议。她是个柔弱的绣花枕头，摸起来的感觉实在不错；而她温顺的感情，也算是刻板生活的一种简单调剂。但即使是那种感情，也逐渐令他感到厌倦了。她竟然梦想要嫁给他，要成为第一夫人。

简直荒唐！

当他只是舰队司令的时候，她的确是个非常称职的伴侣——可是他已经成为第一公民，而且眼看就要征服银河，这种女人当然不再适合。他需要血统高贵的子嗣，帮助他统治未来的领土。这是骡从来无法做到的事，也是骡的传奇生命终结后，他的帝国立刻瓦解的原因。他，史铁亭，需要一位基地名门闺秀为后，两人携手建立一个朝代。

他气急败坏地想到，为什么还没有把嘉莉甩掉？这样做不会有任何麻烦。她会哭哭啼啼一阵子——他随即打消这个念头。偶尔，她也挺可爱的。

此时嘉莉再度展现欢颜。那个灰胡子老头已经走远，卜吉那张花岗岩般的脸孔渐渐变柔和了。她盈盈起身，向他依偎过去。

"你不会再骂我了吧？"

"不会了。"他心不在焉地轻轻拍着她，"你安安静静坐一会儿好吗？我要思考一下。"

"关于那个基地人的事吗？"

"是的。"

"卜吉？"她欲言又止。

"什么事？"

"卜吉，你说，他还带了一个小女孩一起来。你记不记得？她来的时候，我能不能见见她？我从来没有……"

"你想想，我为什么要让他把那个小鬼一块带来？我的会客厅是幼稚园吗？嘉莉，别再提这种荒谬的想法。"

"卜吉，可是我会负责照顾她。她绝不会让你烦心。只不过因为我难得看到小孩子，你也知道我多么喜欢小孩。"

他用嘲讽的目光瞪着她。她从不厌倦这套把戏。她喜欢小孩，意思是喜欢他的小孩，也就是他的子嗣，说穿了就是希望嫁给他。想到这里，他哈哈大笑。

"那个小东西，"他说，"其实是个十四五岁的大女孩。她或许和你差不多高了。"

嘉莉显得垂头丧气。"嗯，答应我，好不好？她可以告诉我有关基地的一切。你知道的，我一直都好想去那里看看，因为我的祖父就是基地人。卜吉，你能不能找个时间带我去？"

听到她这么讲，史铁亭不禁露出微笑。也许他真会带她去，而且是以征服者的身份。这个想法令他相当高兴，他的语气也因此缓和许多。"我会的，我会的。你可以见见那个女孩，和她畅谈基地的一切。不过得离我远一点，懂吧。"

"我不会烦你的，我保证。我会把她带到自己的房间去。"她觉得好开心，最近这些日子，她很少能像这样称心如意。她用双臂搂住他的颈子，感觉他在轻微的犹豫后，全身肌肉便松弛下来，并把壮硕的脑袋轻轻靠向她的肩头。

13

贵妇

艾嘉蒂娅感到得意洋洋。自从裴礼斯·安索把那张笨脸靠到她的卧室窗户那天起，她的人生就起了意想不到的变化——而这都是因为她有眼光、有勇气去做该做的一切。

如今，她终于来到卡尔根。她已经去过宏伟的中央剧院——那是银河系最大的一间剧院，并亲眼看到许多著名的歌星——即使在遥远的基地，他们也是家喻户晓的人物。她也逛过了锦簇大道，那是这个无比繁华世界的流行中心。她照自己的心意选购了许多商品，因为侯密尔对这种事一窍不通。她看上了一件熠熠生辉的长礼服，上面的直条纹使她看来修长许多，店员则绝不认为有何不妥。基地的现金在这里非常、非常管用。侯密尔给了她一张十信用点的纸币，兑换成卡尔根币，就变成厚厚的一大捆。

她甚至换了一个新发型——把后面的头发剪短，两侧烫成耀眼的波浪。经过细心的护发处理，她的金发看来比以前更亮丽，简直就是闪闪发光。

可是比较之下，最精彩的还是刚才那一幕。老实说，史铁亭统领的官邸并不如剧院那般豪华壮观，也不像骡殿那样神秘而历史悠久——当然，目前为止，他们只是在飞越行星上空时，瞥见了骡殿那些孤独的尖塔而已。不过无论如何，想想看，史铁亭毕竟是一位真正的统领。这份荣耀令她欣喜若狂。

而且除此之外，她还有机会和统领的“宠姬”面对面交谈。艾嘉蒂娅特别在心中将“宠姬”加上引号，因为她了解这种女人在历史上扮演的角色，了解她们拥有的魅力与权力。事实上，她常常梦想着有朝一日，自己也能成为这样一位倾国倾城的尤物。只可惜基地如今不流行这一套，更何况即使有机会，父亲大概也不会答应。

当然，嘉莉贵妇并不完全符合艾嘉蒂娅的想象。她稍嫌丰满，毫无狐媚或淫邪的味道，而且还有几分苍老与近视。她的声音也太尖了，并非那种充满磁性的声调，此外……

嘉莉说：“孩子，还要不要加点茶？”

“谢谢您，贵人，我想再来一杯。”或者应该称呼她“殿下”？

接着，艾嘉蒂娅以鉴赏家的口吻，老气横秋地说：“夫人，您带的这串珍珠真是美丽。”（想来想去，“夫人”似乎最恰当。）

“哦？你这么觉得吗？”嘉莉似乎心情不错。她摘下那串乳白色的项链，拿在手中晃来晃去。“你喜欢吗？喜欢的话，你就收下吧。”

“喔，我的天……您这话当真……”她发觉项链已经到了自己手里，连忙作势要还回去，还用感伤的口吻说：“爸爸会不高兴。”

“他讨厌珍珠吗？这些都是上好的货色。”

“我是说，如果我收下，他会不高兴的。他总是嘱咐我：你不可以随便接受贵重的礼物。”

“不可以吗？但是……我是说，这是卜……是第一公民送给我的礼物。你认为我也不该收下吗？”

艾嘉蒂娅满脸通红。“我不是这个意思……”

嘉莉却厌倦了这个话题，她任由项链滑落到地板上。“我要你告诉我有关基地的一切，请你现在就开始说。”

艾嘉蒂娅突然感到哑口无言。那个无聊到令人想掉眼泪的世界，有什么好说的？对她而言，基地只是一座郊外的小镇、一间舒适的住宅，以及不得不硬着头皮接受的教育，加上永远无趣而单调的生活。于是，她心虚地答道：“我想，就和您从胶卷书中读到的一样。”

“喔，你爱看胶卷书吗？我常常想看，却一看就头痛。不过，你可知道，我最喜欢看超视上的行商故事——那些雄壮而粗犷的男人，看来总是又刺激又过瘾。你的那个朋友，孟恩先生，也是一名行商吗？他看来似乎没有那么粗犷。大多数的行商都留着络腮胡，嗓门又大又低沉，而且对女人予取予求——你说对不对？”

艾嘉蒂娅露出一个呆板的笑容。“夫人，那些都是历史了。我的意思是，在基地的早期，行商替基地开疆拓土，并将文明散播到银河系各处。这些都是我们在学校学到的。可是那个时代已成为过去。我们那里再也没有行商了，只剩下公司之类的组织。”

“真的吗？实在太可惜了。既然孟恩先生不是行商，他又是做什么的？”

“侯密尔叔叔是一名图书馆员。”

嘉莉用一只手捂住嘴唇，窃笑了几声。“你的意思是，他负责管理胶卷书。喔，天哪！一个大男人做这种事，好像太没有出息了。”

“夫人，他是一名很优秀的图书馆员。在基地，这是一种非常高尚的职业。”说完，她顺手把泛着晕彩的小茶杯放到乳白色金属桌上。

女主人感到很不好意思。“亲爱的孩子，我保证绝对无意冒犯你。他一定是个很聪明、很聪明的人。我一见到他，就从他眼中看出这一点。他的眼睛简直……简直太聪明了。而且他一定也很勇敢，才有勇气想要探访骡殿。”

“勇敢？”艾嘉蒂娅突然绷紧所有的神经，这正是她所等待的一刻。开始执行计划！执行计划！她故意瞪着自己的拇指，尽可能用不经意的语气问道：“为什么想要探访骡殿，就代表勇敢呢？”

“你不知道吗？”她的眼睛瞪得圆圆的，声音则变得低沉，“那里受到过诅咒。骡在死前曾经下令，在银河帝国建立之前，任何人都不准进入。卡尔根的本地人，连周围的广场都不敢去。”

艾嘉蒂娅领会了这层意思。“不过那只是迷信……”

“别这么说。”嘉莉显得十分苦恼，“虽然卜吉也总是这么说。不过他也说过，为了要维持他的统治，最好还是别戳破那个迷信。可是，我从来没见过他自己去那里。而萨洛斯也从未去过，他是前任第一公民。”她好像突然想到什么事，再度好奇地问道：“可是孟恩先生为什么要去骡殿呢？”

现在，艾嘉蒂娅精心策划的计谋终于能展开了。她从历史小说里学到一件事实：一国之君的宠姬才是真正的掌权者，她们的影响力简直不可思议。因此，假如史铁亭统领拒绝了侯密尔叔叔——她料到一定如此——自己必须从嘉莉贵妇这边挽回局势。其实，嘉莉贵妇本身也有几分神秘。她似乎不太精明。不过，嗯，历史在在证明……

她说："夫人，当然是有原因的——可是您能不能保密呢？"

"我发誓。"嘉莉说，她在柔软、丰挺、雪白的胸前做了一个动作。

艾嘉蒂娅万分谨慎地开始叙述，每句话脱口前都仔细想了一遍。"您可知道，侯密尔叔叔是研究骡的头号权威。他写过好多好多这方面的书籍，而他认为，自从骡征服了基地，整个银河的历史就改变了。"

"喔，天哪。"

"他还认为谢顿计划……"

嘉莉突然拍拍手。"我知道谢顿计划。行商影片总是绕着谢顿计划打转，它的作用是让基地永远打胜仗。好像牵涉到什么科学，不过我从来不明白其中的道理。每次听到那些解释，我就觉得很不耐烦。可是亲爱的孩子，请你继续讲。你的解释完全不同，你把每件事都讲得清清楚楚。"

艾嘉蒂娅继续说："嗯，那么您有没有注意到，当骡打败基地的时候，谢顿计划并没有生效，从此也一直没有发挥作用。所以说，谁来建立第二帝国呢？"

"第二帝国？"

"是的，总有一天它会出现，但是又要如何建立呢？您瞧，这可是一个大问题。此外，还有一个第二基地。"

"第二基地？"她露出一副莫名其妙的表情。

"没错，他们遵循谢顿的心意，来策划整个银河的历史。他们阻止了骡，因为他揠苗助长，可是现在，他们也许在支持卡尔根。"

"为什么？"

"因为现在，卡尔根最有可能成为一个新帝国的核心。"

嘉莉贵妇似乎琢磨出这句话的含意。“你的意思是，卜吉会建立一个新帝国。”

“我们还不能确定。侯密尔叔叔是这么认为，但他得先看看骡留下的记录，才能肯定这一点。”

“这一切实在非常复杂。”嘉莉贵妇半信半疑地说。

艾嘉蒂娅放弃了。她已经尽了最大的努力。

史铁亭统领的心情可以说相当不好。他接见了那个基地来的娘娘腔，却没有什么收获。更糟的是，这件事令他很没面子。他是二十七个世界的唯一统治者，是银河系最强大武力的最高统帅，拥有天下无敌的雄心壮志——却和一个古董收藏家，扯了一堆毫无意义的废话。

真该死！

他分明是要破坏卡尔根的传统，对不对？为了这个傻子想再写一本书，就能允许他进入骡殿翻箱倒柜吗？为了科学！为了神圣的知识！银河啊！自己为什么要忍受那些义正辞严的高调？而且——他突然感到一阵微微刺痛——别忘了还有诅咒呢。他自己不相信，有头脑的人都不会相信。但如果他决心向诅咒挑战，也需要一个更好的理由，而不是这傻子提出的那些蠢话。

“你来干什么？”他突然吼道，嘉莉贵妇则吓得僵立在门口。

“你在忙吗？”

“没错，我现在很忙。”

“卜吉，可是现在没有别人。我难道不能和你说几句话吗？”

“喔，银河啊！你到底要说什么？赶快。”

她结结巴巴地说：“那个小女孩告诉我，他们打算到骡殿里头。我想我们可以跟她一块去，那里面一定华丽无比。”

“她那样告诉你的吗？哼，她去不成，我们也不去。你去忙你的吧，我已经给你烦透了。”

“可是，卜吉，为什么呢？你不准备批准他们吗？那个小女孩说，你会建立一个帝国！”

“我才不管她说什么——等一等，她说什么？”他大步走向嘉莉，用力抓住她的手肘，五根指头深深陷入柔嫩的肌肤。“她到底和你说了些什么？”

“你弄痛我了。如果你一直这样瞪着我，我根本想不起她说过什么话。”

他松开了手，她则默默站在原处，搓揉着被抓出来的红印子。过了一会儿，她哭哭啼啼地说：“那小女孩要我答应替她保密。”

“那可真糟糕。告诉我！赶快说！”

“嗯，她说谢顿计划有所改变，某处还有另一个基地，正在策划让你建立一个帝国。就是这样。她说孟恩先生是一位非常重要的科学家，而骡殿中藏着所有的证据。她说的话，我一字一句都告诉你了。你还在生气吗？”

史铁亭并没有回答。他匆忙离去，嘉莉只能张着一双大眼睛，伤感地目送他的背影。一小时内，盖着第一公民官印的两道命令已经发了出去。其中一道命令使五百艘主力舰立即升空，去从事官方所谓的“实战演习”。另外一道命令，则让某人一时之间不知所措。

当那道命令送达时，侯密尔·孟恩正在收拾行囊准备离去。命令的内容当然是批准他进入骡殿。他捧着命令一读再读，顿时百感交集，唯独欠缺喜悦。

艾嘉蒂娅却喜出望外。她知道发生了什么事。

或者应该说，她自以为料中了。

14

忧心如焚

波莉一面准备早餐，一面瞄着餐桌上的新闻记录仪。当天的新闻一桩桩显示在记录仪上，她只需要用一只眼睛便能一览无遗。所有的食物都是现成的，密封在无菌且随用随丢的容器内。因此她的工作其实只是选择菜式、布置餐桌，并于餐后将一切收拾干净。

她忍不住对那些新闻咂舌，又感慨万千地叹了一口气。

“喔，真是人心不古。”她有感而发，而达瑞尔只是哼了一声作为回答。

她的声调突然变得尖锐刺耳，每当她悲叹世风日下，都会自然而然转成这种腔调。“唉，这些可怕的卡尔根人，为什么要这样做呢？”她总是把“卡尔根”念走了音，“本以为他们会让人过几天太平日子。根本没有，总是找麻烦，找麻烦，没完没了。

“你看看那个新闻标题：‘基地领事馆前暴民滋事’。喔，可能的话，我真想好好开导他们一番。这是人类的通病，就是不长记性。达瑞尔博士，世人就是不能记取教训——一点记性也没有。想想骡死后引发的那场战争吧——当然那时候我只是小女孩，可是喔，那种动乱我一辈子忘不了。我的亲叔叔死在那场战争中，当时他才二十几岁，结婚两年而已，还留下一个女娃。我到现在还记得他的模样——一头金发，脸颊上有个酒涡。我还保存着他的三维水晶像……

“现在，那个女娃早已长大成人，她的独子正在舰队服役。如果发生任何冲突，那就极有可能……

“当时虽然我们有空袭侦察队，而且由老人轮流守卫平流层——但卡尔根若是真打过来，我很难想象他们能做些什么。母亲常常对我们说起当时的艰苦，粮食配给、物价高涨、税金暴增等等。简直让人活不下去……

“我认为，如果他们那些人还有理智，就绝不该重蹈覆辙，应该避之唯恐不及。我也认为根本不是人民的意思；我想即使是卡尔根人，也宁愿待在家中享受天伦之乐，而不愿意到太空去横冲直撞，然后葬身在星舰中。全都要怪那个可怕的人物，史铁亭。真奇怪，这种人怎么会活到现在。他杀害了那个老家伙——他叫什么名字？对，萨洛斯——现在又准备要征服银河。

“他为什么想要攻打我们，我实在搞不懂。他注定会失败——就像以往每次一样。也许这一切都在谢顿算计之中，可是有时我忍不住想，那必定是个邪恶的计划，才会藏有那么多的战争和杀戮。不过我对哈里·谢顿可没有话说，我相信他知道得一定比我多得多，也许是我太笨了，才会质疑他的计划。另外那个基地同样欠骂。他们明明现在就能制止卡尔根，让一切回到正轨。既然他们终将这么做，我认为，就该在战祸发生之前赶紧行动。”

达瑞尔博士终于抬起头来。“波莉，你在说什么吗？”

波莉的一双眼睛睁得老大，随即又气呼呼地眯起来。“没有，博士，我什么都没说，也根本没什么好说的。在这个家里，何止是说句话，就是死了也没人注意到。忙进忙出，忙出忙进，就是没时间开口说话……”她带着一肚子闷气离开了餐厅。

正如同没有听到她在说什么一样，达瑞尔博士几乎没注意到波莉已经离开。

卡尔根！真无聊！那只是个有形的敌人！他们将永远是基地的手下败将。

然而，眼前这个可笑的危机，他却无法置身事外。七天前，市长正式邀请他出任“研究发展部”部长，而他答应今天会作出决定。

可是……

他感到坐立不安。市长竟然选上自己！但是他能够拒绝吗？这样一来，就会显得太不合情理，而他不敢冒这种险。毕竟，他并不需要担心卡尔根。对他而言，敌人只有一个，始终只有一个。

妻子在世的时候，人生幸福美满，他有充分的借口逃避责任、离群索居。在川陀那段漫长而幽静的日子，周遭全是荒芜的废墟！他们在那个残破的世界上遗世独立，浑然忘却世间的一切！

可是她不久就去世了，前后还不到五年。从那时候起，他就知道，今后唯一能够做的，便是和那些可怕而隐形的敌人奋战一生——那些敌人控制了他的命运，剥夺了他做人的尊严，使他的人生变作绝望的挣扎；甚至连整个宇宙，都掌握在这些既可恶又可怕的敌人手中。

这可以称作感情的升华，至少他自己这么想——总之，这种奋战为他带来人生的意义。

他先来到圣塔尼大学，加入克莱斯博士的研究工作。那是获益匪浅的五个年头。

但克莱斯所做的仅止于搜集数据，无法在真正的问题上有所突破——当达瑞尔肯定这点之后，他知道是该离开的时候了。

克莱斯的研究虽属秘密性质，但他难免需要助手与合作伙伴。此外，他还需要许多人脑样本来做脑波测定，需要一所大学支持他。这些都是他的弱点。

克莱斯不能了解这一点，而达瑞尔也无法向他详加解释。两人终于不欢而散。这样也好，反正他们必须拆伙。他必须表现得放弃了一切——以防有人暗中监视。

克莱斯借着图表来分析脑波，达瑞尔则是使用自己心灵深处的数学概念。克莱斯与许多人合作，达瑞尔却单打独斗。克莱斯待在一所大学里，达瑞尔栖身于郊外静谧的住宅中。

而他眼看就要成功了。

就大脑构造而言，第二基地分子根本不能算是人类。即使是最杰出的生理学家、最高明的神经化学家，也可能无法侦测出任何异状——但差异一定存在。由于这种差异藏在心灵中，那里必定存在侦测得到的迹象。

第二基地分子无疑都拥有类似骡的异能，姑且不论这种能力是先天或后天的。既然他们像骡一样，具有侦测与控制人类情感的能力，理论上来说，应该能设计出一种电子电路，来测定他们的特殊脑波；而在脑电图的详细记录中，他们的异能绝对无所遁形。

如今，克莱斯的幽灵化身为得意门徒安索，再度闯进他的生命。

愚蠢！愚蠢！那些受干扰人士的脑电图能做些什么？自己几年前已经发明出侦测的方法，可是又有什么用？他需要反击的武器，而不是侦测的工具。但他又必须答应与安索合作，因为这样才能掩人耳目。

现在这个研发部长的职位也一样，同样是个掩人耳目的妙着！他俨然成为一个计中计的主角。

一时之间，他又担心起艾嘉蒂娅，赶紧狠下心来摆脱这个思绪。假使安索未曾出现，这件事就不会发生。假使安索未曾出现，除了他自己，不会有其他人的生命受到威胁。假使安索未曾出现……

他感到一阵怒火攻心——他气已故的克莱斯，气活着的安索，以及所有好心的笨蛋……

嗯，她会照顾自己的。她是个非常成熟的小女孩。

她会好好照顾自己的！

他心中悄悄这么想……

她真能照顾自己吗？

当达瑞尔博士忧心忡忡地自我安慰之际，她正坐在银河第一公民官邸办公室的简朴会客室中。她已经在这里坐了半个小时，无聊地扫描着四面的墙壁。她随着侯密尔·孟恩进入这间会客室的时候，曾注意到门口站着两名武装警卫。过去，这里是从来没有警卫的。

现在她一个人待在会客室里，觉得室内每一件家具、每一项陈设都透着敌意。这是她生平第一次有这种感觉。

可是，为什么会这样呢？

侯密尔正在觐见史铁亭统领。嗯，这又有什么不对吗？

想到这里，她突然怒不可遏。在胶卷书或超视的故事里，每次出现类似情节，主角总是料得到下一步的发展，因而能有万全准备。而她——她却坐在那里。任何事都可能发生，任何事！而她却只能坐在那里。

好吧，回忆一下。从头想一想，也许能获得一点灵感。

过去这两周，侯密尔几乎是住在骡殿里面。在史铁亭的许可下，他曾经带她去过一次。骡殿里面宽敞、幽暗而气氛肃穆，一切都毫无生气，仿佛沉睡在昔日的光辉中。偌大的建筑物，只有脚步声激起空洞而萧瑟的回音。总之，她不喜欢那里。

相较之下，还是首都宽阔热闹的街道、美轮美奂的剧院对她更具吸引力。这个世界虽然不如基地那般富有，却舍得花更多的钱妆点门面。

侯密尔通常傍晚才回来，带着一种敬畏的心情……

“我做梦也想不到有那种地方。假如我能把殿中的石头一块一块敲掉，把发泡铝一层一层拆下。假如我能把它们运回端点星——那会是一座什么样的博物馆。”他常常发出如此的呓语。

他早先的迟疑似乎完全消失无踪，现在的他既急切又狂热。这点艾嘉蒂娅绝对可以肯定，因为最近这些日子，他一点也不结巴了。

有一天，他对艾嘉蒂娅说：“我找到了普利吉将军记录的摘要。”

“我知道他。他是基地的叛徒，曾经为了寻找第二基地翻遍了银河，对不对？”

“艾卡蒂，严格说来他并非叛徒。是骡令他‘回转’的。”

“喔，那还不是一样。”

“唉，你所谓的翻遍了银河，那是一项毫无希望的任务。四百年前，为了筹设两个基地而召开的谢顿大会，它的原始记录只有一处提到第二基地。说它设立在‘银河的另一端，群星的尽头处’。那就是骡和普利吉唯一的线索。当年他们即使找到第二基地，也根本无法确认。真是疯狂的行动！

“他们拥有的记录，”他是在自言自语，不过艾嘉蒂娅听得很用心，“一定涵盖了将近一千个世界；但他们需要探索的世界，却势必接近一百万个。我们的情况也好不到哪里去……”

“嘘——”艾嘉蒂娅急忙阻止他再说下去。

侯密尔愣住了，好一阵子才恢复正常。“咱们别说了。”他咕哝道。

现在，侯密尔正在觐见史铁亭统领，而艾嘉蒂娅孤零零地等在外面。不知道为什么，她觉得心脏里的血液全被挤了出来。这种莫名其妙的感觉，其实是最恐怖不过的。

而在隔壁房间，侯密尔也像是全身陷入粘胶之中。他拼命努力想把话说清楚，不过当然徒劳无功；他的口吃再度复发，而且变得比以前更严重。

史铁亭统领全副戎装，他身高六英尺六英寸，下颚宽大，嘴角轮廓分明。他始终双手握拳，还不时用力挥舞，以增强说话的气势。

“好啊，你忙了两个星期，现在却向我交白卷。孟恩先生，没关系，告诉我最坏的情况吧。是不是我的舰队会全军覆没？是不是除了第一基地的人员，我还得和第二基地的幽灵作战？”

“我、我再强调一次，大统领，我不是预、预言、预言家。我、我完全搞、搞糊涂了。”

“你是不是想回去警告你的同胞？你少在我面前玩这种把戏。我要你说实话，否则我就自己动手，把实话连同你的内脏一块挖出来。”

“我说、说的都是实话，大、大统领，我还想提、提醒您，我是基地的公民。您、您不可以碰我，不然会吃、吃、吃不了兜着走。”

卡尔根统领纵声狂笑。“这种话只能吓唬小孩子，这种威胁只能让白痴却步。得了吧，孟恩先生，我对你已经很有耐心。我花了二十分钟听你满口胡说八道，而你一定好几个晚上没睡觉，才能编出这种无聊的故事。你这样做是白费力气。我知道你来这里，绝不只是捡拾骡的骨灰而已——你另有不可告人的目的。难道不是吗？”

这时，侯密尔·孟恩再也无法浇熄眼中的恐惧炽焰，甚至连呼吸都有困难。史铁亭统领将一切看在眼里，还故意伸手拍拍这个基地人的肩膀，孟恩果然连人带椅子一起摇晃。

“很好，现在让我们开诚布公。你一直在研究谢顿计划，而你知道它已经失效。或许你还知道，如今我成了必然的赢家，我和我的继承人将君临天下。唉，老弟，只要能够建立第二帝国，由谁来建立又有什么关系？历史是铁面无私的，对不对？你不敢告诉我吗？其实我已经知道你的任务了。”

孟恩以嘶哑的声音说：“您、您到底想要、要什么？”

“我要你留下来。我不希望由于过度自信，破坏了这个新的计划。关于这些事，你懂的比我多，万一我忽略了任何小问题，你一定能察觉。来吧，事成之后我会好好犒赏你；你会获得数不清的战利品。你能指望基地做些什么呢？扭转几乎已成定局的颓势吗？让战事延长吗？或者你只是基于爱国心，一心想要为国捐躯？”

“我、我……”除此之外，他半个字也没有吐出来，最后只好闭上嘴巴。

“你给我留下来。”卡尔根统领志得意满地说，“你没有选择的余地。等一等——”他突然想到另一件事，“我获得了一项情报，说你的侄女是贝泰·达瑞尔的后人。”

侯密尔吃了一惊，脱口而出：“没错。”到了这个关头，除了坦承事实，他不相信自己有能力编织任何谎言。

“他们这个家族在基地很有名望？”

侯密尔点了点头。“基地绝对不会坐、坐视他们受到伤害。”

“伤害！老弟，别傻了，我打的主意正好相反。她多大了？”

“十四岁。”

“啊！没关系，即使是第二基地，或者哈里·谢顿本人，也都无法阻止时光流逝，不准小女孩长大成人。”

他突然一转身，奔向一道侧门，将门帘用力一扯。

然后他怒吼道：“太空啊，你死到这里来做什么？”

嘉莉贵妇对他眨着眼睛，细声答道：“我不知道还有别人。”

“哼，的确还有别人。我等一下再和你算账，现在我只想看到你的背影，赶快向后转。”

她立刻奔向走廊，细碎的脚步声渐行渐远。

史铁亭又走回来。“她是我生命中的一个小插曲，已经拖得太久，很快就会结束了。你刚才说，她才十四岁？”

侯密尔瞪着他，心底冒出一种崭新的恐惧！

此时，艾嘉蒂娅则瞪着一扇悄悄打开的门——她的眼角瞥见一个细碎的动作，令她大吃一惊。原来是门后伸出一根手指头，向她一屈一伸比划着，好像急着把她叫出去，她却久久没有反应。后来，或许是她看清了那个苍白、颤抖、焦急的身形，这才蹑手蹑脚走向门口。

然后，两人便慌慌张张沿着长廊走下去。带走艾嘉蒂娅的当然是嘉莉贵妇，她现在正紧紧抓着女孩的手。艾嘉蒂娅虽然被她抓疼了，不过仍然安心跟着她走。至少，她对嘉莉贵妇并没有恐惧感。

可是，这又是为什么呢？

她们来到贵妇的闺房，整个房间都是粉红色系列，看来像是一家糖果店。嘉莉贵妇站在门口，用背抵住房门。

她说："你知道吗，这是从他的办公室，到我……我的房间的一条专用走道。他，你知道是谁吧。"她伸出拇指向背后指了指，仿佛即使只是想到他，都会令她吓得半死。

"真是侥幸……真是侥幸……"她的瞳孔突然放大，湛蓝眼珠的中央成了黑色。

"您能不能告诉我……"艾嘉蒂娅畏畏缩缩地说。

嘉莉却像是急疯了一样。"不，孩子，没有时间了。把你的衣服脱下来。拜托，求求你。我帮你再找几件衣服，这样他们就认不出你。"

她钻进衣橱，把好些乱七八糟的东西丢出来，地板上立刻堆起一座座小山。她急着找一套适合艾嘉蒂娅年龄的衣服，以免她一出去就受到登徒子包围。

"找到了，这件应该行，不行也得行。你有没有钱？来，拿着这个，还有这个。"她把耳环与戒指都摘下来，"马上回家去——回到基地去。"

"可是侯密尔……我叔叔……"芬芳、名贵、混纺着金属的衣裳向她当头罩下，她的声音从衣料中透出来，显得有气无力。

"他走不了。卜吉永远不会放他走，可是你一定不能留下来。喔，亲爱的孩子，你难道不懂吗？"

"不懂。"艾嘉蒂娅硬是不肯挪动脚步，"我真的不懂。"

嘉莉贵妇双手使劲绞在一起。"你一定要回去警告你的同胞，战争马上就会爆发。听清楚了吗？"说来也真奇怪，极度的惊恐竟然使她的思路变得特别清晰，以致这几句话完全不像她的口气。"现在赶快走吧。"

她们从另一条路溜走！一路上遇到好些官员，他们都眼睁睁看着她俩离去，想不到有任何理由应该阻拦——除了卡尔根统领，再也没有人有资格阻拦嘉莉贵妇。她们通过一道又一道的门，卫兵也一律立正举枪敬礼。

这段路似乎走了好几年，一路上艾嘉蒂娅连大气都不敢喘。事实上，从她看到那根屈伸的苍白手指，到她们来到官邸大门口，面对着人群、噪音与拥挤的交通，前后只有二十五分钟而已。

她向后望了望，顿时心中交杂着忧惧与同情。“夫人，我……我……不知道您为什么要这样做，只能说我很感激——侯密尔叔叔又会有什么遭遇呢？”

“我不晓得。”嘉莉发出一声感叹，“你自己不能走吗？直接到太空航站去，千万别犹豫。他可能已经在到处找你。”

艾嘉蒂娅依然徘徊不去。她这一走，就必须抛下侯密尔；直到这时，呼吸到自由的空气，她才终于起了疑心。“即使他这么做，您又何必管呢？”

嘉莉贵妇咬了咬下唇，喃喃地说：“我不能对一个像你这样的小女孩解释，有些话我说不出口。反正，你总会长大的，而我……我遇到卜吉的时候才十六岁。你该知道，我不能让你留下。”她眼中露出掺杂着羞愧的妒意。

这些暗示令艾嘉蒂娅吓呆了，她低声问道：“万一他发现了，他会怎样对付您？”

嘉莉也压低声音回答：“我不晓得。”说完，她用手按着头，沿着通往统领官邸的大道小跑步离去。

但一时之间，艾嘉蒂娅依旧站在原地，那一秒钟仿佛永远过不完。因为在嘉莉贵妇离去之前那一瞬间，艾嘉蒂娅发现了一点异状。那双充满惊慌与恐惧的大眼睛，竟然射出一丝一闪即逝的喜悦光芒。

那是一种无情的、冷酷的狂喜。

那双眼睛在刹那间透露出太多讯息，但艾嘉蒂娅对自己的发现毫无怀疑。

她开始向前跑——疯狂地奔跑——想要寻找一间空的候车亭，以便招来一辆计程飞车。

她并不是在躲避史铁亭统领，也不是在逃避他手下的鹰犬——甚至并非想要逃离他所统治的二十七个世界，虽然那些世界都已经布下天罗地网。

她逃避的对象，其实是那名帮助自己脱逃的弱女子。没错，“弱女子”给了她许多现金与珠宝，并且冒着生命危险拯救她。可是艾嘉蒂娅知道——绝对可以确定——她是第二基地的人。

一辆计程飞车迅速来到，在候车亭外的起落架上缓缓停妥。飞车带来的一阵风拂到艾嘉蒂娅脸上，虽然她戴着嘉莉送她的毛皮头巾，头发还是被吹乱了。

“小姐，去哪儿？”

她拼命降低自己的声调，希望能掩饰稚嫩的童音。“本市有几个太空航站？”

“两个。去哪个？”

“哪一个最近？”

司机瞪着她说：“小姐，卡尔根中央站。”

“请带我去另外那一个航站。别担心，我有钱。”她手中抓着一张面额二十元的卡尔根币。她对这个数目没有什么概念，司机则满意地咧嘴一笑。

“小姐，去哪儿都成。‘天路’计程飞车能带你去任何地方。”

她将脸颊贴在冰冷而稍带霉味的椅套上，盯着下方缓缓退却的万家灯火。

她该怎么办？该、怎、么、办？

直到那一刻，她才了解自己是个愚蠢——愚蠢至极的小女孩，孤苦无依，充满恐惧。她眼中噙着泪水，喉咙深处发出无声的抽噎，牵动了五脏六腑。

她并不怕被史铁亭统领逮捕。嘉莉贵妇不会让这种事发生。嘉莉贵妇！她又老、又肥、又笨，竟然有办法抓住统领的心。喔，现在真相大白了，一切都真相大白了。

那次嘉莉请她喝茶，她自以为曾有精彩的演出。精明的小艾嘉蒂娅！她的内心感到窒息，感到憎恨自己。嘉莉接见她是早有预谋，也许史铁亭也中了她的计，才会在最后关头批准侯密尔进入骡殿。她，大智若愚的嘉莉，早已计划好这一切，可是又另有安排，让聪明的小艾嘉蒂娅提出一个无懈可击的理由。这个理由不会引起任何当事人的怀疑，却能将她自己的介入程度减到最小。

可是为什么自己重获自由呢？侯密尔当然已经成了阶下囚……

除非……

除非，她一回到基地就会成为诱饵——引诱其他人自投罗网……

所以她不能回基地去……

“小姐，太空航站。”计程飞车早已停妥。奇怪！她竟然根本没有注意到。

简直像一场迷离的梦境。

“谢谢你。”她看也没看，就把那张钞票塞给司机，然后跌跌撞撞走出车门，奔越过富有弹性的车道。

眼前是一片灯海，以及来来往往的男女老幼。头上是巨大而闪烁的布告板，上面的指针随着太空船的起降而移动。

她要到哪里去？她根本不在乎。她只知道自己不能回到基地！除此之外，任何地方都可以。

喔，多亏谢顿保佑，才出现那意外的一刻——最后的几分之一秒，嘉莉厌倦了继续表演下去，因为对方只是个小孩子，她忍不住提早露出喜色。

此时艾嘉蒂娅突然冒出一个念头——自从开始逃亡，这个念头就一直在她的意识底层窜动——这个念头，使她从此告别天真无邪的童年。

她知道自己绝不能被抓到。

这是最要紧的一件事。虽然他们找出了基地上每一名同谋；虽然他们盯上了她的父亲，她却不能——也不敢——冒险发出任何警告。即使为了整个端点星，她也不能拿自己的生命冒险，一点点都不可以。她现在是银河中最重要的人物，不，她现在是银河中唯一重要的人物。

当她站在售票机前，不知何去何从的时候，她已经明白了这一点。

因为放眼整个银河，除了“他们”那些人，只有她一个人知道第二基地的位置。

川陀：到了大断层中期，川陀褪去一切光芒。在巨大的废墟中，只有农民组成的小型社区……

——《银河百科全书》

15

天罗地网

太空航站位于这个首都的郊外，在人口众多的行星上，这种航站总是呈现银河中独一无二的繁忙与壮观。放眼望去，许多巨型太空船安稳地停在起落架上。如果时间算得准，就能看到太空船降落的壮观镜头，而升空的场面更是令人叹为观止。所有的过程一律静寂无声，因为太空船的动力皆源自静悄悄的核子重组反应。

就航站面积而言，上述的起降停泊区占95%。在这许多平方英里的范围内，只有各式各样的太空船与工作人员，以及太空船与工作人员都不可或缺的计算机。

只有在余下的5%范围内，才能看到熙来攘往的人潮。每个人来到这个交通转运站，目的不外乎是前往另一个星体。可以确定的是，在这些来来往往的人群中，鲜有人会驻足沉思构成整个太空交通网的科技。也许有些人偶尔会想到，远方那些正缓缓落下的金属，看来虽然十分微小，其实都有好几千吨。那些巨大的金属圆柱体，个个都可能与导航电波意外失去联系，而坠毁在预定着陆地点半英里之外——有可能刚好会穿透“候船大厦”的广阔玻璃屋顶，造成上千人丧命的悲剧——而他们的“残骸”，大概只是一些稀薄的有机气体，以及碎成粉末的硫化物。

然而，由于安全设施极为完善，这种意外绝不可能发生。只有重度神经过敏的人，才会有这种杞人忧天的想法。

那么，大家究竟在想些什么呢？别忘了，这一大群人有一个共同的目的。这个目的充塞于太空航站，形成一种特殊的氛围。众人排成一列列的队伍，父母牵着子女，行李堆成一座座整齐的小山——都是想尽快抵达目的地。

在这些一心只有目的地的旅人当中，出现了一个完全孤独的心灵，不知道何去何从，却比任何人更急于离开此地，更需要立刻到别处去。任何地方都好！几乎任何地方都好！

此地有一种浓厚的紧张气氛，有一种无形的压力。虽然她没有精神感应力，也不懂得如何接触他人的心灵，这种氛围也足以令她绝望。

只是“足以绝望”吗？根本是能够将她整个人都淹没。

如今，艾嘉蒂娅·达瑞尔穿着别人的衣服，站在别人的行星上，处于原本应该是别人的处境，甚至连小命似乎也在别人手上。她渴望找到一个安全的窝，却连自己的渴望都不甚了解。她只知道，最危险的事便是赤裸裸暴露在这个世界上。她想找一个隐密的地方——越远越好——最好是人迹未至的宇宙边缘，最好是任何人都找不到的角落。

刚满十四岁的她，此时却像八十多岁的老太婆一般疲惫，又像不到五岁的幼儿那般恐惧。

数百名旅客与她擦身而过——真正擦身而过，她感觉得到碰触了每一个人——在这些陌生人当中，哪个是第二基地分子？如今只有她才知道第二基地的下落，哪个陌生人会因为这个原因，而不得不立刻置她于死地呢？

她刚要忍不住尖叫时，突然响起一个雷鸣般的声音，令她那声尖叫冻结在喉咙里，化成一阵无声的痛楚。

“喂喂，小姐，”后面那人凶巴巴地说，“你到底是要买票，还是只想站在售票机前面？”

直到这一刻，她才发现自己站在一台售票机前。这种机器很容易操作，只要将一张高面额的纸钞塞进送币槽，等到钞票被吸进去，就按下标示着目的地的按键，售票机便会吐出一张船票，并且自动找回多余的钱。售票机以电子扫描装置辨识钞票面额，因此绝对不会出错。像这么普通的一件事，谁也不需要花上五分钟来研究。

艾嘉蒂娅将一张200信用点的钞票塞进送币槽，刚好瞥见那个标示着“川陀”的按键。川陀，那个逝去帝国的昔日首都——自己的出生地。她不知不觉按下那个键，却不见有任何动静，只看到一排红字不停地闪着：172.18……172.18……172.18……

那是她需要补足的钱数。于是她又塞了200点，机器马上吐出一张船票。她将票抓在手上，零钱随即滚了出来。

她捞起零钱，准备拔腿就跑。她感到后面那人迫不及待地向前挤来，于是赶紧一转身，从那人身前硬穿过去，头也不回地跑开。

可是她根本走投无路。他们似乎都是她的敌人。

她一片茫然，呆呆地望着闪烁在空气中的巨大标志：“史蒂凡尼”“安纳克里昂”“费玛斯”，甚至还有“端点星”的字样飘浮在空中。她多么渴望回去，可是又不敢……

其实只要花一点钱，便能租到一个通报器。她只需要预先输入目的地，再将这种装置放进皮包，它就会在太空船起飞前一刻钟，发出只有主人听得到的通报。然而，由于艾嘉蒂娅感到危机四伏，根本无暇想到这种装置。

她同时张望左右两侧，一个不小心，却和面前一个柔软的肚皮撞个正着。她立时听到一声惊叫与一声呻吟，臂膀就被对方抓住了。她拼命挣脱，却使不出气力，只能在喉咙中发出小猫似的叫声。

那人紧紧抓着她，但没有进一步的动作。过了好一会儿，她才看清楚眼前的景象以及对方的模样。那是个又矮又胖的中年男子，脸庞又红又圆，谁都看得出他是一名农夫。他有一头浓密的白发，整整齐齐往后梳成一个高贵的发型，和他的“农夫脸”极不相称。

“怎么回事？”他终于开口，语气中显然带着些微好奇，“你看来很害怕。”

“对不起。”艾嘉蒂娅六神无主，含糊地说，“我得走了，真抱歉。”

但他完全没有理会她的回答，又说：“小丫头，当心点。别把船票弄丢了。”他从她苍白无力的手指取下那张船票，看了一眼，竟然露出明显的满意神色。

“我果然没料错，”然后，他突然用公牛般的嗓门吼道，“阿妈！”

一位妇人随即出现在他身旁，看起来比他更矮、更圆，而且脸色更红润。她正在用一根手指缠着一绺灰发，想将它塞回那顶早已过时的帽子里。

“阿爸，”她用责备的口气说，“你为何在公共场所大吼大叫？人家都当你疯啦。你以为这里是农场吗？”

她对木然的艾嘉蒂娅露出一个灿烂的笑容。“他粗鲁得像只狗熊。”然后，她改用严厉的口吻说：“阿爸，这女孩让她走。你到底是干嘛？”

阿爸却只是向她挥了挥手中那张票。“你看，”他说，“她要去川陀。”

阿妈突然露出微笑。“你是川陀来的？阿爸，放开她的手臂，听到没。”她把塞得鼓鼓的旅行箱放倒，再轻轻按着艾嘉蒂娅的肩膀，坚持要她坐在旅行箱上。“坐下来，”她说，“好好歇歇两只小脚丫。太空船一小时后才会起飞，长椅却给那些懒鬼占去睡觉了。你是川陀来的？”

艾嘉蒂娅深深吸了一口气，终于不再挣扎。她用沙哑的声音答道：“我是那里出生的。”

阿妈高兴得不停拍手。“我们到这里一个月，一直没有碰到老乡。这真是太好啦。你的父母……”她胡乱张望一阵。

“我不是和父母一起来的。”艾嘉蒂娅小心谨慎地说。

“你一个人啊？像你这样的小丫头？”阿妈立时露出既愤怒又心疼的表情，“怎么会这样呢？”

“阿妈，”阿爸扯着她的袖子，“我来告诉你。事情有点不对劲，我觉得她在害怕。”虽然他故意压低声音，艾嘉蒂娅仍旧听得一清二楚。“她一路跑过来——我一直望着她——她的眼睛根本没在看路。我还没来得及让开，她就一头撞在我身上。你知道吗？我认为她惹上了麻烦。”

“阿爸，闭上你的嘴巴。你挡在路中间，谁都会撞上。”她一屁股坐到艾嘉蒂娅旁边，把旅行箱压得叽嘎作响。她用手臂搂着女孩发颤的肩膀，问道：“小可爱，你在逃避什么人吗？尽管对我说，我会帮助你。”

艾嘉蒂娅盯着那双慈祥亲切的灰眼珠，感到嘴唇不停打战。她心中浮现一个声音：他们是从川陀来的，自己可以跟他们走，他们能帮助她留在那颗行星上，直到她决定下一步的行动，以及下一个目的地。可是又有另一个更响亮的声音，提醒她许多杂乱无章的事实：她不记得母亲的模样；她正在筋疲力尽地对抗整个宇宙；她只想将身子蜷缩成一团，躲在一双强壮而温柔的臂膀中；假使母亲还活着，她就可以……可以……

她终于哭出来，那是当天晚上她首度落泪。她哭得像个婴儿，哭得舒畅无比。她使劲揪着阿妈那件老式的衣服，还弄湿了一大片。一双肥嫩的手臂始终紧紧搂着她，一只手还轻抚着她的鬈发。

阿爸站在那里，手足无措地望着她们两人，唯一能做的是赶紧掏手帕。他在身上摸索半天，一掏出来就被阿妈抢走了。阿妈狠狠瞪了他一眼，示意他别再多说话。许多旅客从他们身边绕过去，大家都只顾着赶路，完全没有注意到这三个人，根本当他们并不存在。

最后，艾嘉蒂娅终于停止了哭泣。她用那条手帕轻拭着红肿的眼睛，并露出一个孱弱的笑容。“天哪，”她轻声说，“我……”

“嘘——嘘。别说话，”阿妈大惊小怪地说，“坐着好好休息一下，把呼吸调匀，然后再告诉我们出了什么差错。你等着看，我们会帮你解决的，一切都会没事的。”

艾嘉蒂娅勉强搅动着剩余的脑汁。她不能对他们说实话，对任何人都不能说——可是她又太疲倦，编不出一个巧妙的谎言。

她只好细声说：“我现在感觉好多了。”

“很好。”阿妈说，“现在告诉我，你怎么会惹上麻烦。你做错什么事吗？当然，不管你做了什么，我们都会帮助你，可是你要对我们实话实说。”

“你是川陀来的同胞，任何事都别见外，”阿爸豪气地补充道，“阿妈，对不对？”

“阿爸，闭上你的嘴。”虽然口气那么硬，她却并没有动气。

艾嘉蒂娅将手伸进皮包。虽然刚才在嘉莉贵妇的闺房，她被迫在慌乱中换掉衣服，至少她自己的皮包还留在身边。她摸到了想要找的东西，递给了阿妈。

“这是我的证件。”她怯生生地说。那是一张闪亮的合成羊皮纸，是在她抵达此地当天，由基地大使所签发的，上面还有卡尔根官员的副署。这份证件的式样宽大而华丽，看来十分抢眼。阿妈看不出所以然来，只好递给阿爸；阿爸仔细地看了又看，不由自主地撅起嘴来。

他问:“你是从基地来的？”

“是的。不过我在川陀出生。你看上面写着……”

“啊——哈，我看没什么问题。你名叫艾嘉蒂娅，对吗？那是个很好听的川陀名字。可是你叔叔呢？上面说你是和叔叔一块来的，他叫侯密尔・孟恩。”

“他被捕了。”艾嘉蒂娅怏怏地说。

“被捕了！”两人异口同声叫道。然后阿妈又问:“为什么？他干了什么事吗？”

艾嘉蒂娅摇了摇头。“我不知道，我们只是来观光的。侯密尔叔叔有事求见史铁亭统领，可是……”她不需要假装发抖，因为她真的不由自主。

阿爸显得肃然起敬。“求见史铁亭统领，嗯——嗯，你叔叔一定是大人物。”

“我不知道究竟是怎么回事，可是史铁亭统领指名要我留下来……”她想起了嘉莉贵妇最后说的那番话，虽然那是自导自演的一出戏，不过既然知道她是这方面的专家，那个故事当然可以借用一下。

她住了口，阿妈好奇地问：“为什么要你留下来？”

“我不明白。他……他要和我单独晚餐，但我说不要，因为我要侯密尔叔叔陪我。他用古怪的目光望着我，还抓着我的肩膀不放。”

阿爸微微张开嘴巴，阿妈却突然面红耳赤，火冒三丈。“艾嘉蒂娅，你多大啦？”

“十四岁半，还差一点点。”

阿妈猛吸了一口气，然后说：“那种人竟然能活到现在。街头的野狗都比他强。亲爱的孩子，你就是在逃避他吗？”

艾嘉蒂娅点了点头。

阿妈说：“阿爸，马上到询问台，问问去川陀的太空船何时到站。赶快！”

不过阿爸迈出一步就停了下来。头上传来一阵震耳欲聋的声音，至少有五千双眼睛惊慌地抬头张望。

“各位旅客，”那是个尖锐有力的声音，“我们已经包围太空航站，正在搜索一名危险的逃犯。任何人都不准进出。然而，搜索会以最迅速的方式进行，在此期间，不会有任何太空船起降，所以谁都不会耽误行程。我再重复一遍，谁都不会耽误行程。光栅即将放下，在光栅解除之前，谁也不许离开自己的格子，否则我们将被迫使用神经鞭。”

那个声音持续了将近一分钟，偌大的“候船大厦”没有任何其他动静。此时，即使整个银河都塌下来，艾嘉蒂娅也不敢挪动一丝一毫。

他们要抓的人一定是她。甚至不必思考就能得到这个结论。可是为什么……

嘉莉策动她逃了出来，而嘉莉是第二基地的特务。那么，现在为何又要搜捕她呢？嘉莉失败了吗？嘉莉可能失败吗？抑或这也是计划的一部分，只是她参不透这个复杂的安排？

她感到一阵头昏眼花，差点就要跳出去，大声喊道她认输了，她愿意跟他们走，她……她……

还好阿妈及时抓住她的手腕。“快！快！趁他们还没开始，我们赶快到女厕去。”

艾嘉蒂娅一片茫然，只是盲目地跟着她走。她们挤过一群群呆若木鸡的人群，此时那个广播才接近尾声。

接着，光栅便开始降下来。阿爸张大了嘴，目不转睛地看着整个过程。他曾经听说过，也读到过这种阵仗，可是从未亲身体验。所谓的“光栅”，是由辐射光束织成的一个纵横交错的光网，将空间分隔成许多整齐的方格，但不会对人体造成任何伤害。

每次施用这种光栅，总是让它缓缓由天而降，仿佛一张扑天盖地的巨网，令人产生一种陷入天罗地网的恐怖错觉。

光栅在齐腰的高度停住，相邻两条光束都刚好相隔十英尺。阿爸的一百平方英尺中没有别人，周围的几个方格则相当拥挤。他感到独处一格太过显眼，却也明白若想加入那些人群，一定会碰触某一条光束，因而触动警铃并招来神经鞭。

他不敢擅动。

他的视线掠过满怀恐惧、默默等待的人群，望见远方的一阵骚动，那代表有一队警察正在一个接一个方格查过来。

等了好久，才有一名警员走进他的方格，仔细地将格子坐标写在登记簿上。

“证件！”

阿爸把证件递给他，警员以熟练的手法迅速翻阅。

“你叫普芮姆·帕佛，川陀人，在卡尔根待了一个月，现在要回川陀去。用对不对回答我。”

“对，对。”

“你来卡尔根做什么？”

“我是我们那个农产合作社的贸易代表。我来和卡尔根农业部洽谈一些生意。”

“嗯——嗯。你的妻子跟你一起来？她在哪里？你的证件上注明你们同行。”

“对不起，内人在——”他伸手指了指。

“汉特。”那名警员吼道，于是他身边出现了另一名警员。

原来那名警员用讽刺的口吻说：“银河啊，又有一个女人躲进厕所去了。那地方一定被她们挤爆了。记下她的名字。”他指了指证件的配偶栏。

“还有什么人跟你在一起？”

“我的侄女。”

“证件上没有提到她。”

“她当初是自己来的。”

“她又到哪里去了？没关系，我知道。汉特，把侄女的名字也记下来。她叫什么名字？艾嘉蒂娅·帕佛，好，写下来。帕佛，你乖乖待在这里。我们一定会去找那两个女人。”

阿爸等了很久很久。然后，又过了好长一段时间，阿妈才终于向他走来。她仍然紧紧抓住艾嘉蒂娅的手，那两名警员则尾随在她身后。

一行人走进阿爸的方格内，警员之一问道：“这个聒噪的老太婆就是你太太吗？”

“是的，长官。”阿爸赔着笑脸答道。

“那么你最好告诉她，假如她继续对第一公民的警察那样说话，就会吃不了兜着走。”他气呼呼地挺起胸膛，“这是你的侄女吗？”

“是的，长官。”

“我要看她的证件。”

阿妈直勾勾地瞪着丈夫，轻轻地、坚决地摇了摇头。

顿了一下之后，阿爸带着勉强的笑容说：“这点恐怕恕难从命。”

“恕难从命是什么意思？”警员猛然伸出手来，“给我看。”

“我们有外交豁免权。”阿爸用温和的语气答道。

“那是什么意思？”

“我说过，我是农产合作社的贸易代表。卡尔根政府认定我具有外交人员的身份，我的证件上写得很明白。我已经给你们看过我的证件，现在我不想再受到任何骚扰。”

一时之间，那名警员着实吃了一惊。“我必须看她的证件。我是奉命行事。”

“你走开。”阿妈突然插嘴道，“我们要找你的时候，自然会叫你来。你……你这个无赖。”

警员抿了抿嘴。“汉特，好好看牢他们。我去找副队长。”

“你马上摔断腿！”阿妈在他身后大叫。有人忍不住哈哈大笑，却又赶紧闭上嘴。

搜索行动即将告一段落。人群中开始出现不安的骚动。从光栅开始降下算起，已经过了四十五分钟，实在不能算是有效率的行动。因此，迪瑞吉副队长急急忙忙向这个方向走来。

“就是这个女孩吗？”他不耐烦地问。他盯着艾嘉蒂娅，发现她显然符合命令中的描述。如此大费周章，只为了这么一个孩子。

他说：“她的证件，请你交给我好吗？”

阿爸答道:“我已经解释……”

“我知道你作的解释，不过很抱歉，”副队长说，“我却是奉命行事，毫无转圜余地。如果你想在事后提出抗议，随你的便。不过现在，若有必要，我必须使用武力。”

接下来是一阵沉默，副队长耐着性子等待着。

然后阿爸以沙哑的声音说:“艾嘉蒂娅，把你的证件给我。”

艾嘉蒂娅吓得拼命摇头，可是阿爸却对她点了点头。“别害怕，把证件给我。”

她无可奈何，只好让证件易手。阿爸把证件翻开，仔仔细细看了一遍，然后将它交出去。副队长也仔仔细细看了一遍，然后抬起头来，对艾嘉蒂娅凝视良久，才终于“啪”的一声把证件合上。

“证件完全齐备。”他说，“各位，没事了。”

他带队离去，而在两分钟之后，太空航站中的光栅就解除了，并有广播宣布一切恢复正常。旅客们一旦重获自由，嘈杂声随即转趋沸腾。

艾嘉蒂娅问道:“怎么……怎么……”

阿爸说:“嘘——嘘，什么都别说。我们最好赶紧上船，太空船应该即将到站。”

在太空船上，他们拥有一间私人舱房，在餐厅里还有专用的餐桌。此时距离卡尔根已有两光年之遥，艾嘉蒂娅终于有勇气旧话重提。

她说:“帕佛先生，可是他们就是要抓我啊，而且他们一定掌握着我的样貌和详细资料。为什么他会放我走呢?”

阿爸正在享受一客红烧牛肉，他露出灿烂的笑容。“这个嘛，艾嘉蒂娅，孩子，这实在很简单。一个人成天面对代理商、买主，以及相互竞争的合作社，自然能够学到不少门道。本人已经累积了二十多年的经验。孩子，你可知道，当副队长打开你的证件时，他发现里面有一张五百信用点的钞票，折叠成小小的一块。简单吧？”

“我会还给你的……我是说真的，我有很多钱。”

“算啦，”阿爸摇摇头，宽大的脸庞露出一个腼腆的微笑，“为了自己的同胞……”

艾嘉蒂娅不再坚持。“可是万一他收下钱，却还是把我抓起来，并且控告我行贿呢？”

“放弃那五百信用点吗？小丫头，我比你更了解这些人。”

艾嘉蒂娅却知道他是太过自信。至少对于“那些人”，他并没有那么了解。当天晚上，她躺在床上仔细思量，得到一个结论：那位奉命追捕自己的副队长，绝不可能接受任何贿赂，除非这是早已计划好的。他们其实并不想抓她，然而，却又故意表现得尽了全力。

为什么呢？以便确定她会离开？以便让她到川陀去？她结识的这两个头脑简单、心地善良的夫妇，难道也和她一样无助，只是第二基地的工具吗？

一定是！

真的是吗？

一切的努力都是白费。她怎么能和他们对抗呢？不论她有任何举动，都可能是那些无所不能的可怕敌人故意要她那样做的。

但是她一定要以智取胜。一定要。一定要！一定要！！

16

战端

由于某个或数个已经无人知晓的原因，银河标准时间的基本单位“秒”定义为光线行进299792.458公里所需的时间。以此为基准，86400秒定为一个银河标准日，365个标准日定为一个银河标准年。

为什么选取299792.458？86400？365？

“因为传统。”倒因为果的历史学家这么说，“因为数字间某些繁复而神秘的关联。”这是神秘主义者、玄学宗师、数术士、形而上学家的共同结论。“因为诞生人类的那颗行星，它的自转与公转周期是最早的计时单位，两者正是上述数值的起源。”这是极少数人抱持的想法。

没有人知道真正的答案。

且说基地的巡弋舰侯伯·马洛号与卡尔根无畏号所率领的分遣舰队遭遇，由于拒绝后者的搜索队登舰，遂被轰成一团齑粉。这个历史事件的日期，是银河纪元12444年185日——自出身于“坎伯王朝”的银河帝国开国皇帝登基那年算起，12444年之后的第185天。这一天也是谢顿纪元457年185日——根据谢顿的生年作为基准；或是基地纪元376年185日——以基地的创建作为基准。而在卡尔根，这天则是第一公民纪元66年185日——以骡自封为第一公民那一年作为基准。当然，不论是哪一种纪元，为了方便起见，一律采用相同的“日数”，而并非从基准事件发生的日期算起。

除此之外，银河系有数千万个世界，每一个都根据邻近天体的运行，订定出各自的“当地时间”。

然而，无论采用哪一种纪元——银河纪元12444年185日、谢顿纪元457年185日、基地纪元376年185日、第一公民纪元66年185日等等——后世史学家们讨论“史铁亭战争”的时候，一致公认这一天是战争爆发的日子。

但是对达瑞尔博士而言，上述这些数字没有任何意义。他只清楚记得，今天是艾嘉蒂娅离开端点星的第32天。

这些日子，达瑞尔竟然并未就此采取任何行动，原因并非人人都能了解。

爱维特·瑟米克却认为他猜得到。他上了年纪，常常喜欢说自己的神经鞘已经钙化，因此脑筋僵化不管用了。他毫不介意别人低估他的能力，甚至总是主动嘲笑自己老态龙钟。可是他的视力如常，几乎不见衰退；他的心思依旧精明而世故，丝毫没有迟钝的迹象。

他撇了撇紧抿着的嘴唇，开口说：“你为什么不采取行动？”

这句话灌入达瑞尔耳中，犹如一记晴天霹雳。他怔了一怔，粗声问道：“我们说到哪里了？”

瑟米克用严肃的目光瞪着他。“你最好帮你女儿想想办法。”他张开嘴巴，露出两排稀疏的黄板牙。

达瑞尔却用冷静的口气说："现在的问题是，你能不能弄到一个符合所需规格的'塞美斯—莫尔夫共振器'？"

"唉，我说过我办得到，你根本没听见……"

"爱维特，我很抱歉。如今情况是这样的：我们现在所做的事，对银河中每一个人而言，重要性远超过艾嘉蒂娅的安危。即使有例外，也只有艾嘉蒂娅和我两人，而我愿意为绝大多数人着想。那种共振器有多大？"

瑟米克露出茫然的表情。"我不知道。你可以在目录里查到。"

"大概有多大，一吨？一磅？还是整条街那么长？"

"喔，我以为你是指精确尺度。它是个小玩意儿。"他比了比拇指最上面那一节，"差不多这么大。"。

"很好，你能不能做出像这样的装置？"他摊开膝盖上的活页簿，迅速画出一幅草图，然后交给老物理学家。瑟米克露出不解的表情，然后咯咯笑出声来。

"你可知道，像我这种年纪的人，脑细胞已经钙化了。你到底想要做什么？"

达瑞尔迟疑了一下。此时此刻，他恨不得能把锁在对方脑中的物理知识据为己有，这样他就不必开口说明自己的想法。可是这种幻想无济于事，于是他向对方解释了一番。

瑟米克听完后，摇着头说："你需要超波中继器，而且需要很多很多。只有这种装置才够快。"

"但是这种装置做得出来吗？"

"嗯，当然。"

"你能不能弄到所有的零件？我的意思是，不至于引人议论？就说是你的研究工作需要的。"

瑟米克扬起上唇。“不可能申请五十个超波中继器。我一辈子也用不到那么多。”

“我们是在进行一项防御计划。你不能想个比较不敏感的借口吗？我们有充足的经费。”

“嗯——嗯。我可以想想看。”

“你能把整个装置弄得多小？”

“超波中继器可以用微型的……导线……晶片……太空啊，总共有好几百个电路。”

“我知道。到底有多大？”

瑟米克用两只手比了比。

“太大了。”达瑞尔说，“我需要把它挂在腰际。”

他将草图慢慢揉成一团，等到整张纸变成一个坚硬的小球，才把它丢进烟灰处理器中。纸球的分子瞬间被分解殆尽，化成一团白炽的光焰。

他问道：“谁在门口？”

瑟米克俯身面向书桌，看了看叫门讯号上方的乳白色小屏幕，然后说：“是那个叫安索的年轻人，还有一个人和他在一起。”

达瑞尔把自己的椅子往后推。“瑟米克，暂时不要对任何人提这件事。万一被‘他们’发现，知道内情的人都有生命危险，赌我们两条命已经够了。”

在瑟米克的研究室中，裴礼斯·安索现在是所有活动的焦点，他的青春活力甚至还传染给研究室的主人。安索穿着一件宽松的夏袍，在这间静谧悠然的房间中，他的袖子似乎仍然随着外面的微风起舞。

他忙着介绍：“达瑞尔博士，瑟米克博士——欧如姆·迪瑞吉。”

那人个子很高，直挺的长鼻子使得他瘦削的面容带着几分忧郁。达瑞尔博士向他伸出手来。

安索带着淡淡的笑容，继续介绍道：“迪瑞吉是一名警官，”接着，又意味深长地说，“卡尔根的警官。”

达瑞尔立刻转身瞪着安索。“卡尔根的警官。”他一字一顿地重复了一遍，“你却把他带来这里。为什么？”

“因为他是最后一个在卡尔根见到令爱的人。老兄，别冲动。”

安索得意的神情顿时转趋严肃，他挡在两人中间，用尽全身的力气拦住达瑞尔。然后，他再慢慢地、坚决地将后者按回椅子里。

“你想要干什么？”安索将一绺垂到前额的棕发向后一掠，然后一屁股坐上了书桌，若有所思地晃动着一条腿。“我以为我带给你的是个好消息。”

达瑞尔直接冲着那名警官问道：“他说你是最后一个见到小女的人，这话是什么意思？小女死了吗？请你直截了当告诉我。”他心急如焚，脸色一片死灰。

迪瑞吉警官面无表情地说：“请注意，我是最后一个‘在卡尔根’见到令爱的人。她已经不在卡尔根，其余的我就不知道了。”

“听我说，”安索插嘴道，“让我直说好了。博士，如果我刚才的表演夸张了点，我向你道歉。你对这件事一直表现得不近人情，令我忘了你还有七情六欲。首先我要强调，迪瑞吉警官其实是我们自己人。他虽然生在卡尔根，但他的父亲是基地人，当年被骡征到卡尔根去服役。我愿意担保他对基地的忠诚。

“当孟恩的每日例行报告无故终止后，第二天我就和迪瑞吉联络上……”

“为什么？”达瑞尔突然厉声打断对方，“我以为，我们早已决定对这个变化不采取任何行动。你这样做，会让他们和我们都有生命危险。”

“因为，”对方同样厉声答道，“我玩这场游戏比你玩得更久。因为我在卡尔根有几个自己人，而你却没有。因为我以更深入的情报指导我的行动，你能了解吗？”

“我认为你已经彻底疯了。”

“你愿不愿意听我说？”

顿了一顿之后，达瑞尔垂下眼睑。

安索的嘴唇扭出一个似笑非笑的表情。“很好，博士，给我几分钟的时间。迪瑞吉，告诉他。”

迪瑞吉一口气说道：“达瑞尔博士，据我所知，令爱如今在川陀。至少，当她出现在东郊太空航站的时候，手中握着去川陀的船票。当时她和川陀来的一名贸易代表在一起，那人自称是她的叔叔。博士，令爱似乎特别喜欢收集亲戚。几周以来，她已经多了两位叔叔，对不对？那个川陀人甚至试图贿赂我——也许直到现在，他还以为那就是我放走他们的原因。”想到这件事，他露出了一个冷笑。

“她怎么样？”

“我看不出来她受到任何伤害。她只是吓坏了，这是难免的。所有的警察都在找她，至今我还不明白为什么。”

达瑞尔似乎窒息了好几分钟，直到现在才喘了一口气。他感到双手不停颤抖，费了好大力气才控制住。“这么说，她真的没事。那个贸易代表，他又是什么人？再回到他身上，他在其中扮演什么角色？”

“我实在不知道。你对川陀略有了解吗？”

“我在那里住过。”

“它现在是个农业世界。主要出口牲畜饲料和谷物，都是上等货！外销整个银河系。在那颗行星上，有十几二十来个农产合作社，每个合作社都有自己的贸易代表。都是既机灵又精明的家伙——我查过那人的记录，他以前就来过卡尔根，通常都跟他太太一起来。百分之百诚实，百分之百好好先生。”

“嗯……”安索说，“艾嘉蒂娅是在川陀出生的，博士，对吗？”

达瑞尔点了点头。

“你瞧，那一切就合拍了。她想要逃离卡尔根——尽快逃得远远的——而川陀是很好的选择。你难道不这么想吗？”

达瑞尔说：“为什么不回这里来？”

“也许她被人追捕，觉得一定要把敌人引开，你说是吗？”

达瑞尔博士没有心情继续问下去。好吧，就让她安稳地待在川陀，只要她能安然无恙，待在这个黑暗而恐怖的银河中任何角落都没关系。他向门口蹒跚走去，却感到安索轻轻抓住自己的衣袖，于是他停下脚步，但没有转过头来。

“博士，我跟你一块回家好吗？”

“当然好。”他随口答道。

傍晚时分，达瑞尔博士性格的最表层——与他人直接接触的那一层——再度冻结起来。他不肯吃晚餐，却怀着满腔狂热的情绪，重新拾起脑电图分析的复杂数学，希望能再有一丝一毫的进展。

直到接近午夜时分，他才又来到起居室。

裴礼斯·安索仍然待在那里，正拨弄着超视的遥控器。听到身后传来脚步声，他立刻转头看了一眼。

“嗨，你还没睡啊？我花了好几个小时守在超视前面，想看看除了新闻报道之外的节目。基地星舰侯伯·马洛号好像延误了行程，而且已经失去联络。”

“真的吗？当局怀疑什么？”

“你自己又怎么想呢？卡尔根搞的鬼吗？根据报道，在侯伯·马洛号最后的发讯地点附近，有人目击了卡尔根船舰的踪迹。”

达瑞尔耸耸肩，安索则搓着额头，露出狐疑的表情。

“博士，我问你，”安索说，“你为什么不去川陀？”

“我为什么要去？”

“因为你留在这里，对我们毫无帮助。你现在六神无主，这是一定的。你到川陀去，至少可以完成一项工作。在那个昔日的帝国图书馆中，藏有谢顿大会的完整会议记录……”

“没有！那个图书馆曾经被翻遍了，找不到什么有用的东西。”

“艾布林·米斯曾有所发现。”

“你又怎么知道？没错，他声称自己找到了第二基地，而五秒钟后，我母亲就杀了他。因为唯有这样做，才能防止他无意中将这个秘密泄露给骡。但是这样一来，你也知道，她却再也无法确定米斯是否真的知道答案。毕竟，没有人曾经从那些记录中导出真相。”

“你应该记得，艾布林·米斯是在骡的心灵驱策之下进行工作的。”

“这点我也知道，但正是因为这样，米斯当时的精神状态并不正常。心灵一旦受到外力控制，究竟会发生什么变化，会产生什么能力，又会有什么缺陷，你我对这些问题有任何概念吗？反正无论如何，我都不会到川陀去。”

安索皱起眉头。“好吧，何必那么激动呢？我只不过是建议……唉，太空啊，我实在不了解你。你看来好像老了十岁。这些日子以来，你显然很不好过。你在这里无法作出任何贡献。假如我是你，我会立刻动身，把女儿接回来。”

“完全正确！这正是我想要做的，而这也正是我不要做的原因。安索，听好，用心体会一下。你正在——我们正在对付一个实力远远高出我们的敌人。无论你心中有多少疯狂的幻想，只要你冷静下来，就会承认这件事实。

“我们五十年前就知道，第二基地才是谢顿数学的真正传人。这句话的意思，你心中也很明白，就是说银河系所发生的每一件事，尽皆在他们算计之中。对我们而言，生命是一连串的偶然，需要随机应变。对他们而言，每一件事都有既定目标，都要按照计划逐步执行。

“不过他们自有弱点。他们的研究成果是统计性的，对人类的群体行动才真正具有意义。在可预见的历史中，我个人究竟扮演什么样的角色，我实在不知道。或许我并没有固定的角色，因为谢顿计划允许个人拥有自由意志和不确定性。可是，我的地位还是很重要，而他们——他们，你知道我在说谁——也许至少计算过我的可能反应。因此，我不信任自己任何的冲动、渴望，以及所有可能的反应。

“我故意要呈现最不可能的反应。我决定留在这里，即使事实上我实在太想去川陀。我不去！正是因为我实在太想去了。”

年轻人露出苦笑。“他们可能比你更了解你自己的心意。假如说，他们对你了若指掌，或许就会故意要你表现出‘自以为’极不可能的反应，因为他们预先知道了你的思维方式。”

“果真如此，我就走投无路了。因为如果我遵循你刚才的推论，决定去川陀，他们也可能预见了这一步。这就构成一个永无止境的正反、正反、正反、正反命题。不论我多么深入这个循环，也只能有去、留两种选择。他们用那么复杂的计谋，大老远把我女儿拐骗到银河的中心，不可能是要让我留在原处。因为假如他们毫无行动，我更能确定哪里都不会去。他们一定是要我去川陀，所以我偏要留下来。

“此外，安索，第二基地并不一定能左右一切；并非任何事件都一定是他们的傀儡戏。艾嘉蒂娅前去川陀，可能和他们并没有关系，或许当我们都死光了之后，她还安稳地住在川陀。”

“不对，”安索突然叫道，“你开始扯远了。”

“你另有解释吗？”

“我有——只要你愿意听。”

“喔，说吧。我有这个耐心。”

“好的，我问你——你对自己的女儿有多么了解？”

“一个人对另一个人能够了解多少？我对她的了解当然有限。”

“照你这样说，我同样不了解她，也许还及不上你——但至少，我是以毫无成见的角度审视她。第一点：她是个无药可救的浪漫派，是你这个象牙塔学究的独生女。她在超视和胶卷书的冒险世界中成长，一直生活在自己塑造的谍报阴谋幻想中。第二点：她非常聪明，至少有本事胜过我们。她暗中计划要偷听我们第一次的密商，结果成功了。她暗中计划要跟孟恩一块去卡尔根，结果也成功了。第三点：她心中对她的祖母——也就是令堂——怀有过度的英雄崇拜，因为她曾经击败骡。

“目前为止，我说得都对，是吧？很好，话说回来，我和你不同的是，我接到了迪瑞吉警官的完整报告。此外，对于卡尔根，我的情报来源相当完善，而所有的情报都能互相印证。例如我们知道，当侯密尔·孟恩第一次求见卡尔根统领时，统领根本拒绝他进入骡殿，可是在艾嘉蒂娅和嘉莉贵妇——第一公民的密友——一席话之后，第一公民就突然回心转意。”

达瑞尔插嘴道：“你又是怎么知道这些的？”

“原因之一，迪瑞吉曾经询问过孟恩，这是警方寻找艾嘉蒂娅的例行公事。我这里自然有一份完整的问答笔录。

“再来谈谈嘉莉贵妇这个人。有谣言传说她早已失宠，可是谣言敌不过事实。她不但没有被打入冷宫，还有办法说服统领接受孟恩的请求，甚至能公开策动艾嘉蒂娅的逃亡。哈，史铁亭官邸周围的卫兵，十几个人都作证说当晚看到她俩在一起。虽然表面上，整个卡尔根都在努力搜寻艾嘉蒂娅的下落，嘉莉却没有受到任何惩罚。”

“你滔滔不绝讲了这么多不相干的事，结论究竟是什么？”

“艾嘉蒂娅的逃亡是早就安排好的。”

“我早就说过了。”

“不过我有一点补充。艾嘉蒂娅一定也知道这是预先安排好的。这个机灵的小女孩能看穿任何阴谋，这次也不例外，而且她的推理方式和你一样。她料到他们想要她回到基地，所以她故意去了川陀。可是，她为什么选择川陀呢？”

“是啊，为什么？”

“因为贝泰——她的祖母兼偶像——当年逃避战乱，最后就是逃到那里。有意无意间，艾嘉蒂娅模仿了这件事。所以我在想，艾嘉蒂娅是否也在逃避相同的敌人。”

“骡吗？”达瑞尔带着点讽刺的口吻问道。

“当然不是。我的意思是同类型的敌人，他们具有令她无法抗衡的精神力量。她是在逃避第二基地，或说是第二基地在卡尔根的势力。”

“你所谓的势力是什么意思？”

“他们的威胁无处不在，你以为卡尔根会免疫吗？我们可以说得到了一致的结论：艾嘉蒂娅的逃亡是预先安排好的。对不对？她遭到追捕，而且被找到了，却在最后关头由迪瑞吉故意她放走。由迪瑞吉放她走，你懂不懂？但这又是为什么呢？因为他是我们的人。可是他们又如何知道这件事？他们当然无法仰赖他的双重身份？博士，嗯？”

“现在你又说，他们真的想要把她捉回来。老实讲，安索，你让我有点烦了。赶紧说完，我要去睡觉了。”

“我马上就可以说完。”安索从内层口袋掏出几张相片，那是达瑞尔再熟悉不过的脑电图颤动波纹。“迪瑞吉的脑波，”安索若无其事地说，“在他抵达之后做的。”

达瑞尔用肉眼就能看得一清二楚。他抬起头来，脸色一片灰白。“他受到控制了。”

“正是如此。他会放走艾嘉蒂娅，并非因为他是我们的人，而是因为他听命于第二基地。”

“即使他知道她要去川陀，而不是回端点星？”

安索耸了耸肩。“他受到的操控就是要放她走。这一点，他自己根本无法改变。你瞧，他只是一个工具而已。偏偏艾嘉蒂娅选择了最不可能的途径，所以也许还算安全。或者说，在第二基地变更计划、重新掌握情势之前，她至少还能平安无事……”

他突然住口，因为超视上一个小讯号灯突然闪起。这个属于独立线路的小灯一亮，就代表将有紧急新闻快报。达瑞尔也看到了，他以习惯性的动作打开超视接收机。此时快报已经报了一半，但在那段报道结束之前，他们便已知晓主要的内容。侯伯·马洛号——或者应该说它的残骸——在太空中被发现了，这是近半个世纪来基地的第一场战事。

安索露出凝重的神色。“好啦，博士，你听到了。卡尔根已经发动攻击，而卡尔根是在第二基地控制之下。你要不要跟随令爱的脚步，动身到川陀去？”

“不要。我要赌一赌，就在这里。”

“达瑞尔博士，你还不如令爱那般聪明。我怀疑你究竟有多么值得信任。”他直勾勾地瞪着达瑞尔良久，然后一言不发就离开了。

不一会儿，达瑞尔也离开了起居室。他一片茫然——而且几乎绝望。

只剩下没有观众的超视，兀自不停呈现影像与声音，详述着基地与卡尔根开战后，第一个小时内的各种紧张战情。

17

战争

基地市长摸了摸秃得只剩一圈的头发，深深叹了一口气。“我们浪费了许多年的时间，我们坐失了太多良机。达瑞尔博士，我不想怪谁，我们打败仗是活该。”

达瑞尔以沉稳的语气说：“阁下，我看不必这么缺乏自信。”

“缺乏自信！缺乏自信！银河在上，达瑞尔博士，你有任何乐观的理由吗？到这里来……”

达瑞尔在半推半就之下，来到一个小巧的力场支架旁，支架上摆放着一个卵形透明体。市长轻轻碰了一下，它里面就亮了起来——那是银河双螺旋的逼真三维模型。

“黄色的部分，”市长激动地说，“是基地所控制的星空；而红色的区域，则在卡尔根控制之下。”

达瑞尔看到一个深红色的球形区域，它几乎被一只黄色的大手紧紧抓住，只有面对银河中心那一侧例外。

“银河地理是我们最大的敌人。”市长说，“连将领们都不讳言，我们的战略位置几乎没有任何希望。你注意看，敌人有完善的内线联系。他们兵力集中，每一侧都能轻易迎战我军，并能以最小的兵力防卫本土。

“我们则是扩散的。在基地领域中，两个住人星系的平均距离几乎是卡尔根的三倍。比如说，假如双方都不越过边界，那么从圣塔尼到卢奎斯，我们的航程是二千五百秒差距，可是对方只需要飞八百秒差距……”

达瑞尔说：“阁下，这些我全部了解。”

“可是，你不了解这几乎就代表战败。”

“对战争而言，还有比距离更重要的因素。我说我们不会打败仗，那简直是不可能的事。”

“你这么说有什么根据？”

“根据我自己对谢顿计划的诠释。”

“喔，”市长撇了撇嘴，将双手放在背后，互相轻轻拍打，“所以，你也指望第二基地的神秘援手。”

“不。我指望的是历史必然性——以及勇气和毅力。”

但在信心十足的外表下，他却怀疑……

万一……

唉——万一安索说得对，卡尔根真是那些精神术士的工具。万一他们的目的是要击败并摧毁基地。不！这太不合理了！

可是……

他露出了苦笑。情况总是这样：总是他们面对一块看不透的花岗岩，而它在敌人眼中却是透明的水晶球。

银河地理所昭示的真理，史铁亭也了然于胸。

这位卡尔根统领站在一个银河模型前，它和市长与达瑞尔面对的那个一模一样。唯一不同的是，令市长皱眉头的地方，却使史铁亭发出会心微笑。

他穿着闪闪发光的舰队司令制服，更衬托出他的魁梧身形。“骡勋章”的深红色绶带斜挂在他的右肩，一直延伸到腰际。这枚勋章是在他强行接收第一公民头衔的六个月前，由前任第一公民颁给他的。他的左肩还挂着一枚闪烁的银色星章，上面有两颗彗星与数把宝剑的图样。

他正在对参谋本部的六名军官训话，他们也是一身戎装，只不过挂的勋章没有那么多。此外瘦削灰发的首相也在场——置身于闪闪星光中，他显得黯然失色。

史铁亭说：“我想决心已十分明确，我们不妨继续等待。对敌军而言，多拖一天，士气就多受一次打击。敌军若试图防御领域的每一部分，兵力就会极度分散，我军便能从这里和这里同时发动攻击。”他在银河模型上指了两个地方——被黄色巨掌捏住的红色球体，自那两点射出两支白色长矛，从两侧切断由端点星延伸出来的基地领域。“这样一来，便能将敌军舰队一分为三，然后再各个击破。倘若敌军集结兵力，就得主动放弃三分之二的领域，还得冒着叛乱的危险。”

一片静默中，只能听到首相细弱的声音。“多等六个月，”他说，“基地就有六个月的喘息时间，实力会大为增强。大家都知道，他们的资源比我们丰富；他们的星舰数目多过我们；他们的人力几乎取之不尽、用之不竭。或许，发动闪电攻击会比较保险。”

在这间会议室，这个声音的影响力当然最小。史铁亭统领微微一笑，断然挥了挥手。“多等六个月——必要的话甚至一年——对我们毫无损失。基地军民根本无从准备，他们的意识形态会把他们害惨。他们根深蒂固地相信第二基地会来拯救他们。这次可不会，对不对？”

会议室中起了一阵不安的骚动。

“我知道，你们都缺乏信心。”史铁亭以冷淡的语调说，“我们派到基地领域的间谍传回来的报告，有没有必要再重述一次？或者，有没有必要再说一次那个基地间谍，如今转而为我们……嗯……工作的侯密尔·孟恩先生的研究结果？诸位，让我们散会吧。”

史铁亭回到休息室，脸上依旧挂着刚才的笑容。有些时候，他对那个侯密尔·孟恩仍有疑虑。那个古怪而又没骨气的家伙，一定总是说话不算话。但他能提供许多耐人寻味的情报，而且相当具说服力——尤其是嘉莉也在场的时候。

他的笑容更加灿烂了。毕竟，那个又肥又蠢的婆娘还是有点用处。至少，光凭甜言蜜语，她就比自己更能从孟恩那里挖到情报，几乎不费吹灰之力。何不把她送给孟恩算了？他皱起眉头。嘉莉，满脑子愚蠢醋劲的嘉莉。太空啊！她怎么将达瑞尔小姐放走了——他为什么还不把嘉莉的脑袋辗得粉碎？

他始终百思不得其解。

也许是因为她和孟恩合得来，而他还需要孟恩。比如说，孟恩证明了一件重要的事实——至少骡本人不相信第二基地的存在。他的将领需要这种保证。

他很想公布这些证据，不过，最好还是让基地继续沉迷在幻想中。真是嘉莉指出这点的吗？没错，她曾经说……

喔，荒唐！她不可能讲过这种话。

可是……

他摇摇头，将这个念头甩掉了。

18

孤魂野鬼

川陀是一个从废墟中重生的世界。在“银河核心”群星丛聚的太空中，在一堆又一堆阵容壮盛的星辰之间，它就像一颗褪了色的宝石，不断梦想着往日的光荣与未来的美景。

无形的政治缰索，曾经从这个金属包覆的世界一路延伸到群星的最外缘。当时，整个世界是一个大都会，居住着四百亿名行政人员，是人类历史上最宏伟的首都。

等到帝国终于衰亡，并于一世纪前经历“大浩劫”之后，它那有如日落西山的势力加速萎缩，终至永远土崩瓦解。在尸横遍野的废墟中，包覆着整个行星的金属也扭曲变形，变成对昔日光荣的痛心嘲讽。

幸存者将金属表层一块块剥下，出售给其他行星，以换取种子与牲畜。土壤于是得以重见天日，整个行星也逐渐恢复本来的面貌。随着原始农业的扩展，川陀遗忘了那个辉煌而伟大的过去。

或者应该说，在沉重庄严的静穆中，若是没有那些依旧耸立的硕大废墟，川陀便能忘怀过去的一切。

艾嘉蒂娅望着由金属构成的地平线，心中感慨万千。帕佛夫妇住的这个村庄，在她看来只是聚在一起的几幢房屋而已——既狭窄又老旧。村庄的周围布满金黄色麦田，倒是一幅美丽的景致。

可是在远方，在目力不可及之处，却存留着往昔的记忆。每当川陀的太阳照耀其上，尚未生锈的建筑仍映出熠熠金光，仿佛处于一股炽焰之中。她来川陀已经好几个月，只到那个地方去过一次。那次，她爬上了一段独立的平滑车道，还冒险走进人迹罕至、布满尘埃的建筑物——里面相当阴森，阳光只能透过断垣残壁的缺口照进来。

她内心感到一阵痛楚。这简直就是亵渎。

她拔腿就跑，带起叮叮当当的声响，直到双脚再度踏上柔软的土地。

从此以后，她就只能抱着无限的向往，站在远处眺望。她再也不敢去打扰这个巨大的残骸。

她知道，自己生在这个世界的某个角落——就在昔日的帝国图书馆附近。那里是川陀中的川陀、圣地中的圣地！在这个世界上，只有该处在“大浩劫”时幸免于难；而在其后一个世纪间，它也始终安然无恙，完完整整保存下来，傲然屹立于天地之间。

在那里，哈里·谢顿与他的同仁曾经织出一张不可思议的巨网。在那里，艾布林·米斯参透了那个秘密，惊讶得说不出话来。好在他的生命提早一刻结束，才没有让秘密泄露出去。

在帝国图书馆里，她的祖父母住了十年，直到骡死去，他们才敢回到重生的基地。

后来，她的父亲为了寻找第二基地的下落，偕同新婚妻子再度来到帝国图书馆，但是一无所获。在那里，母亲生下她，随即撒手西归。

她很想重游旧地，普芮姆·帕佛却摇着圆圆的脑袋说："艾卡蒂，图书馆离此地有好几千英里，而且我们在这里有好多活要干。此外，最好别无缘无故打扰那个地方。你该知道，那是个圣地……"

可是艾嘉蒂娅心里明白，真正的原因是他自己不愿意去，这简直是"骡殿忌讳"的翻版。面对巨大的历史遗迹，活人仿佛都成了侏儒，心中难免会产生迷信式的恐惧。

但她万万不会为了这件事，而埋怨这个可爱的小人物。她已经在川陀住了三个多月，而这期间，他和她——阿爸和阿妈——对自己实在太好了……

而她的回报又是什么呢？唉，是把他们也拖下水，跟自己同归于尽。她有没有警告过他们，自己注定万劫不复？没有！她让他们蒙在鼓里，冒着生命危险来保护自己。

她实在受不了良心的谴责——可是她有选择的余地吗？

她勉强打起精神，下楼去吃早饭。走到一半，就听到他们的谈话。

普芮姆·帕佛扭了扭臃肿的脖子，才把餐巾塞进衬衣领子里。然后他伸手抓了几个白煮蛋，并露出无限满足的表情。

"阿妈，昨天我进城去了。"他一面说，一面挥舞着叉子。吃了一大口之后，后面的话差点讲不出来了。

"阿爸，城里头有什么新鲜事？"阿妈随口问道。她坐下来，仔细瞧了瞧餐桌，又起身去拿盐巴。

"啊，不大好。有一艘从卡尔根回来的太空船，带来那边的报纸。那里发生了战争。"

"战争！真的！嗯，如果他们的脑袋坏掉，就让他们打个头破血流好了。你的薪水收到了没有？阿爸，我再跟你唠叨一次。你该警告库斯柯那个老家伙，这个世界不是只有他一家合作社。你的薪水已经少得让我在朋友面前抬不起头，可是至少也该准时付啊！"

"准时，按时，即时。"阿爸没好气地说，"喂，别在餐桌上数落我，会害我每一口都噎在喉咙里。"他一面说，一面把怨气发泄在奶油面包上。然后，他又用较为和缓的语气说："是卡尔根和基地在打仗，已经打了两个月啦。"

他伸出两只手来模拟星战，最后让两艘星舰撞到一块。

"嗯……情况怎么样？"

"基地一直占下风。嗯，你知道卡尔根，他们全国皆兵，早就有所准备。基地却不一样，所以——砰！"

阿妈突然放下叉子，压低声音说："笨蛋！"

"啊？"

"呆头鹅！你那张大嘴巴从来没有闭上的时候。"

她伸手迅速一指，阿爸转头望去，便看到了僵立在门口的艾嘉蒂娅。

她问道："基地在打仗吗？"

阿爸不知所措地望着阿妈，然后点了点头。

"他们打了败仗？"

阿爸又点了点头。

艾嘉蒂娅感到喉咙哽住了，难过得受不了。她缓缓走到餐桌旁，轻声问道："战争结束了吗？"

"结束了吗？"阿爸故意用高亢的语调，把她的问话重复了一遍。“谁说结束了？打仗的时候，很多意料不到的事都会发生。而且……而且……”

“亲爱的，坐下来。”阿妈以安慰的口吻说，“早餐之前谁都不准谈正事。肚子里没有一点食物，可不是一种健康的状况。”

艾嘉蒂娅却没有理会她。“卡尔根人已经登陆端点星了吗？”

“没有。”阿爸以严肃的口吻说，“我读到的是上周的新闻，端点星还在继续奋战。这是事实，我说的都是实话，基地依然勇猛顽强。你要我拿报纸给你看吗？”

“要！”

艾嘉蒂娅一面勉强吃着早餐，一面把报纸从头读到尾，渐渐感到眼前一片模糊。圣塔尼与柯瑞尔都已经失陷——不战而降。基地舰队的一个分遣队，在星辰稀疏的伊夫尼星区中伏，几乎全军覆没。

如今，基地退守到四王国的核心疆域——首任市长塞佛·哈定所开拓的原始领土。但是基地仍在负隅顽抗，而且还有一线生机。无论如何，她一定要赶紧通知父亲。一定要设法传话给他。一定要做到！

可是该怎么做呢？战争阻绝了一切交通。

早餐后，她问阿爸说：“帕佛先生，你是不是又要去出差了？”

阿爸坐在前院草坪的大椅子上，正在享受日光浴。胖胖的手指头夹着一根粗粗的雪茄，他活像一只快乐的狮子狗。

“出差？”他懒洋洋地说，“谁知道？现在是难得的闲暇，我的假还没有休完呢。何必想到什么新差事呢？艾卡蒂，你住不下去了吗？”

“我？不，我很喜欢这里。你们待我非常好，我是说你和帕佛太太。”

他向她挥挥手，表示这根本不算什么。

艾嘉蒂娅又说:“我是在想那场战争。”

“你可别想那种事。你又能做些什么呢?若是自己根本出不上力,何必瞎操心?”

“不过,我想到基地已经失去大多数的农业世界。那里的食物也许要靠配给了。”

阿爸露出不安的神色。“别担心,情势会好转的。”

她却充耳不闻,自顾自讲下去:“我真希望能有办法送粮食给他们,我就是在想这件事。你可知道,在骡死后,基地很快就爆发革命,而端点星曾被孤立一段时间。继承骡政权的是汉·普利吉将军,就是他率领舰队包围端点星的。当时粮食短缺得不得了,我爸爸说,他的爸爸曾经告诉他,他们只能拿胺基酸浓缩粉果腹,那种东西简直难吃死了。可是啊,一个鸡蛋就要卖两百信用点。后来他们及时突围,圣塔尼来的运粮太空船才能降落。那必定是一段可怕的日子,而现在也许即将历史重演。”

顿了顿之后,艾嘉蒂娅继续说:“你知道吗,我敢打赌,现在基地一定愿意用黑市价格购买粮食。高出市价一倍、两倍或更多都愿意。哈,如果川陀有哪家合作社,愿意担负起运粮的工作,虽然可能损失几艘太空船,可是我敢打赌,在战争结束前,人人都能发一笔战争财,个个都会变成百万富翁。过去,基地行商总是爱做这种买卖。无论何处发生战事,他们都会带着当地亟需的货物,飞到那里去赌运气。天啊,常常一艘船就能赚两百万信用点——净利喔。光是一艘太空船上的粮食,就能赚那么多。”

阿爸蠢蠢欲动,连雪茄熄了都没有注意到。“粮食生意,啊?嗯——嗯,可是基地很远很远哪。”

“喔,我知道。我猜你不能从这里直接去基地。如果你搭乘定期太空客船,也许顶多只能到玛瑟纳或司木西科。到了那里之后,你得雇一艘小型斥候舰之类的船舰，偷偷带你越过前线。”

阿爸一面用手梳理着头发，一面在心中盘算。

两个星期后，准备工作全部完成。这期间，阿妈一直都在埋怨——首先，她毫无妥协地硬要说他是去送死。后来，又因为阿爸拒绝让她同行，又绝不妥协地抗议到底。

阿爸则说：“阿妈，为什么表现得像个老婆婆呢？这是男人的工作，我不能带你去。你以为战争是什么？玩耍吗？儿戏吗？”

“那你为什么还要去？你算是男人吗，你这个老糊涂——已经一只脚、半条胳膊进棺材啦。让年轻小伙子去吧——你这个又胖又秃的老头，逞什么能？”

“我可没有秃头，”阿爸威风凛凛地回嘴道，“我的头发还多着哩。为什么不能让我来赚这笔佣金呢？为什么要找年轻人？听好，这可是几百万的财富。”

她心里也明白，于是只好闭嘴。

在他动身之前，艾嘉蒂娅找他说了几句话。

她说：“你真要去端点星吗？”

“有何不可？是你自己说的，那里的人亟需面包、米饭和马铃薯。所以，我去和他们做一笔生意，他们就有得吃了。”

“嗯，那么——托你一件事：如果你去端点星，能不能……可否请你去看看我父亲？”

阿爸的脸孔皱了起来，形成万分同情的表情。“喔——根本不必你提醒我，我当然会去看他。我会告诉他说你很安全，一切都很好，等到战争结束，我就会带你回去。”

“谢谢你。让我告诉你怎么找他。他的全名是杜伦·达瑞尔博士，住在史坦马克镇。那个小镇就在端点市郊，你可以搭小型交通飞机去那里。我们家的地址是海峡街五十五号。”

“等一等，我把它写下来。”

“不，不。”艾嘉蒂娅急忙伸手阻拦，“你不能写半个字，一定只能记在心里——而且不可以请任何人帮忙找他。”

阿爸显得莫名其妙，不过他只是耸耸肩。“好吧，就这么办。史坦马克镇海峡街五十五号，在端点市郊，可以坐飞机去。行了吧？”

“还有一件事。”

“啊？”

“你可不可以帮我带一句话给他？”

“当然可以。”

“我要用悄悄话跟你说。”

他将胖胖的面颊凑近她，那句悄悄话就传进了他耳朵里。

阿爸的眼睛瞪得浑圆。“这就是你要我说的吗？可是毫无意义啊。”

“他会知道你的意思。你只要告诉他这是我的口信，而且我说他会了解其中的意义。你要完全照我的话来说，一字不改。你不会忘记吧？”

“我怎么会忘呢？只有五个字而已。听我说……”

“不，不。”她急得直跳脚，“别说，别对任何人说。除非见到我父亲，否则就当完全没这回事。请答应我。”

阿爸又耸了耸肩。“好的！我答应你！”

“太好了。”她用哀戚的口吻说。等到阿爸沿着马路走去，准备搭乘计程飞车到太空航站，艾嘉蒂娅却觉得自己是将他送上死路，怀疑自己能否再见到他。

她几乎不敢走进屋里，再去面对善良慈祥的阿妈。也许当一切结束后，她最好马上自杀谢罪。

轲里斯顿之役：时间为基地纪元377/1/3，交战双方为基地与卡尔根统领史铁亭的舰队。这是“大断层”期间最后一场重大战役……

——《银河百科全书》

19

终战

裘尔·屠博现在有个崭新的身份，身为战地特派员的他，庞大的身躯穿上了舰队制服，不禁满心欢喜。他很高兴自己能再和观众见面，而且，由于过去与第二基地对抗时，始终充满无可奈何的无力感，如今面对有形的战舰与普通的敌人，他感到一股异常的兴奋。

事实上，直到目前为止，基地还没有打过什么胜仗，不过倘若仔细分析，情势仍然大有可为。过去六个月来，基地的核心领域仍旧安然无恙，舰队的核心武力也依然存在。而自开战后，舰队便不断招兵买马，因此与伊夫尼那场败仗之前比较，基地的有形战力几乎未曾减少，而无形战力则变得更为强大。

与此同时，各个世界的星防也已经强化；战斗部队的训练更为加强；行政效率也大幅提升，不再拖泥带水——反观卡尔根，由于必须派驻大量兵力占领那些“占领区”，许多远征舰队变得英雄无用武之地。

屠博现在是第三舰队的随军记者，这个舰队负责防卫安纳克里昂星区外围。由于他准备将这场战事报道成“小人物的战争”，此时他正在访问志愿参军的三级技师菲美尔·李莫。

“战士，请略为自我介绍一下。”屠博说。

“没啥好说的。”李莫用脚踢了踢甲板，勉强露出一个腼腆的微笑，仿佛他也能看到正在看新闻的数百万名观众。“我是卢奎斯人，在飞车厂工作，是个小主管，收入不错。我已经结婚，有两个小孩，都是女儿。对了，我能不能和她们打个招呼——她们搞不好正在收看呢。”

“请便，战士。现在你是主角。”

“哇，太感谢了。”他滔滔不绝地说，“嗨，米拉，希望你正在收看，我一切都好。珊妮好吗？杜玛呢？我时时刻刻都在想念你们，等我们返港后，也许我就能放假回家一趟。我收到了你寄来的食品包裹，但我准备把它寄回去。我们每一餐都吃得很好，可是听说平民的粮食比较短缺。我想说的就是这些了。”

“战士，下次我去卢奎斯，一定会去探望她，确保她们的粮食并不短缺。好吗？”

年轻人露出灿烂的笑容，还不停地点头。“谢谢你，屠博先生。我万分感激。”

“好啦。现在请你告诉我们——你是志愿军，对不对？”

“我当然是。既然有人向我们挑衅，我不必等任何人来征召。那天听到侯伯·马洛号遇难，我就立刻从军了。”

“你的爱国心令人敬佩。你经历过许多实战吗？我注意到你佩戴着两枚战功星章。”

“呸。”他假装吐一口痰，“那些根本不算战斗，只是老鹰抓小鸡。除非有五比一或更大的优势，卡尔根人绝不会动手。即使如此，他们也只敢慢慢逼近，设法把我们一艘艘隔离开来。我的一个表兄参加了伊夫尼之役，他在一艘侥幸逃脱的星舰上，就是那艘老旧的艾布林·米斯号。据他说，那里的情况完全一样。他们用主力舰队对付我们的侧翼分队，直到我们只剩五艘星舰，他们还是偷偷摸摸，没有胆量开火。那场战役，他们的损失是我们的两倍。”

“所以你认为，我们会赢得这场战争？”

“绝对没问题，尤其我们已经不再退却了。即使情势变得十分不利也无妨，我相信那时第二基地便会介入。我们仍有谢顿计划当后盾——而他们也知道这件事。”

屠博微微翘起嘴来。“这么说，你在指望第二基地喽？”

对方的回答竟然带着明显的讶异。“啊，不是大家都这么想吗？”

新闻幕的报道结束后，下级军官提波路走进屠博的房间。他递了一根香烟给这位特派员，然后把自己的军帽向后脑一推，推到一个低到不能再低的位置。

“我们抓到一名战俘。”他说。

“是吗？”

“是个疯疯癫癫的小个子，声称是个中立者——还说拥有什么外交豁免权。我不相信他们知道该拿他怎么办。他的名字好像是帕夫罗，还是帕佛，反正差不多。他还自称是从川陀来的，天晓得他到战区来干什么。”

不料屠博突然从床上坐起来。他本来想打个盹，此时却睡意全消。宣战次日，他正准备随军出发时，曾经向达瑞尔当面辞行，当时的对话他记忆犹新。

“普芮姆·帕佛。”他说——这显然是个肯定句。

提波路愣了一下，任由满嘴的烟从嘴角缓缓逸出来。“是啊，”他说，“你怎么会知道的？”

“别管了。我能见他吗？”

“太空啊，我不敢说。司令把他叫到自己的房间去问话。大家都认为他是间谍。”

“你去告诉司令，说我认识这个人。我可以负一切责任，除非他谎报身份。”

第三舰队旗舰的狄克席尔舰长，此时正目不转睛地盯着大域侦测器。每一艘船舰都是一个核能辐射源——即使静止不动也毫无例外——而在侦测器的三维像场中，每个辐射源都对应一个细小的光点。

剔除了基地船舰后，没有任何光点剩下来，因为那艘自称中立的间谍太空船已被捕获。刚才，在舰长寝室中，那艘小太空船曾经引起一阵恐慌。事实上，差点被迫临时改变战术……

“你确定完全明白了吗？”他问道。

森恩中校点了点头。“我将率领一支分遣队，经由超空间抵达目的地。距离：10.000秒差距；方位角：268.52度；俯角：84.15度。在1330回到原点，共计脱队时间11.83小时。”

“很好。我们全仰赖你准时回到准确的空间，不能有丝毫误差。明白吗？”

“报告舰长，明白了。”他看了看腕表，“我旗下的星舰将在0140准备行动。”

“好的。”狄克席尔舰长说。

此时，卡尔根的分遣舰队尚未进入侦测范围，不过他们很快就会出现。另有可靠的情报指出这一点。少了森恩中校的分遣队，敌我兵力将会变得极为悬殊。但是舰长相当有信心，相当、相当有信心。

普芮姆·帕佛以凄然的目光环顾四周。他首先看到那位又高又瘦的司令官，然后再看了看其他人，发现每一位都穿着整齐的军服。最后，他的目光停在一位高大魁梧的男子身上，那人领子敞开，并没有打领带——和其他人不太一样——而且他说想跟自己单独谈谈。

裘尔·屠博说道："司令，我完全了解这件事可能的严重后果，不过我要告诉你，如果允许我和他私下谈几分钟，我也许就能解决目前的疑惑。"

"可有任何原因，使你不能在我面前询问他吗？"

屠博撅起嘴来，露出倔强的表情。"司令，"他说，"打从我成为你们的随军记者，就一直在报道中为第三舰队说好话。如果你不放心，可以派人在门口站岗，而你自己五分钟后就可以回来。我只请求你迁就我这么一点，这样你的公共关系就不会受影响。你了解我的意思吗？"

他果然了解。

等到只剩他们两人的时候，屠博立刻转身对帕佛说："快——你拐走的女孩叫什么名字？"

帕佛只是把双眼瞪得浑圆，并且不停地摇头。

"别装蒜了。"屠博说，"你要是不回答，就会被当成间谍。现在是战时，间谍不必审判就可以枪毙。"

"艾嘉蒂娅·达瑞尔！"帕佛喘着气说。

"哈！太好了。她平安吗？"

帕佛点了点头。

"你最好能确定这一点，否则你不会有好下场。"

"她身体健康，而且绝对安全。"帕佛吓得脸色苍白。

此时舰队司令回来了。“怎么样？”

“阁下，这个人不是间谍。你可以相信他说的一切，我能为他担保。”

“是吗？”司令皱起眉头，“那么，他的确代表川陀的一家农产合作社，要和端点星签订贸易协定，由他们负责提供谷物和马铃薯。嗯，好吧，但他暂时还不能走。”

“为什么不能？”帕佛立刻问。

“因为我们的仗正打到一半。等到打完了——假如我们还活着——就会带你去端点星。”

卡尔根的庞大舰队从太空深处渐渐逼近，在不可思议的距离外就侦测到了基地的星舰。与此同时，基地的星舰同样侦测到敌军的行踪。在双方的大域侦测器中，对方看来都像一团萤火虫；两团萤火虫飞过虚无的太空，双方越来越接近。

基地司令官皱着眉头说：“这一定就是他们的主攻舰队，看看有多少艘星舰。”又说，“尽管如此，他们却没有机会布好阵势，除非森恩的分遣队让我们失望。”

森恩中校几小时前已经脱队——当时才刚刚发现敌军的踪迹。如今，计划无法再作任何更改，不成功便成仁。但司令却感到相当乐观，而其他军官，乃至所有的士兵与舰员也都有同感。

再来看看那两团萤火虫吧。

两者编成整齐的队形，发出幽暗的光芒，仿佛正在同台表演一场死亡之舞。

基地舰队开始渐渐退却。几小时过去了，基地舰队始终在缓缓转向，引诱不断推进的敌军偏离原先的航道，一点一点越偏越远。

作战计划拟定者的企图，正是要使卡尔根舰队占据某个特定的星空。在这范围之外，埋伏着许多基地的人马。等到卡尔根星舰进入这个范围后，若有任何一艘想飞出来，一律会遭到猛烈的突袭。而那些留滞其中的，却都能够安然无事。

作战计划的关键，在于算准史铁亭统领的舰队各怀鬼胎——绝对没有人愿意采取主动，每一艘都想留在不受攻击的位置。

狄克席尔舰长以冰冷的目光看了看腕表，现在时间是1310。

“我们还有二十分钟。”他说。

他身边的副官紧张地点点头。“报告舰长，目前为止，一切看来都很顺利。他们已有超过九成的星舰钻了进去。如果我们能让他们保持……”

“是啊！如果——”

基地的星舰再度向前慢慢推进——速度非常慢。不至于把卡尔根人吓退，却足以令他们不敢继续前进。果然，他们决定静观其变。

时间一分一秒地过去。

到了1325，司令官的命令透过蜂鸣器传遍基地舰队的七十五艘星舰。这些星舰随即全速前进，以最大的加速度冲向卡尔根舰队的正面。卡尔根的三百艘星舰同时升起防护罩，并且立刻射出强大的能束。三百艘星舰全部向一个方向集中，共同迎向那些发动疯狂突袭的无情敌军……

1330，森恩中校率领的五十艘星舰凭空出现。他们借着一次超空间跃迁，在准确的时间抵达准确的地点——痛击措手不及的卡尔根后卫。

真是个完美无缺的陷阱。

卡尔根舰队在数量上仍占优势，他们却无暇注意这一点，大家都只想到走为上策。而队形一旦散掉，在敌舰逼近时就更容易受到攻击。

一会儿之后，整个情势就无异于猫捉老鼠。

这支由三百艘星舰所组成的远征舰队，乃是卡尔根舰队的中坚与精华，却顶多只有六十艘重返卡尔根，其中许多艘还遭到重创。而在基地的一百二十五艘星舰中，只有八艘遭敌军击毁。时间是基地纪元377年的第3天。

当普芮姆·帕佛抵达端点星的时候，正值庆祝活动的最高潮。兴奋疯狂的气氛令他眼花缭乱，但在离开这颗行星之前，他还是顺利完成了两件任务，并接受了一项嘱托。

他完成的两件任务是：一、与基地达成一项协议，双方同意在未来一年内，由帕佛代表的合作社每月运来二十艘船的粮食，基地一律以战时价格收购。然而由于最近那场大捷，战争风险其实已经不复存在。二、将艾嘉蒂娅交代的五个字转达给达瑞尔博士。

听到这五个字，达瑞尔张大眼睛瞪着他。愣了好一阵子之后，达瑞尔才提出一项请求，请他带一句回话给艾嘉蒂娅。帕佛很喜欢这件差事；那是个简单的答复，而且合情合理。那句话是：“赶快回来吧，没有任何危险了。”

与此同时，史铁亭统领感到又怒又恼。他眼睁睁看着自己的武器，一件件毁在自己手里；他的武力原是一张强韧的巨网，却在一夕之间变成腐朽的破布——即使再冷静的人，也会像火山一般爆发。但是他无可奈何，而且还心知肚明。

几周以来，他未曾睡过一晚的好觉，而且已经三天没刮脸了。他取消了一切活动，甚至连将领们也不接见。没有人比他自己更了解，内乱已经迫在眉睫，即使卡尔根不再吃败仗，叛变的烽火也随时可能一触即发。

首相列夫·麦拉斯根本帮不上忙。他站在一旁，表现得很冷静，看起来却像个猥琐的糟老头子。他那根瘦削而神经质的食指，又习惯性地摸着自己的老脸，从鼻头一直摸到下巴。

“喂，”史铁亭对他咆哮道，“贡献一点意见吧。我们吃了败仗，你明白吗？被打败了！可是为什么呢？我不知道为什么。你都听到了，我不知道为什么。你知道为什么吗？”

“我想我知道。”麦拉斯以镇定的口气说。

“叛变！”史铁亭故意轻声细语，接下来的话也是同样轻柔，“你知道有人叛变，却故意不做声。你伺候过那个被我赶下台的第一公民，就以为不论哪个龌龊鼠辈取代我，你依旧能继续当你的首相。我告诉你，如果你在打这个主意，我就把你的五脏六腑挖出来，在你的眼前一把火烧掉。”

麦拉斯却毫不动容。“我曾试图将自己的疑虑灌输给您，不只一次，而是好多次。我不停地在您耳旁唠叨，您却宁愿相信别人的话，因为那些话更能满足您的虚荣心。如今的情势，甚至变得比我当初所担心的更糟。如果您现在仍不想听我的忠告，请您直说，我会立即告退。不久之后，我会再回来为您的继任者献计。而他所采取的第一个行动，一定是签署和平条约。”

史铁亭用冒火的眼睛瞪着他，一双巨掌慢慢地握紧再松开，松开再握紧。“说吧，你这个迟钝的糟老头。给我说！”

“阁下，我常常提醒您，您并不是骡。您也许能控制船舰和武器，却无法控制子民的心灵。阁下，您可明白究竟是在跟什么人作战？您的敌手是基地，永远不败的基地——这个基地受到谢顿计划的保护，这个基地注定要建立一个新帝国。”

“根本没有什么计划，早就没有了。孟恩亲口告诉我的。”

“那就是孟恩搞错了。即使他说得对，又怎么样呢？阁下，您和我不能代表全体人民。卡尔根的男女老幼，以及所有藩属世界的民众，人人都对谢顿计划深信不疑，而这也是银河此端所有居民的共识。近四百年的历史，让我们学到一个真理：任何人都无法击败基地。自立称王的王国不能，割据一方的军阀不能，甚至连旧帝国本身也休想。”

“骡却做到了。”

“一点都没错，因为他不在算计之中——而您却不一样。更糟的是，人人都知道这个事实。所以您的舰队在进行战斗时，总是担心会被什么未知力量击败。谢顿计划的无形巨网罩在他们头上，令他们畏畏缩缩，进攻之前犹疑不决，小心谨慎得过了头。另一方面，同样的巨网却是基地的无形防护罩，使他们信心倍增，心中毫无畏惧，面对初期的挫败仍能凝聚士气。有什么好怕的呢？回顾历史，基地一向是先吃败仗，却总是赢得最后的胜利。

“阁下，可是您这边的士气呢？您一直踏在敌人的土地上。您自己的领土从未遭到入侵，至今没有失守的危险——但您却打了败仗。甚至可以说，您自己也不相信有胜利的可能，因为您知道那根本是幻想。

“所以说，认输吧，否则您终将被迫屈膝。现在主动低头，也许还能保留一点什么。您一向倚仗武器和军力，将这些有形力量发挥到极限。但是您始终忽略精神和士气，最后终于败在这些无形力量之下。现在，接受我的劝告吧。这里现成有一个基地人，侯密尔·孟恩。赶快释放他，送他回端点星，让他把您的求和诚意带回去。”

史铁亭紧抿着苍白而倔强的嘴唇，暗自咬牙切齿。但他还有别的选择吗？

新年后的第八天，侯密尔·孟恩终于告别卡尔根。他离开端点星已经超过七个月，在这期间，曾经发生过一场激烈的战争，如今则只剩下一些荡漾的余波。

当初，他自己驾船来到卡尔根，现在则有舰队护送离去。当初，他是以私人身份前来，如今则是一位有实无名的和平特使。

对侯密尔而言，最大的变化则在于他对第二基地的看法。每当想到这里，他就开怀大笑，并且想象着当自己向达瑞尔博士，以及那位年轻、能干、精力充沛的安索，还有其他人揭示真正的答案时，会是一幅什么样的画面。

他知道了。他，侯密尔·孟恩，终于知道了真相。

20

“我知道……”

“卡尔根战争”又拖了两个月才结束，不过侯密尔并没有闲着。由于具有调停特使的特殊身份，他发现自己成了星际事务的焦点人物，这个角色不禁令他沾沾自喜。

此时再也没有什么重大战役（只剩下一些零星的小冲突，根本不值得一提），于是在基地做了少许必要的让步后，和约的条文便完全敲定。史铁亭得以保留原来的头衔，除此之外几乎丧失了一切。他的舰队遭到解散；而且除了卡尔根星系，他控制的其他领域全部获得自治权，并允许居民以投票的方式，决定是否恢复原先的地位，或是完全独立，或是与基地结为邦联。

基地纪元377年62日，在端点星所属星系中的一颗小行星、也是基地最古老的一座舰队基地上，这场战争正式结束。列夫·麦拉斯代表卡尔根在和约上签字，侯密尔则喜滋滋地担任见证人。

在整个调停过程中，侯密尔都没有见到达瑞尔博士，也没有遇见其他的“同谋”。但是这并没有什么关系。他的消息并不急于公布——每当想到这里，他总是会莞尔一笑。

“凯旋日”之后数周，达瑞尔博士才回到端点星。当天晚上，他家又成了五名“同谋”的聚会场所。十四个月前，他们就是在这里拟定第一步的计划。

他们慢吞吞地吃完晚餐，又喝了好一会儿酒，仿佛大家都不希望回到那个旧话题上。

结果是裘尔·屠博首先打破禁忌。他以单眼凝视着酒杯中的深紫色液体，有点像是自言自语地喃喃道：“好啊，侯密尔，我看得出来，你现在是大人物了。你把事情处理得很好嘛。”

“我？”孟恩纵声哈哈大笑，显得十分高兴。不知道为什么，他的口吃已经几个月没犯了。“和我一点关系也没有，都是艾嘉蒂娅的功劳。喔对了，达瑞尔，她现在怎么样？我听说，她就要从川陀回来了。”

“你的消息正确。”达瑞尔以平静的口气说，“她搭乘的太空船，本周应该就会抵达。”他偷偷看了看每个人，见到的不外乎是雀跃之情。除了这些混杂的正面反应，他没有任何发现。

屠博又说：“那么，这件事真的结束了。去年春天，谁能预料到这一切呢。孟恩往返了一趟卡尔根。艾嘉蒂娅从卡尔根再转到川陀，如今也踏上归途。我们经历了一场战争，太空保佑，让我们赢得了最后的胜利。人们总是说历史的大趋势可以预测，可是这一阵子的种种变故，把我们这些当事人弄得晕头转向，这些事却好像根本无从预测。”

“胡说八道。”安索尖刻地说，“究竟是什么事让你这么得意？听你这种口气，我们似乎真赢了一场战争。事实上，我们打赢的只是个微不足道的对手，却刚好能让我们得意忘形，忘掉那个真正的敌人。”

众人维持了一阵不安的沉默，其间，只有侯密尔·孟恩发出极不相称的轻笑。

安索突然怒不可遏地一拳打在椅子扶手上。“没错，我指的正是第二基地。始终没有人提到它，假如我的判断正确，大家反倒努力逃避这个话题。笼罩着这个白痴世界的胜利假象，难道真的那么迷人，让你们都觉得非加入不可？那么何不雀跃三丈，翻几个筋斗，大家互相拍拍臂膀，再从窗口扔出彩纸。你们尽情发泄吧，把兴奋的情绪通通消耗掉——等到你们筋疲力尽，恢复理智的时候，再回到这里来，我们再继续讨论那个老问题。去年春天，你们坐在这里，大家的眼睛都骨碌碌地转个不停，被那个不知名的敌人吓得要死，现在问题依然存在，毫无改变。你们真以为打垮一个蠢笨的舰队指挥官，第二基地的心灵科学大师就不足惧了吗？”

他终于停下来，满脸通红，气喘吁吁。

孟恩轻声问道：“安索，你现在愿意听我说吗？或者，你还想继续扮演一名口无遮拦的阴谋分子？”

“侯密尔，你尽管说吧，”达瑞尔道，“可是我们大家都要节制一点，别卖弄过分修饰的辞藻。它本身虽然没有什么不好，但此刻却令我感到厌烦。”

侯密尔·孟恩靠回扶手椅的椅背，从手肘边拿起一个玻璃瓶，小心翼翼地为自己再斟满酒。

“你们推派我到卡尔根去，”他说，“希望我能从骡殿的记录中，尽可能找到有用的情报。我花了几个月的时间做这件事，不过我一点也不居功。正如我刚才强调的，是聪明的艾嘉蒂娅从旁帮了大忙，我才得其门而入。我原来对骡的生平以及那个时代的认识，敢说已经小有成就。然而，由于接触到了谁也没见过的原始文献，经过数个月的努力，我又有了许多丰硕的收获。

“因此，我现在拥有独一无二的条件，能够确实评估第二基地的危险性。比起我们这位爱冲动的朋友，我比他够资格多了。”

“那么，”安索咬牙切齿地说，“你又如何评估他们的危险性？”

“哈，等于零。”

短暂的沉默后，爱维特·瑟米克用难以置信的口气问道：“你是说，危险性等于零？”

“当然啦。朋友们，根、本、没、有、第、二、基、地！”

安索端坐在原处，缓缓闭上眼睛，而且脸色苍白，面无表情。

孟恩成了注意力的焦点，他感到很得意，继续说道：“更有意思的是，第二基地从来不曾存在。”

“你这个惊人的结论，”达瑞尔问道，“究竟有什么根据？”

“我不承认这是惊人的结论。”孟恩答道，“你们都听过骡寻找第二基地的故事。但你们可知道寻找的规模，以及专注的程度？他可以支配无穷的资源，而他的确毫不吝惜地投入。他一心一意要找到第二基地——但终究失败了。他没有发现第二基地的下落。”

“他几乎没有希望找得到。”屠博不耐烦地强调，“第二基地有办法保护自己，不会让任何搜寻者得逞。”

“即使搜寻者是具有突变精神力量的骡？我可不这么想。请少安勿躁，你们不可能指望我在五分钟内，就把五十册报告的摘要通通讲完吧。根据刚签订的和约，那些文献都将捐给‘谢顿历史博物馆’永久保存，你们以后都能像我当初那样，从从容容分析那些资料。到时候，你们会发现骡的结论写得明明白白，那就是我刚才已经说过的：自始至终，第二基地都不存在。”

瑟米克插嘴问道：“好吧，那么究竟是什么阻止了骡？”

“银河啊，你认为是什么阻止他的呢？当然是死神，每个人迟早都会遇见它。当今最大的迷信，就是认为战无不胜、攻无不克的骡，是被某些比他更强的神秘人物所遏止。这是以错误观点解释每一件事的结果。

“整个银河系当然人人都知道，骡是肉体和精神双重畸形的人。他三十几岁就死掉了，正是因为失调的身体再也无法苟延残喘。而在最后那几年，他一直病恹恹的。即使他健康情况最佳的时候，也比不上普通人的虚弱状态。好的，他征服了整个银河，然后由于大自然的规律，投向死神的怀抱。他能活那么久，还能创下那么大的功业，也实在是奇迹了。朋友们，这些都清清楚楚记载在文献里。你们只需要有耐心，只需要试着用新观点来解释一切事实。”

达瑞尔若有所思地说：“很好，孟恩，让我们试试看吧。这会是个很有趣的尝试，即使没有收获，也能帮我们的脑袋上点油。对于那些受到干扰的人——一年多前，安索给我们看的那些记录——你又作何解释呢？请帮我们用新观点来解释。”

“太简单了。脑电图分析这门科学有多久的历史？或者，换个方式来问，神经网路的研究有多么完善了？”

“可以说，我们正在展开这方面的研究。”达瑞尔答道。

“好的。那么，你和安索称之为‘干扰高原’的那种现象，你们的解释有多么可信？你们提出了理论，可是自己又有多少把握呢？在其他证据都是否定的前提下，它足以证明某种强大力量的存在吗？用超自然或神意来解释未知现象，总是最简单的做法。

“不过这也是人之常情。在银河历史上，有许多孤立的行星系退化成蛮荒世界的例子，我们从中学到了什么呢？在每个个案中，那些蛮人都将他们无法了解的自然力量——暴风、瘟疫、干旱——

通通归咎于比人类更有力量、更有本领的生命体。

“我相信，这就是所谓的‘神人拟同论’。而在目前这个问题上，我们与蛮人无异，陷入窠臼而不自知。我们对精神科学一知半解，却把我们不懂的一一归咎于超人——在此就是第二基地，只因为我们记得谢顿留下的那点暗示。”

“喔，”安索插嘴道，“原来你还记得谢顿，我以为你把他给忘了呢。谢顿的确说过有个第二基地。这点请你解释一下。”

“你可了解谢顿的整个意图吗？你可知道在他的计算中，牵涉到哪些必要因素吗？第二基地也许是个非常必要的‘稻草人’，在整个计划中具有极特殊的目的。比方说，我们是如何打败卡尔根的？屠博，你在最后的系列报道中是怎么写的？”

屠博挪动了一下壮硕的身躯。“对，我知道你想推出什么结论。达瑞尔，我在战争末期到了卡尔根，那颗行星上的士气低落得无法想象，这点非常明显。我仔细看过他们的新闻记录，而——嗯，他们竟然等着被打败。事实上，他们都认为第二基地最后势必介入，而且当然是向基地伸出援手，因此全体军民完全丧失斗志。”

“说得很对。”孟恩道，“战争期间，我一直都在那里。我告诉史铁亭第二基地并不存在，而他相信了我。所以，他感到安全无虞。可是他没办法将民众根深蒂固的信念，在一朝一夕间扭转过来，因此在谢顿安排的这场宇宙棋戏中，那个传说终究成了非常有用的一步棋。”

但是安索突然睁大眼睛，以嘲讽的目光紧盯着孟恩沉着的面容。“我说，你在说谎。”

侯密尔脸色煞白。“你对我作这种指控，我绝对没有必要接受，更别说需要回答。”

"我这么说，毫无对你作人身攻击的意思。你说谎是身不由己，你自己并不知道。但你还是说了谎。"

瑟米克将枯瘦的手掌放在年轻人的衣袖上。"年轻人，冷静一点。"

安索甩开他的手，动作相当粗鲁，并说："我对你们都失去了耐心。我这辈子顶多见过这人五六回，却发现他的改变令我无法置信。你们其他人都认识他好多年，可是全都忽略了。这简直会把人气疯。你们认为面前这个人是侯密尔·孟恩吗？他并不是我所认识的侯密尔·孟恩。"

这句话引起一阵震惊，孟恩高声吼道："你说我是冒牌货？"

"或许不是普通的冒牌货，"安索也得用力喊叫，才能盖过一片嘈杂，"不过仍然是冒牌货。各位，请安静下来！我要你们听我说。"

他用凶狠的目光瞪着众人，逼得大家都闭上嘴。"侯密尔·孟恩过去是什么样子，你们有谁还记得——我记得他是个内向的图书馆员，每次开口都显得很害羞，说话的声音既紧张又神经质，讲到不太肯定的事就结结巴巴。可是现在这个人像他吗？他辩才无碍，信心十足，开口闭口都是理论，而且，太空啊，他也没有口吃了。这还会是同一个人吗？"

现在连孟恩都有点迷惑了，于是裴礼斯·安索乘胜追击。"好，我们要不要测验他一下？"

"怎么做？"达瑞尔问。

"你竟然问我怎么做？眼前有个最明显的办法。你保有十四个月前帮他做的脑电图记录，对不对？重新再做一次，然后互相比较。"

他指着那位眉头深锁的图书馆员，凶巴巴地说："我敢说他一定会拒绝接受分析。”

“我不会拒绝。”孟恩不甘示弱地说，“我始终都是我自己。”

“你又怎么知道？”安索用轻蔑的语气反问，“我还要得寸进尺。在座每个人我都不相信，我要大家通通接受分析。一场战争刚刚结束。孟恩在卡尔根待了好久；屠博随着舰队跑遍整个战区；达瑞尔和瑟米克也曾经离开过——但我不知道两位去了哪里。只有我一直待在此地，与世隔绝而安然无事，所以我不再信任你们任何人。为了公平起见，我自己也会接受测验。你们大家是否同意？还是要我立刻告辞，去自行设法？”

屠博耸耸肩。“我不反对这个提议。”

“我已经说过了我不反对。”孟恩说。

瑟米克默默挥了挥手，表示他也同意。于是安索静待达瑞尔表明态度，最后达瑞尔总算点了点头。

“让我先来吧。”安索说。

年轻的神经电学家坐在躺椅上一动不动，紧闭着眼睛，仿佛在沉思。与此同时，指针在网格纸带上描绘出复杂的曲线。达瑞尔已经翻出旧档案，从里面掏出安索上次的脑电图记录，然后交给安索过目。

“这是你自己的签名，对吗？”

“没错，没错。这是我的记录。赶快进行比对吧。”

扫描仪将新旧两份记录投射到屏幕上，两者各自的七条曲线都清清楚楚。在黑暗中，孟恩以刺耳却清晰的声音说：“嗯，看那里。那里起了变化。”

“那是额叶的主波。侯密尔，它并没有什么意义。你指着的那些锯齿状波纹，只是代表愤怒的情绪。其他几条曲线才能作准。”

他轻轻按下一个控制钮，七对曲线便重叠在一起。除了两条主波的细微振幅互有出入，其他六对曲线完全合而为一。

“满意了吗？”安索问道。

达瑞尔略微点了点头，自己坐上了躺椅。在他之后轮到瑟米克，接下来则是屠博。大家静静地接受测量，静静地比对结果。

孟恩是最后一位坐上躺椅的。他犹豫了一下，然后用绝望的口气说：“好了，听着，我是最后一个，而且我很紧张。我希望能将这些因素考虑进去。”

“一定会的。”达瑞尔向他保证，“意识的情绪只会影响到主波，没有什么重要性。”

接下来又是一片肃静，仿佛过了好几个小时……

而在比对的过程中，安索突然在黑暗中粗声叫道：“果然没错，果然没错，这只是个刚发端的‘情结’。记得他刚才说的话吗？根本没有干扰这回事，都是愚蠢的‘神人拟同’观念作祟——可是看看这里！我想，大概是巧合吧。”

“到底怎么了？”孟恩尖声问道。

达瑞尔的手掌用力按在图书馆员的肩头。“孟恩，镇定点——你被动了手脚，你被‘他们’调整过了。”

然后室内重新大放光明。孟恩用涣散的目光环顾四周，拼命想挤出一个笑容。

“这当然不会是真的。这一定有什么目的，你们是在试探我。”

达瑞尔却只是摇摇头。“不，不，侯密尔，这都是真的。”

突然间，图书馆员变得泪眼汪汪。“我没有感到任何不对劲。我绝不相信。”他好像忽然想通了，又说：“你们全都串通好了。这是个阴谋。”

达瑞尔想要伸手拍拍孟恩，给他一点安慰，没想到被他一把推开。孟恩吼道：“你们计划好了要杀我。太空啊，你们计划好了要杀我。”

安索一个箭步冲到他面前。只听到骨头相撞的“啪啦”一声，孟恩便应声倒地瘫成一团，脸上兀自挂着那种惊愕的表情。

安索吃力地站起身来，对其他人说：“我们最好把他绑起来，并塞住他的嘴巴。然后，再决定下一步该怎么做。”他将长发撩到背后。

屠博问道：“你是怎么猜到他有问题的？”

安索转身面向屠博，露出嘲讽的表情。“这并不困难。听好，我、刚、好、知、道、第、二、基、地、真、正、位、于、何、处。”

接二连三的冲击，使得大家有点麻木……

因此，瑟米克以相当温和的口气问道：“你能肯定吗？我的意思是，我们才刚刚经历了孟恩这个……”

“我的说法可不一样。”安索答道，“达瑞尔，战争爆发那天，我曾以最认真的态度和你讨论，试图劝你离开端点星。当初我如果信得过你，早就对你说了，也不至于等到今天。”

“你的意思是，半年前你就已经知道了？”达瑞尔露出微笑。

“当我听说艾嘉蒂娅转到川陀去的时候，我就已经想通了。”

达瑞尔大吃一惊，陡然跳了起来。“这和艾嘉蒂娅有什么关系？你在暗示什么？”

“我想要说的，绝对都是我们早就心知肚明的事实。艾嘉蒂娅在卡尔根遇到麻烦，可是她没有回家，反而逃到了昔日的银河中心。迪瑞吉警官是我们在卡尔根最好的间谍，他的心灵却被调整过。侯密尔·孟恩去了一趟卡尔根，结果心灵也受到干扰。骡征服了整个银河，最后却出人意料之外，选择卡尔根作为他的大本营，这不禁令我怀疑，他究竟是一位征服者，或者只是一个工具。在每个事件中，我们都会碰到卡尔根，卡尔根——永远是卡尔根。过去一个多世纪，无数的军阀发动过无数次战争，那个世界却始终能安然无恙。”

“那么，你的结论又是什么呢？”

“太明显了。”安索的眼睛射出热切的光芒，“第二基地就在卡尔根。”

此时屠博突然打岔。“安索，我到过卡尔根，上星期我还在那里。除非我疯了，否则那颗行星上绝对没有什么第二基地。不瞒你说，我倒认为是你疯了。”

年轻人猛然转身面向他。“那么你就是一头蠢猪。你以为第二基地是什么样子？像一间小学学堂？你以为在太空船降落的航道上，会有辐射场的紧致波束构成的‘第二基地’彩色字样？屠博，听我说。不论他们在哪里，都必定形成一个严密的寡头政体。他们一定会在存身的世界藏得很隐密，和那个世界在银河中的地位一样不起眼。”

屠博的面部肌肉不自主地扭曲。“安索，我不喜欢你这种态度。”

“这的确令我困扰。”安索故意反讽，“你在端点星放眼望望吧。这里是第一基地的中枢、核心和起点，拥有第一基地的一切物理科学知识。可是，又有多少人是科学家呢？你会操作能源传输站吗？你对超核发动机的运作原理又懂得多少？啊？在端点星——甚至在端点星——真正的科学家也不会超过百分之一。

“而必须严守机密的第二基地情况又如何呢？真正的行家同样

不会太多，而且即使在自己的世界上，他们照样会隐姓埋名。”

“不过，”瑟米克谨慎地说，“我们刚把卡尔根打垮……”

“我们做到了，的确做到了。”安索又用讽刺的口吻说：“喔，我们大肆庆祝胜利。各个城市都依然灯火通明，人们还在街头施放烟火，并且利用影像电话大声互道恭喜。可是话说回来，从现在开始，如果再要寻找第二基地，我们最不会注意的是哪个地方？任何人最不会注意的是哪个地方？啊？就是卡尔根！

“你该知道，我们并没有伤到他们，没有真的伤到。我们击毁了一些星舰，打死了几千人，粉碎了他们的帝国梦，接收了一些贸易和经济势力——可是这些通通毫无意义。我敢打赌，卡尔根那些真正的统治阶级，每个人一定都毫发无伤。反之，他们的处境更安全了，因为没有人会再怀疑那个地方。唯独我不然。达瑞尔，你怎么说？”

达瑞尔耸耸肩。“很有意思。我正在试图用你的理论，印证两个月前艾嘉蒂娅带给我的口信。”

“哦，口信？”安索问道，“说些什么？”

“嗯，我也不确定。短短五个字，但是很有意思。”

“慢着，”瑟米克插嘴道，口气十分急切，“有件事我还不明白。”

“什么事？”

瑟米克字斟句酌，嘴唇一开一合，一字一顿勉强地说：“嗯，侯密尔·孟恩刚刚说，虽然哈里·谢顿声称建立了第二基地，其实根本是在唬人。现在你又说事实并非如此，第二基地并不是个幌子，啊？”

“对，他并没有唬人。谢顿声称他建立了第二基地，而事实正是如此。”

“好的，可是他还说了一点别的。他说他将这两个基地，设在银河中两个遥相对峙的端点。好了，年轻人，这句话是不是唬人的——因为卡尔根并非位于银河的另一端。”

安索似乎有点恼怒。“那只是个小问题。他那番话，很可能是为了保护他们而故意放出的烟幕。无论如何，请想想看——把那些心灵科学大师放在银河另一端，能有什么用处呢？他们的作用是什么？是要维护谢顿计划。谁是计划的主要推手？是我们，是第一基地。那么，他们应该置身何处，才最适宜观察我们，并且最符合自己的需要？在银河另一端吗？简直荒谬！其实他们是在相当近的地方，只有这样才合理。”

“我喜欢这种说法。”达瑞尔道，“听来合情合理。听我说，孟恩已经清醒一阵子了，我提议将他松绑。他不可能造成危害，真的。”

安索看来绝不同意，侯密尔却使劲点着头。五秒钟后，他则使劲搓揉着两只手腕。

“你感觉怎么样？”达瑞尔问。

“糟透了，”孟恩悻悻然地说，“不过没关系。我有个问题，想要问问面前这位青年才俊。我已经听过了他的长篇大论，现在希望允许我来质疑，我们下一步应该怎么做。”

接下来是一阵诡异而令人尴尬的肃静。

孟恩苦笑了一下。“好，假设卡尔根真是第二基地。卡尔根上，哪些人又是第二基地分子？你准备怎样找出他们来？万一找到了，又准备怎样对付他们，啊？”

“啊，”达瑞尔说，“太巧了，我刚好能回答这个问题。要不要我来讲讲，我和瑟米克过去半年在忙些什么？安索，我会一直坚持留在端点星，这是另一个重要原因。”

“首先我要强调，”他继续说，“多年来，我从事脑电图分析的研究，其实还怀着一个谁也猜不到的目的。想要侦测第二基地分子的心灵可不简单，要比单纯找出‘干扰高原’困难一点——我并没有真正成功。但我算是接近成功的边缘。

“你们有谁知道情感控制的机制？自从骡的时代，它就一直是小说家的热门题材。这类的无稽之谈，无论口耳相传或文字记录都比比皆是。大多数的说法，都将它视为一种神秘玄奥的异能。当然，事实并非如此。大家都知道，人脑是无数细微电磁场的发射源。每一个飞纵的情感或情绪，都会令那些电磁场或多或少产生变化，这点也是大家都应该知道的。

“所以说，不难想象有一种特殊的心灵，能够感知这些多变的电磁场，甚至能够与之共振。也就是说，他们大脑中可能有一种特殊的器官，能解读所侦测到的电磁场型样。至于真正的运作原理，我自己也没有概念，不过这没什么关系。打个比方吧，假使我是盲人，我仍然可以了解光子的量子理论，因而接受视觉的科学解释：眼睛吸收了某种能量的光子，便会导致人体某个器官产生化学变化，因而侦测出光子的存在。可是，当然啦，我却无论如何无法了解色彩的概念。

“你们大家都能明白吗？”

安索使劲点了点头，其他人则是茫然地点头。

“这种假设中的心灵共振器官，一旦调整到和其他心灵的电磁场谐振，就会像传说中那样，可以感知他人的情绪，甚至表现出更微妙的‘读心术’。从这个假设出发，很容易再想象另一种能够强行调整他人心灵的器官。这种器官能发射强力的电磁波，来同化他人脑部较微弱的电磁场——就好像一个强力的磁铁，能够固定钢条中原子偶极的排列方向，使得钢条因此永久磁化。

“我试图解出第二基地的数学模式，方法是建构一个方程式，以便预测神经网路必须作出何种组合，才能形成我刚才描述的那种器官——不过，可惜的是，那个方程式过于复杂，现有的任何数学工具都解不出来。这实在很糟，意味着如果只靠脑电图的图样，我永远无法辨识那些心灵术士。

“但是我还有另一个办法。借着瑟米克的帮助，我制成一个命名为‘精神杂讯器’的装置。以我们现有的科学水准，不难制造出能复制任何脑电波的能量发射器。更重要的是，这种装置所发射的电磁波，波型可以设定为完全随机变化。对那种‘第六感’而言，随机的电磁波就是一种‘噪声’或‘杂讯’，因此可用来屏障我们的心灵。

“各位都还听得懂吗？”

瑟米克咯咯大笑。他帮达瑞尔制作那个装置时，曾经猜过它的用途，如今证明他的猜测完全正确。这位老前辈果然还有两把刷子……

安索说：“我想我听得懂。”

“这种装置相当容易大量生产，”达瑞尔继续说，“借着战时研发的名义，基地所有的资源都在我的支配之下。现在，市长办公室和立法机构都已受到‘精神杂讯’的保护。而此地的重要工厂，以及这栋建筑物也不例外。如今，我们可说已经较为隐密。将来，我们可以让任何地方变得绝对安全，让第二基地或者类似骡的异人再也无法入侵。我说完了。”

他将右手一摊，做了一个发言完毕的手势。

屠博似乎极为惊讶。“那么一切都结束了。谢顿保佑，一切都结束了。”

“不，”达瑞尔说，“并不尽然。”

“不尽然，怎么会？还有什么意料之外的发展吗？”

“没错，我们还没有找到第二基地！”

安索立刻吼道：“你到底想要说什么……”

“是的，我还有话要说。卡尔根并不是第二基地。”

“你又怎么知道？”

“太简单了。”达瑞尔喃喃地说，“听好，我、刚、好、知、道、第、二、基、地、真、正、位、于、何、处。”

21

满意的答案

屠博突然哈哈大笑——笑声好像一阵呼啸的巨风，在墙壁上来回反弹，许久之后才消失在喘息声中。他有气无力地摇摇头，才说：“银河啊，整个晚上不断发生这种事。我们列出一个接一个的假想敌，我们玩得很开心，却没有任何具体结论。太空啊！也许每颗行星都是第二基地。也许他们根本没有任何据点，重要人物都散布在不同的行星上。这又有什么关系呢？反正达瑞尔说，我们已经有完美的防御武器。”

达瑞尔皮笑肉不笑。“屠博，光有完美的防御武器还不够。我的‘精神杂讯器’离完美还差得远，而且即使它真的完美无缺，也只能让我们待在一个地方。我们总不能永远磨拳擦掌，虎视眈眈地防范着未知的敌人。我们不仅要知道该如何打胜仗，还得知道该打败什么人。而我可以肯定，敌人的确盘踞在某个世界上。”

“赶紧直说吧。”安索催促道，“你究竟有什么情报？”

“艾嘉蒂娅送了一个口信给我。”达瑞尔说：“在我收到口信前，从未注意到那个明显的事实。而且，我可能永远不会注意到。那只不过是简单的一句话：‘圆没有端点’。你们听得懂吗？”

“不懂。”安索以倔强的语气答道，而这显然代表大家的意见。

“圆没有端点。”孟恩若有所思地重复了一遍，同时皱起了眉头。

“好啦，”达瑞尔不耐烦地说，“我认为意思相当明显——对于第二基地，我们掌握的一项绝对的事实是什么，啊？让我告诉你们！我们知道哈里·谢顿将它设在银河的另一端。侯密尔·孟恩提出一个理论，认为谢顿其实是在唬人。裴礼斯·安索提出另一个理论，认为谢顿的话半真半假，第二基地的确存在，但是谢顿故意谎报它的位置。可是我要告诉各位，哈里·谢顿其实完全没有说谎，他说的都是千真万确的事实。

“可是，哪里又是‘另一端’呢？银河系是一个扁平、凸透镜状的天体。它的横截面是一个圆，而圆形是没有端点的——这就是艾嘉蒂娅悟出的道理。我们——我们第一基地——位于端点星，而端点星在这个圆的边缘。所以根据定义，我们处于银河的端点。现在，你沿着这个圆周一直走，去寻找所谓的‘另一端’。你一直走，一直走，一直走，结果根本找不到‘另一端’。你只会回到原来的起点——

“而在‘那里’，你将会找到第二基地。”

“那里？”安索重复了一遍，“你是指这里？”

“是的，我是指这里！”达瑞尔中气十足地吼道，“除此之外，还会有其他可能吗？你自己说的，第二基地分子若是谢顿计划的守护者，他们就不太可能位在所谓的‘银河另一端’，否则，他们想必会完全与世隔绝。你认为卡尔根距离较为合理，我告诉你，那里还是太远了。最合理的距离，是根本没有任何距离。而他们藏在哪里最安全呢？谁又会在这里寻找他们呢？最明显的地方就是最隐密的地方，这是亘古不变的真理。

“当可怜的艾布林·米斯发现了第二基地下落时，他为何那么惊讶、那么气馁？他飞过大半个银河，拼了命也要找到第二基地，以便警告他们骡快打来了，竟然发现骡已经一举攻下两个基地。而骡自己的寻找为何又会失败呢？怎么可能不会？你如果要去搜索一个危险的敌人，该不会在自己的俘虏堆里找吧。因此，那些心灵科学大师才能争取到充裕的时间，布置好天衣无缝的计划，最后终于成功遏止了骡。

“喔，这实在简单得令人生气。我们在这里绞尽脑汁计划一切，以为我们神不知鬼不觉——没想到我们始终待在敌人根据地的正中心。这实在太滑稽了。”

安索脸上的疑惑仍旧没有消失。“达瑞尔博士，你真心相信这个理论吗？”

“我真心相信。”

“那么我们的左邻右舍，我们在街上遇到的任何人，都有可能是第二基地的超人。他们或许正在窥视你的心灵，正在感知其中的脉动。”

“正是如此。”

“而我们的计划竟然还能进行那么久，至今未受干涉？”

“未受干涉？谁告诉你说我们没有受到干涉？你，你自己，证明了孟恩的心灵遭到干扰。你以为当初我们派他去卡尔根，是完全出于我们的自由意志吗？而艾嘉蒂娅窃听到我们的谈话，因此跟他一起去了，又是出于她的自由意志吗？哈！我们也许不断受到干涉呢。总之，他们何必作出过度的反应呢？对他们而言，误导我们远比阻止我们有利得多。”

安索低头沉思了一阵子，然后，带着一副不以为然的表情抬起头来。“好吧，但我还是不喜欢这个理论。你的‘精神杂讯’根本不值一哂。我们不能永远躲在房间里，可是根据我们现在的认知，一旦走出房门，我们就等于输掉了。除非你能将这个装置缩小，发给全银河的居民一人一个。”

“没错，安索，但我们并非全然无可奈何。那些第二基地分子拥有我们欠缺的特殊感官。这是他们的长处，也正是他们的弱点。比如说，你能不能想象一种武器，对普通的明眼人具有杀伤力，却对盲人毫无作用？”

“当然可以。”孟恩抢着答道，“刺眼的光线。”

“完全正确。”达瑞尔说，“高强度、足以使人失明的光线。”

“可是，这又是什么意思？”屠博问道。

“这个类比相当明显。我已经制成了‘精神杂讯器’，它可以发射一种人造的电磁波，而这种电磁波对第二基地分子的影响，正如普通光束对我们所造成的效应。不过‘精神杂讯器’很像万花筒，它不断迅速变换着型样，绝不是任何心灵跟得上的。好，现在请想象一束强烈的闪光，看久了会令人头痛的那种光束。若将这种光束增强，直到足以令人目盲——就会带来肉体上的痛楚，一种无法忍受的痛楚。但是它只对具有视觉的人才会造成伤害，对于盲人根本没有作用。”

“真的吗？”安索开始感兴趣了，“你试验过吗？”

“用谁来试验呢？我当然还没有试过，但是它一定有效。”

“喔，那么控制此地杂讯场的开关在哪里？我想看看那玩意。”

“在这里。”达瑞尔将手伸进外衣口袋，掏出一个通体黑色、附有一些键钮的圆柱体。那个装置很小，放在口袋里几乎看不出来。达瑞尔掏出来之后，便顺手丢给安索。

安索仔细地检视着，然后耸了耸肩。“光是这样看，根本看不出什么苗头。喂，达瑞尔，哪里是我不能碰的？你也知道，我可不想无意中关掉这栋房子的保护伞。”

“不会的，”达瑞尔随口答道，“控制开关已经锁住了。”他朝一个捺跳开关轻弹了一下，果然一动也不动。

“这个旋钮又是做什么的？”

“那是用来改变型样的变换速率。这个——这是改变强度的，我刚才提到过。”

“我可以——”安索问道，手指已经按在强度旋钮上。其他三个人也凑了过来。

“有何不可？”达瑞尔耸耸肩，“反正对我们没有作用。”

安索慢慢地、几乎畏畏缩缩地开始转动旋钮，先朝一个方向转，然后再转回来。屠博紧张得咬紧牙根，孟恩则是两眼迅速眨个不停。仿佛他们都想将自己的感官发挥到极限，试图感受那个不会影响他们的电磁脉冲。

最后，安索又耸了耸肩，将那个控制器丢回达瑞尔的膝盖上。“嗯，我想我们可以相信你的话。可是实在难以想象，当我转动旋钮的时候，真有什么事情发生。”

“自然是不会的，裴礼斯·安索。”达瑞尔露出一个僵硬的笑容，“我给你的那个是假的。你看我这里还有一个。”他脱掉外衣，解下挂在腰际的另一个一模一样的控制器。

“你看。”达瑞尔一面说，一面把强度旋钮转到底。

伴着一声可怕至极的惨叫，裴礼斯·安索倒在地板上。他痛苦万分，拼命打滚，脸色一片死灰，十指猛力抓扯自己的头发。

孟恩两只眼睛充满恐惧，他赶紧抬起双脚，以免碰到这个扭动不已的躯体。瑟米克与屠博则成了一对石膏像，脸色苍白，全身僵硬。

达瑞尔带着凝重的表情，将旋钮转回原来的位置。安索微微抽动了一两下，就静静地躺在那里。他显然还活着，急促的呼吸带动着身体剧烈起伏。

“把他抬到沙发上去。”达瑞尔说完，就伸手去抱他的头。“帮我一下。”

屠博赶忙去抬安索的脚。两人好像抬一袋面粉那样，把他抬到沙发上去。过了好几分钟，安索的呼吸逐渐缓和，眼皮跳动一阵子后终于张开。他的脸色变得蜡黄，头发和身体全被汗水湿透，而当他开口的时候，声音沙哑得令人听不懂他在说什么。

“不要，”他喃喃道，“不要！不要再开了！你们不知道……你们不知道……喔——喔。”最后是长长一声发颤的哀号。

“只要你说实话，”达瑞尔道，“我们不会再让你吃苦头。你是第二基地的成员吗？”

“给我喝点水。”安索哀求道。

“屠博，拿点水来。”达瑞尔说，“顺便把那瓶威士忌带来。”

达瑞尔灌了安索一小杯威士忌，再喂他喝了两大杯水，然后重复了一遍刚才的问题。年轻人似乎放松了一点……

“是的，”他疲惫不堪地说，“我是第二基地的一员。”

达瑞尔继续问道：“它就在端点星上——在这里？”

“是的，是的。达瑞尔博士，全都给你猜对了。”

“很好！现在解释一下过去一年发生的事。告诉我们！”

“我想睡觉。”安索细声地说。

“等一下再睡！先把话说完！”

安索先发出颤抖的叹息，然后才开始说话。他说得又快，声音又小，众人必须俯下身来才听得清楚。“情势越来越危险。我们知道端点星的科学家，开始对脑波分析产生兴趣，而且发展‘精神杂讯器’这类装置的时机也成熟了。此外，你们对第二基地的敌意越来越浓。我们必须阻止，却又不能波及谢顿计划。

“我们……我们试图控制这个行动，试图加入这个行动。这样就能转移对我们的疑心和注意力。我们策动卡尔根宣战，则是为了进一步转移你们的力量。这就是我让孟恩去卡尔根的原因。那个史铁亭的所谓宠姬，也是我们的一分子。她负责导演孟恩的每一步行动……”

“嘉莉竟是……”孟恩大叫一声，达瑞尔却挥手要他安静。

安索并未注意到有人插嘴，他继续说：“结果艾嘉蒂娅也跟去了。我们没有算到这一步——不可能预见每一件事——所以嘉莉设法把她送到川陀，以免她的介入误了大事。这就是整个的计划，只不过我们还是失败了。”

“你也曾经想把我骗去川陀，对不对？”达瑞尔又问。

安索点点头。“必须把你支开。你心中逐渐升高的得意之情太明显了。我们知道你正在研发‘精神杂讯器’。”

“你们为何不控制我呢？”

“不能……不能。我有我的命令。我们依照计划行事。我若自作主张，会毁掉全盘的计划。我们的计划只能预测几率……你知道的……就像谢顿计划一样。”他一面说一面痛苦地喘息，几乎已经语无伦次。他的脑袋还剧烈地左右摇摆。“我们针对个人订定计划……不是群体……几率非常低……导致失败。此外……如果控制你……其他人也会发明……没有用……必须控制时机……更巧妙的……第一发言者自己的计划……不知道全盘的……除了……没有成功……啊……”他筋疲力尽了。

达瑞尔使劲摇他。“你还不能睡，你们总共有多少人？”

“啊？你说啥……喔……不多……你会惊讶的……五十……足够了。”

“都在端点星吗？”

“五……六个在别的世界……就像嘉莉……我要睡了。”

他突然甩了甩头，仿佛拼命力图振作，而且的确显得清醒不少。他想在挫败之后争回一点颜面，这是他所能做的最后一件事。

“已经几乎击败你了。原本可以关掉防御装置，把你抓起来。原本可以证明谁才是主宰。你却给了我一个假的控制器……从一开始就怀疑我……”

他终于睡着了。

屠博用余悸犹存的口吻问道：“达瑞尔，你怀疑他有多久了？”

“打从他刚出现。”他用平静的口吻说：“他说，他是从克莱斯那里来的。可是我很了解克莱斯，也了解我俩为何不欢而散。他对第二基地这个题目充满狂热，而我却曾经遗弃他。我那样做自有道理，因为我认为独自研究自己的理论，才是最好、最安全的做法。可是我无法向克莱斯解释这一点，即使我说了，他也听不进去。在他心目中，我是一名懦夫兼叛徒，甚至也许是第二基地的间谍。他是个爱记仇的人，从那时候起，直到他快去世了，都一直没有和我联络。然后，突然间，在他生命的最后一周，他竟然写信给我——以一个老朋友的身份——向我推荐他最优秀、最有前途的学生，要我们两人合作，继续昔日的探索。

“这并不像他的作为。假如没有外力影响，他怎么可能有如此的举动？所以我开始怀疑，怀疑这件事唯一的目的，是要我接纳一名真正的第二基地间谍。嗯，事实证明果真如此……”

他叹了一口气，闭起眼睛好一阵子。

瑟米克迟疑地插嘴道：“那些第二基地的人……我们该拿他们怎么办？”

“我也不知道。”达瑞尔以悲伤的口吻说，“我想，可以把他们集体放逐。比如说，佐拉尼星就很适合。把他们送到那里，并且在那颗行星上布满‘精神杂讯’。男女可以隔离开来，更好的办法是令他们绝育——五十年后，第二基地就会成为历史。除此之外，安乐死或许是更仁慈的办法。”

“你认为我们学得会他们那种感应力吗？”屠博问道，“或是像骡一样，那是他们与生俱来的？”

“我不知道。我想那是长期训练的结果，因为根据脑电图，人类的心灵普遍具有这类潜能。可是你要那种能力干什么？连他们自己都未能受惠。”

达瑞尔皱起眉头。

虽然他不再开口，心中却在呐喊。

这一切都太容易了——太容易了。他们失败了，这些所向无敌的超人，像故事书中的坏蛋一样被一网打尽，他并不喜欢这个结局。

银河啊！一个人要何时才能确知自己不是傀儡？又要如何才能确知自己不是傀儡？

艾嘉蒂娅马上就要回来了，自己终将面对那个难题，但是他强迫自己暂时忘掉这件事。

她回来了，一个星期过去了，两个星期过去了，他始终无法忘怀那个念头。他怎么可能不想呢？不知是什么魔法作祟，她出门在外这段时间，已经从女孩变成了少女。她是他生命的延续，是那段苦乐参半、骤然结束的婚姻所留下的唯一纪念。

某一天晚上，他尽可能像是随口问道："艾嘉蒂娅，你是怎样断定端点星上有两个基地的？"

今晚在戏院中，他们坐在最好的座位，两人都有专用的三维视镜。她特别穿了一件新衣服，玩得开心极了。

她瞪着他好一会儿，然后干脆地答道："喔，爸爸，我不知道。我就是想到了。"

达瑞尔博士的心头立刻蒙上一层冰霜。

"好好想一想。"他用急切的口吻说，"这点非常重要。你是怎样断定两个基地都在端点星上？"

她微微皱起眉头。"嗯，我遇到了嘉莉贵妇。我知道她是第二基地的人，安索也是这么说的。"

"但是她在卡尔根，"达瑞尔追根究底，"你怎样断定就是端点星呢？"

回答这个问题之前，艾嘉蒂娅沉默了好几分钟。她是怎么断定的？是怎么断定的？她心中升起一种可怕的感觉，感到无法完全掌握自己。

她答道："她知道许多事——我是说嘉莉贵妇——她的情报一定是从端点星来的。爸爸，这样说难道不合理吗？"

他却只是对她摇头。

"爸爸，"她喊道，"我就是知道。我越想就越肯定，这完全合情合理。"

父亲眼中露出茫然的目光。"艾嘉蒂娅，很糟糕，实在很糟糕。凡是牵涉到第二基地，直觉都是一种可疑的征兆。你自己也了解吧？它可能只是单纯的直觉——却也可能是控制的结果！"

"控制！你是指他们令我改变了？喔，不。不，这绝对不可能。"她一面后退一面说，"安索不是说我的猜测正确吗？他已经承认了，承认了每一件事。而且你们也在端点星上，把那些人一网打尽了。对不对？对不对？"她的呼吸越来越急促。

"我知道，不过——艾嘉蒂娅，你愿不愿意让我为你做一次脑电图分析？"

她拼命摇头。"不，不！我害怕极了。"

"艾嘉蒂娅，你怕我吗？根本没有什么好怕的。可是我们一定要弄明白。你自己也了解吧？"

在整个过程中，她只打了一次岔。当他正要打开最后一个开关时，她突然抓住他的手臂。"爸爸，万一我真有问题呢？你得怎么做？"

"艾嘉蒂娅，我什么都不必做。万一你真有什么变异，我们就离开这里。你和我，我们回川陀去，从此……从此我们永不过问银河的一切。"

在达瑞尔一生中，从来没有任何分析做得这么慢，或是耗费这么多心力。等到终于结束，艾嘉蒂娅蜷缩成一团，不敢张开眼睛。但她随即听到父亲的笑声，这就足以代表一切。她立刻跳起来，扑向父亲的怀抱。

当两人紧紧拥抱时，达瑞尔欣喜若狂，喋喋不休地说："这间屋子有最强的'精神杂讯'，而你的脑波仍然正常。艾嘉蒂娅，我们真的逮到他们了，我们可以恢复正常生活了。"

"爸爸，"她喘着气说，"我们现在可以接受奖章了吗？"

"你怎么知道我婉谢这件事？"他伸直双手按着她的肩膀，瞪了她好一会儿，然后又开怀大笑。"没关系啦，反正什么事都瞒不过你。好吧，你可以上台去接受奖章，并且当众致辞。”

“还有，爸爸？”

“啊？”

“从今以后，你能不能叫我艾卡蒂？”

“可是——没问题，艾卡蒂。”

胜利的骄傲渐渐渗入并充盈他心中。基地——第一基地——现在则是唯一的基地——成了银河系绝对的主宰。再也没有任何障碍横亘于第二帝国——谢顿计划的最终目标——与他们之间。

只要不断前进就行了……

谢天谢地……

22

真正的答案

在一个不知名的世界上，一个地点不明的房间中！

某人的计划成功了。

第一发言者抬头看了看弟子。“五十名男女，”他说，“五十位烈士！他们明知下场不是处决就是终身监禁，而且，他们还不能事先接受意志力强化——否则很容易被侦测出来。但是他们未曾表现丝毫软弱。他们顺利完成计划，因为他们热爱那个更伟大的谢顿计划。”

“人数不能再少一点吗？”弟子不解地问。

第一发言者缓缓摇了摇头。“这已经是下限了。人数再少一点，就不可能有说服力。事实上，纯粹客观而言，至少需要七十五人，才足以吸收可能的误差。不过别操这个心了。‘发言者评议会’十五年前拟定的行动方针，你研究过了没有？”

“有的，发言者。”

“和实际发展比较过了没有？”

“有的，发言者。”顿了一顿之后——

“发言者，我感到相当惊讶。”

“我明白。这种惊讶从无例外。倘若你知道投注了多少人力，花了多少个月——应该说多少年——才将这个计划修改到尽善尽美，你就不会那么惊讶了。现在告诉我这整个过程——用普通的语言，我要你把数学都翻译成普通的语言。”

“遵命。”年轻人整理了一下思绪，“原则上，必须让第一基地的人彻底相信，他们已经找到并摧毁了第二基地。这样一来，一切就会回到我们预定的原点。换句话说，端点星恢复对我们一无所知的状态；在他们的算计中，不会再将我们列入考虑。我们再一次安全地藏匿起来——那五十个人则是代价。”

“卡尔根之战的目的呢？”

“让基地明白，他们有能力战胜有形的敌人——以扫除骡所带给他们的打击，让他们恢复自尊和自信。”

“你这里的分析不够充分。记住，端点星上的人对我们抱着矛盾的态度。他们认为我们拥有优势，因此对我们又憎恨又嫉妒；但在潜意识中，他们又仰赖我们的保护。假使在卡尔根之战发生前，我们就被他们‘摧毁’，会给整个基地带来普遍的恐慌。当史铁亭发动攻击的时候，他们将失去面对这场战争的勇气，而令史铁亭得逞。只有在他们让胜利冲昏头的情况下，我们的‘毁灭’带来的负面影响才能减到最小。即使多等一年，他们的成就感也将冷却一大半。”

弟子点点头。“我懂了。那么从今以后，历史的轨迹将遵循谢顿计划的方向，不会再有任何偏折。”

“除非，”第一发言者强调，“又有什么个别的、不可预见的意外发生。”

“为了预防这种事，”弟子接着说，“所以我们必须存在。只是……只是……发言者，目前的态势，有一件事令我很担心。第一基地发明出‘精神杂讯器’——那是专门用来对付我们的强力武器。至少，这种情形是前所未有的。”

“说得好。但是他们却找不到需要对付的敌人。那个装置会变得无用武之地；正如我们的威胁消失之后，脑电图分析也会变成一门无用的科学。其他的科学会取而代之，带来更重要、更及时的回报。因此，第一基地这些第一代的精神科学家，也将是最后一代——一个世纪之后，‘精神杂讯器’就会变成几乎被人遗忘的古董。”

“嗯——”弟子在心中默默盘算，“我想您说得很对。”

“可是年轻人，为了你将来在评议会中的工作，我最希望你了解的是，过去十五年间，由于需要处理个人的行为，我们的计划被迫考虑一些微妙的情状。比如说，安索必须启人疑窦，以便一切能在适当时机成熟，不过这是相当简单的一件事。

“此外，我们必须安排一种情状，避免端点星上的人过早想到端点星正是他们寻找的目标。这种想法必须由那个小女孩艾嘉蒂娅提出来，而且除了她父亲，不会有其他人注意到。因此，她必须被带到川陀，以便确保这对父女在时机成熟前无法接触。这两个人就像超核发动机的两极，少了一个就无法运作。而且必须在正确的时间按下开关，接通线路。我设法做到了！

“卡尔根之战必须处理得极为恰当。一定要让基地舰队自信满满，而卡尔根舰队未战先怯。这我也做到了！”

弟子又说：“发言者，我觉得您……我的意思是我们大家……似乎都依赖一个关键因素，那就是达瑞尔博士并未怀疑艾嘉蒂娅是我们的工具。而我检查这方面的计算，发现他会起疑的几率约有30%。万一真发生这种事呢？”

“我们早已做好完善的防范。你学过‘干扰高原’理论吧？它究竟代表什么？当然不是植入某种‘情感倾向’的证据。即使最精密的脑电图分析，也绝不可能侦测出这种变化。你该知道，这是拉弗特定理的结果。真正能在脑波上显示的，是取出、是切除原有‘情感倾向’所造成的影响。那种变化一定会显现出来。

“当然，安索负责让达瑞尔知晓有关‘干扰高原’的一切细节。

“然而——在哪种情况下，可以让一个人受到控制，又不会在脑波中显现出来？唯有那人并没有任何‘情感倾向’需要切除。换句话说，唯有那人是新生儿，整个心灵如同一张白纸。十五年前，当计划跨出第一步的时候，出生于川陀的艾嘉蒂娅·达瑞尔就是这样的一个婴儿。她永远不会知道自己受到控制，而这样最好，因为这个控制帮助她建立了一个珍贵而聪敏的性格。”

第一发言者干笑了一声。“就某方面而言，最令人惊讶的是整个事件的讽刺性。四百年以来，多少人曾被谢顿的一句‘银河另一端’所愚弄；他们各自提出特定的、物理科学模式的解答，真的拿量角器和直尺来寻找‘另一端’。结果，不是绕到银河边缘一百八十度之外，就是回到原来的出发点。

“而我们最大的危险，在于仅仅根据物理思考模式，便有可能推测出正确答案。你也知道，银河不是一个扁平的卵形体，银河外缘也并非封闭曲线。银河其实是个双螺旋，至少有八成的住人行星位于‘主旋臂’上。端点星位于旋臂的最外端，而我们则在另一端——螺旋的另一端在哪里呢？哈，是在中心区域。

“但这毫不起眼，它是个并不切题的答案。倘若钻研这个问题的人，能够记得哈里·谢顿是一位社会科学家，而并非自然科学家，再据此调整他们的思维模式，应该就能立刻想到这个答案。对一位社会科学家而言，‘另一端’代表什么意义呢？地图上的另一端吗？当然不是。那只是机械式的诠释。

“第一基地设在银河外缘，该处本是昔日帝国势力最薄弱、施以文明洗礼最少、财富和文化趋近于零的地方。而哪里又是银河社会的另一个极端呢？哈，就是帝国最强盛、文明最发达、财富和文化鼎盛之处。

“这里！这个中心！它就在川陀，谢顿时代的帝国首都。

“这是多么理所当然。哈里·谢顿留下一个第二基地，是为了要维护、改进并推展他的计划。早在五十年前，就已经有人明白这一点，或者至少猜到了。但这项工作最适宜在何处进行？自然是在川陀。当年谢顿团队的研究在这里进行，数十年搜集的资料也都汇集此地。此外，第二基地的目的是要保卫谢顿计划，这点也是众所周知！而对于端点星和谢顿计划，最大的威胁又源自何处？

“就在此地！就在川陀这里。帝国虽然奄奄一息，可是前后有三个世纪的时间，帝国仍然能够摧毁基地，只要它下定决心这么做。

“一个世纪前，当川陀沦陷，惨遭劫掠，变作一片废墟时，我们自然有办法保卫自己的大本营。于是整个行星，只有帝国图书馆和周围的校园安然无事。这是银河系人尽皆知的事实，但即使是如此明显不过的暗示，也没有任何人注意到。

“艾布林·米斯就是在川陀发现我们的下落，我们只好提早结束他的生命，令他无法说出这个秘密。为了做到这一点，我们必须设计由一个普通的基地女子击败骡的强大异能。当然，这种奇迹难免会使人怀疑到这颗行星——就在此地，我们首次对骡进行研究，因而订出击败他的计划。而艾嘉蒂娅也在此出生，自此引发一连串的事件，终于使得谢顿计划重新回到正轨。

“我们所暴露的那些秘密，那些漏洞，竟然通通没有被发现，这都是因为谢顿所说的‘另一端’乃别有所指，他们却自以为是地另作解释。”

第一发言者沉默了良久。他刚才对弟子说的这番话，其实更像是为自己解说一切。现在他站在窗前，仰望着苍穹中不可思议的强烈光焰，仰望着从此永远太平的广袤银河。

“哈里·谢顿将川陀称作‘群星的尽头’，”他悄声说道，“为何不能是个诗意的意象。宇宙一度完全受到这颗星体支配；当时众星都和此处保持联系。古谚有云：‘条条大路通川陀，群星尽头，此之谓也’。”

十个月前，第一发言者曾经站在同一地点，满怀沉重的心情，抬头凝视这片拥挤的星空——在人类称为“银河系”的这团巨大物质中，再也没有比核心更拥挤的区域。如今，在那张浑圆而红润的脸庞上，第一发言者——普芮姆·帕佛——露出一个堪称满意的神情。

读客®

科幻文库

跟着读客读科幻，经典科幻全看遍

太空歌剧、赛博朋克、奇幻史诗……

中国、美国、英国、俄罗斯、波兰、加拿大、日本、牙买加……

读客汇聚雨果奖、星云奖、轨迹奖获奖作品

精挑细选顶尖的科幻奇幻经典

陪伴读者一起探索人类文明的过去、现在和未来

亿亿万万年，直至宇宙尽头

阿西莫夫
银河帝国系列

基地系列

银河帝国：基地（Foundation）

银河帝国2：基地与帝国（Foundation and Empire）

银河帝国3：第二基地（Second Foundation）

银河帝国4：基地前奏（Prelude to Foundation）

银河帝国5：迈向基地（Forward the Foundation）

银河帝国6：基地边缘（Foundation's Edge）

银河帝国7：基地与地球（Foundation and Earth）

机器人系列

银河帝国8：我，机器人（I, Robot）

银河帝国9：钢穴（The Caves of Steel）

银河帝国10：裸阳（The Naked Sun）

银河帝国11：曙光中的机器人（The Robots of Dawn）

银河帝国12：机器人与帝国（Robots and Empire）

帝国系列

银河帝国13：繁星若尘（The Stars, Like Dust）

银河帝国14：星空暗流（The Currents of Space）

银河帝国15：苍穹一粟（Pebble in the Sky）

图书在版编目（CIP）数据

银河帝国．第二基地 /（美）阿西莫夫 (Asimov,I.) 著；叶李华译．-- 南京：江苏凤凰文艺出版社，2015（2023.3 重印）
（读客全球顶级畅销小说文库）
ISBN 978-7-5399-8330-1

Ⅰ．①银… Ⅱ．①阿… ②叶… Ⅲ．①长篇小说－美国－现代 Ⅳ．① I712.45

中国版本图书馆 CIP 数据核字 (2015) 第 097171 号

银河帝国．第二基地

［美］艾萨克·阿西莫夫 著　　叶李华 译

责任编辑　丁小卉
特约编辑　朱亦红　许姗姗
封面设计　李子琪
责任印制　刘　巍
出版发行　江苏凤凰文艺出版社
　　　　　南京市中央路 165 号，邮编：210009
网　　址　http://www.jswenyi.com
印　　刷　三河市龙大印装有限公司
开　　本　890 毫米 ×1270 毫米 1/32
印　　张　8.5
字　　数　198 千字
版　　次　2015 年 9 月第 1 版
印　　次　2023 年 3 月第 49 次印刷
标准书号　ISBN 978 – 7 – 5399 – 8330 – 1
定　　价　45.00 元
